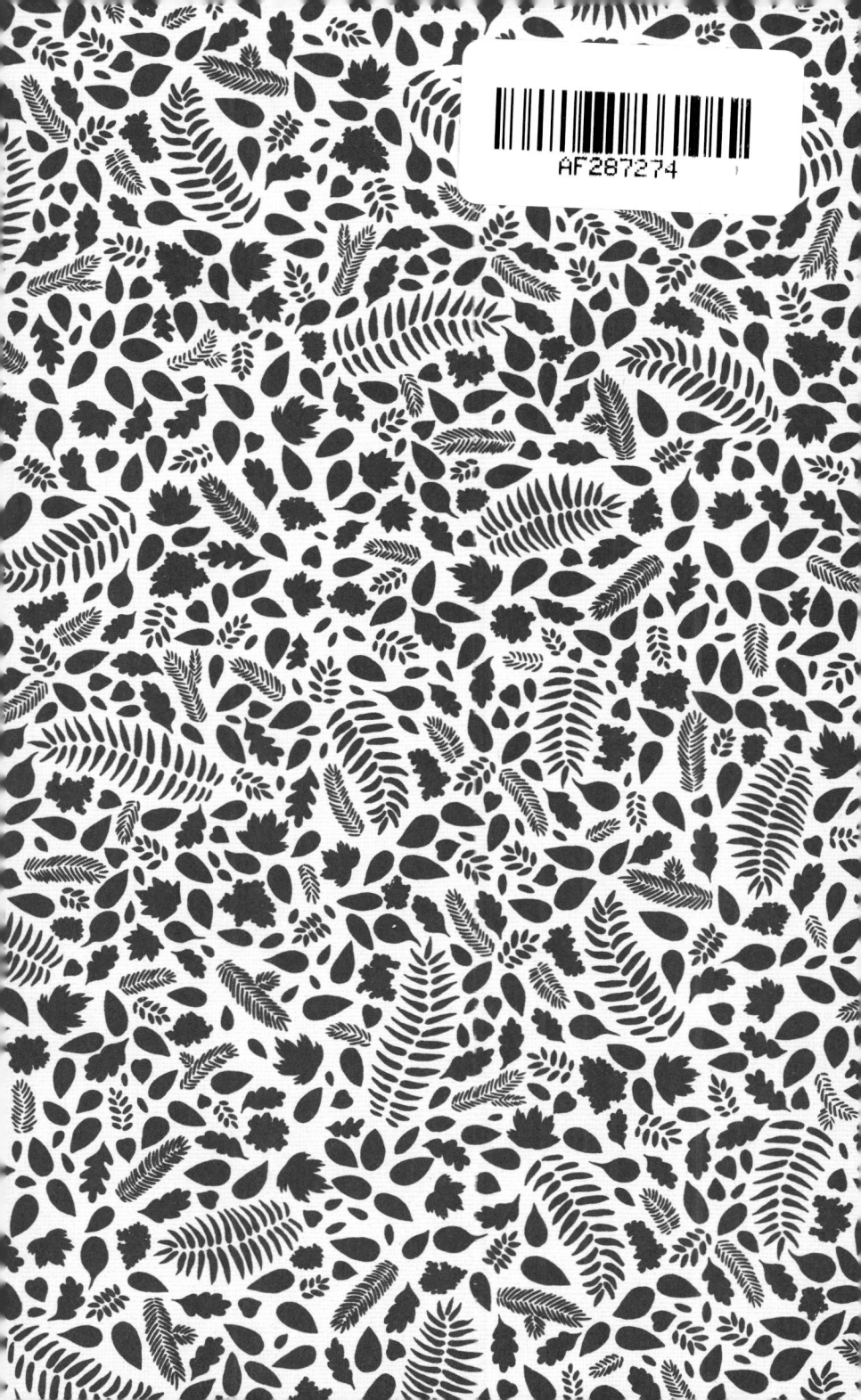

City of Trees

Chantal-Fleur Sandjon wurde 1984 in Berlin geboren, wo sie heute nach Stationen in Johannesburg, London und Frankfurt wieder lebt. Als afrodeutsche Autorin, Lektorin und Spoken-Word-Künstlerin gilt ihr Interesse besonders der vielschichtigen Darstellung Schwarzer Lebenswelten in Deutschland. Ihr erster Versroman »Die Sonne, so strahlend und Schwarz«, wurde mehrfach ausgezeichnet. Sie ist noch immer auf der Suche nach der perfekten Papaya und der schrägsten Metapher.

Mehr über unsere Bücher, Autor:innen und Illustrator:innen auf: www.thienemann.de

Die Arbeit der Autorin am vorliegenden Buch wurde durch das Kranichsteiner Jugendliteratur-Stipendium und ein Arbeitsstipendium des Berliner Senats gefördert.

CITY OF

OF

Chantal-Fleur Sandjon

TREES

Thienemann

Teil 1

Alles, was du berührst,
Veränderst du.
Alles, was du veränderst,
Verändert dich.

— Octavia E. Butler: Die Parabel vom Sämann

So beginnt es.   So endet es.

Die Bäume

haben einen Weg gefunden
um zu überleben.

Mit jedem Tag begrüßt mich
mehr Grün auf meinem Lauf
durch den Wald, obwohl
der Herbst bereits
in viele Blätterspitzen einzieht.

Die Welt zeigt sich
in ihren sattesten Farben
hält nichts zurück
bevor sie alles gibt
alles verliert.

Die Kiefer an der Wegkreuzung da vorne
ich könnte schwören, gestern
gab es sie hier noch nicht.
Aber bestimmt habe ich
mal wieder nur nicht richtig
aufgepasst. Bäume

erscheinen nicht wie Gespenster
bestimmt war ich zu beschäftigt
mit der Suche nach Khanyi
auch jetzt noch
drei Jahre später.

An der neuen Kiefer

jogge ich vorbei
schenke ihr einen Gruß
erhobene Faust in der Luft
und weiß nicht, warum.

Es ist 2025 und
die Bäume haben
einen Weg gefunden
um zu überleben, allein das
verdient meinen Respekt
denn genau das
ist Khanyi vielleicht
nicht gelungen.

Aber:
Nicht daran denken
bloß nicht daran denken
lieber laufen
hier sein
auf ihren Spuren
    im Wald
        laufen, schneller, springen
            über Wurzeln, Äste, Steine

    schneller, immer schneller
die Kraft meiner starken Beine nutzen
um vorwärtszupreschen, weil
er sich sonst wieder in mir breitmacht

der Gedanke an sie und die hunderttausend
Schicksale, die ihr begegnet sein könnten

schneller, immer schneller
den Pfad habe ich schon lange
hinter mir gelassen, ducke mich
unter niedrigen Blattdächern hindurch, renne
an Pilzen und moosbedeckten Stümpfen vorbei

schneller, immer schneller
bis ich
     stol
        pere

direkt vor mir ein Baum
und auch ohne sich zu bewegen
besiegt er meine schützenden Hände.

Mein Gesicht schrammt

über die raue Rinde
meine Stirn begegnet
dem harten Stamm
mit einem dumpfen Knall
und das Letzte, was ich
vor der Dunkelheit denke, ist:

So
sterbe
ich
nicht.

da ist sie
so nah
ein sehnen
in jedem
unserer blätter
nach füßen
nur ein letztes mal
um ihr entgegenzueilen
ohne unsere wurzeln
der erde
zu entreißen

Lindiwe:
sie ist da

Und ja, so sterbe ich nicht.

Und doch
ist wieder etwas anders
als ich zu Bewusstsein komme
mein Sehen und Hören
noch ganz verschwommen.

In die Geräusche des Waldes
mischt sich eine vertraute Melodie.
Sie will von Käfern und Hoffnung singen
ihr IsiXhosa ins junge Laub mischen.

Und dann ist da
diese eine Stimme:
                              »Sisi, Sisi
                              wach auf.«

Mein Atmen ein Röcheln, denn
überall ist Laub, statt Luft
atme ich trockene Blätter ein, schon wieder
mein ganzer Mund ist voll von ihnen.

Hastig komme ich hoch, setze mich auf
und kratze mit meinen Fingern den Mund frei
muss dabei leicht würgen, weil ein Kastanienblatt
in meinem Rachen festsitzt.

Für einen Moment sehe ich
unsere Hütte mit der roten Plane
zwischen den Bäumen, dann wird sie
vom Braun und Grün des Waldes geschluckt.

Mein vierter Blackout im Wald
seit ihrem Verschwinden
gewöhnen kann ich mich
trotzdem nicht daran.

                              »Sisi, Sisi.«
Khanyi, noch immer.
Ich blicke in alle Richtungen
doch da ist niemand
nur der Baum direkt vor mir
gegen den ich im Sturz geprallt bin
eine große Eiche
mit breitem Stamm.

Und überall auf mir:
Laub in dicken Schichten, so als
hätte der Wald mich zugedeckt
ohne die Absicht
mich gehen zu lassen.

auch ohne augen
die wir schließen können
träumen wir
noch immer
von den frauen
sehen uns selbst
lächelnd
zwischen ihnen stehen

was wir jetzt wieder wissen

träume
bemerken es wenn
wir sie bemerken

sie wollen uns dinge sagen
für die uns sonst die ohren
fehlen um sie zu hören

immer sehen wir sie
Lindiwe
denn wir haben
auf sie gewartet

bis jetzt bis

jetzt bis

jetzt

»Sisi, Sisi.«

Ihrem Flüstern folgen, der verbotenen Melodie.
Vorbei an Vermisstenanzeigen
Marius wird vermisst und Waldo ebenso
der eine 16, der andere 6
zwei Beine und vier
Verzweiflung hält das Papier an den Bäumen
nicht allein die Reißzwecken, die in Rinde stechen.

Noch eine Weile schleppe ich meinen Körper
durch den Wald, doch nichts

                     keine Spur.

Die Musik zieht mich vorwärts
will mich tänzelnd aber
ich kann nur stolpern.
Sie sollte nicht hier sein
und ich auch nicht.

Auf einer Lichtung unter einem Ahornbaum
bleibe ich stehen, lehne mich gegen den Stamm
schließe die Augen und sehe
Khanyi vor mir:

Wie sie in den Wald geht

die Abenddämmerung lässt sie
in einem Himmelslodern aufgehen.

In meiner Vorstellung dreht sie sich
ein letztes Mal um
schaut in die Richtung
unseres Zuhauses

    doch ich glaube
    in Wirklichkeit
    hat sie nie
    zurückgeblickt.

Flugsamen des Ahorns

segeln um mich herum zu Boden
immerzu an mir vorbei.

Die Schürfwunden an meinem Arm
und meinen Händen haben aufgehört
zu bluten, die Beule an meinem Kopf
pocht weiter, weiter, weiter
ein Beat, der meinen Herzschlag begleitet.

Vor Jahren hat Khanyi mir gezeigt
wie ich meinen Puls fühlen kann.

»Dann weißt du immer
egal was gerade geschieht:
Du bist wirklich noch
am Leben.«

Sie war damals vielleicht 12
auf ewig drei Jahre älter als ich
und schon länger davon überzeugt
dass wir in Träumen
keinen Herzschlag besitzen.

Jede Nacht nahm sie sich vor, es
dieses Mal zu überprüfen
im Traum endlich
ihren Puls zu kontrollieren.

Sie hat es nie geschafft

sie hat so vieles
nicht mehr geschafft
hat nur Fragen hinterlassen
und keine Antworten

nicht einmal
für mich.

Ich trete aus dem Wald
lasse sie dort
die Erinnerungen an sie
ihre Melodie
ihre Stimme
                    kehre zurück in die Welt

fahrende Autos bellende Hunde ein Radfahrer streitet sich mit
einer Rentnerin und das Leben greift nach mir greift nach meinen leeren Händen und der Weite zwischen meinen Rippen.

Unter der Dusche beeile ich mich.

Wir sind bereits viel zu spät dran, weil ich nicht aufhören konnte, ihrer Stimme und der Melodie zu folgen, um sie endlich wiederzufinden. Die Worte des Lieds plätschern aus meinem Mund und fließen mit dem Wasser den Abfluss hinab. Ich verstumme schnell, als es an der Tür klopft.

»Lindiwe, Turbo!« Baba ruft durch die geschlossene Tür.

»Du weißt es seit Wochen, heute müssen wir echt mal pünktlich sein ...«

»Askies!«, antworte ich als Entschuldigung.

Überall an mir klebt noch der Wald. Beim Einschäumen flattern goldgelbe, herzförmige Blätter und farnähnliches Grün aus meinen Achseln herab, werden vom Duschstrahl niedergedrückt, verlieren ihre Form im matschigen Gemenge zu meinen Füßen. Die Melodie streicht erneut über meine Lippen, noch bevor ich mich stoppen kann. Nicht das erste Mal, dass ich sie im Wald gehört habe. Auch nicht das erste Mal, dass ich sie mit nach Hause bringe, hinter Türen, die geschlossen sind. Es ist der Käfer, sagt das Lied. Er zeigt uns den Weg nach Hause. Er zeigt uns den Weg in die Zukunft.

Nach dem Duschen, ein schneller Blick in den Spiegel: Meine Haare sind mal wieder einen Fingerbreit über Nacht gewachsen. Ich schiebe sie etwas über die Beule an meiner Stirn und rasiere den Undercut nach, so wie ich es seit Wochen fast jeden Morgen tun muss. Mit einer kleinen Schere kürze ich auch den Flaum auf meiner Wange, schmiere etwas von Khanyis Concealer drüber, bis das Grün nicht mehr hervorscheint. Ich mache es nicht gerne, denn Geheimnisse sind wie Wunden, wenn du sie einfach verdeckst, anstatt sie zu reinigen, können sie nicht heilen. Sie brauchen Luft, Sonne, sie wollen gesehen werden. Aber dieses Geheimnis kann ich anderen nicht zumuten, meine Eltern tragen schon so viel, nicht das auch noch. Es wiegt schwer wie ein ganzer Wald, Khanyis letztes Vermächtnis an mich.

Mamas Pulli riecht nach Schweiß. Der Geruch schwappt mit jeder ihrer Bewegungen zu mir herüber, will ankern, direkt in meiner Nase. Ihre Haare hat sie auch seit zwei Wochen nicht mehr gewaschen. Bis jemand in der Tanzschule endlich mal etwas sagt, kann es nicht mehr lange dauern, auch Trauer besitzt ein Verfallsdatum als Entschuldigung.

Zu fünft stehen wir am Flughafen, ganz vorne bei der Ankunft. Meine Brüder, die Zwillinge Mandlenkosi und Bonginkosi, haben ein Schild gemalt

– SANIBONANI, GOGO! –

mit einem gespiegelten S und As, die Spagat üben. Zusammen, sagen sie, obwohl alle wissen: Mandla war's alleine. Wer sonst kann mit fünf schon schreiben?

Mandla hat es sich vor ein paar Monaten mithilfe von Cornflakes-Packungen und Bildwörterbüchern selbst beigebracht. Baba ist sogar in den muffligen Keller gegangen, um unsere alten Schulbücher und Schreibhefte sowie Mamas verstaubte Zulu-Lernbücher hochzuholen.

Alle meine Geschwister sind Genies. Mandla, das Lese- und Schreibwunder. Bongi kann jedes Instrument spielen, das er in

23

die Hände kriegt, seit über einem Jahr nimmt er Klavierunterricht bei Ntate Pitso. Khanyi gehörte schon immer das Tanzstudio. Und mir? Mir gehört nichts, außer etwa 30 bestickten Stück Stoff und dem Black-Futures-Regal in unserer Schulbibliothek, das ich selbst eingerichtet habe. Nichts davon ein Talent, zumindest in meiner Familie.

Heute am Flughafen ist unsere Familien-Reihenfolge von links nach rechts:

Ich Baba Mandla Bongi Mama

und in all den Zwischenräumen

anstelle von Luft zum Atmen:

sie   sie   sie   sie

Khanyi

so viel Platz einnehmend

als gäbe es zwei von ihr.

Sie hat uns alle immer verbunden, jetzt verbinden Baba und mich nur unsere Hände in den Hosentaschen, unsere festen Beine auf dem festen Boden, die leicht nach vorn gebeugte Haltung, als würden wir immerzu mit dem Wind kämpfen. Uns trennen ein halber Kopf an Größe, ein paar Jahrzehnte und unterschiedliche Hauttöne, die sich oft in unseren Erfahrungen widerspiegeln und in dem Platz, der uns in dieser Welt zugeschrieben wird. Mein Hellbraun irgendwo zwischen seiner dunklen Haut und Mamas heller zu Hause. Im Dazwischen und doch immer am Rand, ganz anders als Khanyi,

ich.

Neben Baba versuchen die Zwillinge einander auf die Füße zu treten, das Schild schwappt in ihren Händen. Mama zischt sie immer wieder an, aber mit so wenig Energie, dass ihre Worte von den Flughafengeräuschen geschluckt werden, noch bevor sie Mandla und Bongi erreichen. Links von mir rempelt jemand vorbei, quetscht sich zwischen einem Betonpfeiler und mir hindurch. Alle haben es so eilig in Flughäfen, auch wenn sie schon sicher und gut angekommen sind, als würde die Bewegung des Flugs in ihrem Körper fortleben, ihn vorwärtsdrängen.

»Musste ich wirklich mitkommen?«, grummele ich Baba an.

»Natürlich, meine Liebe. Du weißt, wie viel du ihr bedeutest.« Baba legt seinen Arm um mich, drückt gegen den blauen Fleck an meinem Oberarm, den er unter meinem schwarzen Hoodie nicht sehen kann. Ich will Gogo ja auch wiedersehen, aber nach diesem Morgen im Wald ist mir der Flughafen zu laut, zu voll, zu hektisch.

Und dann sind da auch noch die Polizist*innen. Waffen über rauem Stoff, von Haut weit entfernt und doch wird Haut nach ihnen greifen, wenn sie es als erforderlich betrachten, werden Körper auf Körper schießen, wenn es ihnen berechtigt erscheint. Wer lebt und wer stirbt, entscheiden oft zwei blasse Finger und ein Kopf, der aufgewachsen ist mit der Angst vorm Schwarzen Mann. Jetzt wimmeln sie nur über den Flughafen wie Kakerlaken, im Wissen, sie wollen uns alle überleben.

Ich bemerke ihre Blicke, die immer wieder bei uns fünf stotternd hängen bleiben und sie sagen sich selbst bestimmt, sie schauen nur zwei, drei, vier Mal hin, weil hier junge Menschen stehen und genau diese gerade das Problem sind. Aber *wir* sind schon so lange das Problem, dass wir die Wahrheit kennen.

Jede Bewegung um mich herum, jede Ansage, jeder hastige Schritt auf dem nackten Boden kratzt sich in mich hinein. Und doch stehe ich hier, bewege mich nicht vom Fleck, bis wir sie erblicken: Gogo. Eine der letzten, die durchs Gate kommen, mit nichts als einer Handtasche bei sich und einer Decke über den Schultern, als wäre sie das erste Mal in Deutschland und würde im Oktober jederzeit einen Schneesturm erwarten.

»Gogo, wo sind deine Koffer?«, rufe ich ihr auf IsiZulu zu, noch bevor sie bei uns angekommen ist, weil es jetzt meine Aufgabe ist, mich um sie zu kümmern, jetzt, wo ich die Älteste bin.

Gogo macht einen Schritt zur Seite, wartet, bis ich sie sehen kann: die Koffer auf einem Gepäckwagen, geschoben von einem Mädchen mit genauso dicken Braids und dunkelrotem, fast schwarzen Lippenstift, wie Khanyi ihn auch gerne getragen hat. Nur ist ihre Haut dunkler, eine tiefere Erdschicht kleidet ihr Fleisch, ihr Körper ist weicher, breiter, mehr Meer als Khanyis, ein Ozean unter einem flatternden Kleid, bereit, jederzeit Wellen zu schlagen und alles zu überschwemmen. Selbst das Tuch um ihren Hals hat fließende Enden, als es von einem Luftstoß erwischt wird.

»Hayi wena, this now how you greeting your grandmother?«, ermahnt mich Gogo mit einem Lächeln in einem Mix aus Englisch und IsiZulu, lenkt meinen Blick zurück zu sich. »Erst diese unsägliche Befragung der Polizei und jetzt das hier – mein Enkelkind hat seine Manieren verloren. Du warst wohl zu lange nicht mehr zu Hause.«

Zuhause nennt sie Südafrika, weil es ihr Zuhause ist, schon immer war und immer sein wird. Zuhause nennt sie Südafrika aber auch, wenn sie über mich spricht, über Baba, über meine Geschwister, so als wären wir alle hier in Deutschland genau wie sie immer nur zu Besuch.

26

Nachdem wir uns begrüßt haben, nachdem Gogo mein Gesicht in ihre warmen Hände genommen und mich für einen Kuss zu sich heruntergezogen hat, nachdem sie meinen Brüdern und mir selbst gemachte Amagwinya in die offenen Hände gelegt hat, köstliche, golden leuchtende Amagwinya, die zwölf Stunden Flug überstanden haben, nach alledem beantwortet Baba endlich die Frage, die ich nicht zu stellen wage. Die ganze Zeit kann ich meinen Blick nicht von diesem Mädchen abwenden, das bei uns allen steht, als würde es dazugehören.

»Das ist Unathi, eure Cousine«, sagt Baba auf Englisch zu mir und meinen Brüdern.

»Und?« Denn das ist noch nicht Antwort genug.

»Und sie begleitet Gogo, sie wird also auch bei uns wohnen.«

Ich wechsle ins Deutsche: »Wo soll sie denn schlafen? Jetzt wo Gogo da ist, wird's ziemlich eng.«

Ich verschränke die Arme, das frittierte Hefebällchen noch in meiner Hand. Die Zwillinge haben ihre Amagwinya schon aufgegessen und Mama sucht nach Taschentüchern für die fettglänzenden Gesichter.

Baba spiegelt meine Haltung, legt Muskeln über Muskeln und macht den Rücken gerade gegen meinen Wind. »Du weißt, wo sie bleiben wird«, antwortet er mir, ebenfalls auf Deutsch. »Es ist ja auch nur für drei Wochen.«

Ein Zittern in meinen Beinen, als würde die Erde wackeln. Nein, denke ich nur. »Nein«, sage ich auch und es rüttelt durch meinen ganzen Körper.

Mal wieder, schon wieder, haben er und Mama Entscheidungen für mich getroffen anstatt mit mir. Wie sehr ich das hasse.

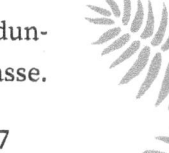

Doch ich kann mich nicht darauf konzentrieren, nicht jetzt. Dieses Nein will aus mir hinaus, wegrennen und mich mit sich fortziehen, hinaus aus meinem Körper, weg von hier, von ihm und ihnen allen. Aber ich muss bleiben, und wenn es nur ist, um ihren Platz in meiner Welt zu verteidigen, damit die Erinnerungen an sie nicht zerstört werden

an sie

Sisi

Sisi

meine große Schwester

Nokukhanya.

Vertraut ist mein Fliehen aus dem eigenen Körper nicht nur mir selbst.

Baba nimmt meine Hände in seine, schenkt meinen herumhuschenden Augen mit seinem Blick Halt, senkt die Schultern und die Stimme:»Wir müssen sie alle ein bisschen loslassen, um weitermachen zu können. Nur ein kleines bisschen, damit für uns wieder mehr Platz ist.«

»Ich kann nicht, kann's einfach nicht!«, stoße ich hervor. »Was hast du in der Gruppe gelernt, Lindiwe?« Seine Stimme ein Ast, an dem ich mich festhalten kann.

»Tief ... durchatmen«, sage ich, »fünfmal weit in den Bauch hinein. Beim Ausatmen summen, aber shit, das ist so bekloppt.«

»Nicht bekloppter, als wenn du gleich so stark hyperventilierst, dass ich dir eine Tüte besorgen muss.«

Baba zieht mich an sich heran, bis mein Kopf auf seiner Schulter ankommt. Gogo redet auf Englisch mit Mama und die Zwillinge zeigen diesem neuen Mädchen etwas auf Mamas Smartphone. Quietschende Rollen, klackernde Absätze, surrende Durchsagen, untrennbares Stimmenrauschen um uns herum, aber auf Babas Schulter wohnt die Ruhe und lädt mich zu sich ins Haus hinein.

»Also, durchatmen«, er streicht mir über den Rücken, »und dann einen Satz dazu, wie es dir gerade geht. Vergiss das nicht.«

Wie könnte ich den Satz vergessen? Er ist wirklich das Bekloppteste daran. Der Gruppenleiter: ein gescheiterter Schriftsteller, der jetzt seine Tage nicht mit Worten auf Papier, sondern mit Worten an leicht gestörte Jugendliche wie mich verbrachte. Ein Satz. Der erste Satz in meinem Kopf dazu, wie es mir gerade geht, wenn meine Seele herausdrängt und mich zurücklässt, ankerlos, nur mit einem Körper, der nicht mehr mir gehört.

Ich schließe die Augen. Beim ersten tiefen Atemzug pulsiert um mich herum noch die Erde, das Leben, die Welt. Da ist so viel Lärm, der in mich eindringen will, so viele Energien, die sich unter meine Lider quetschen wollen. Aber dann kommt die Ruhe. Mit jedem Atemzug, mit jedem Weiten meines Brustkorbs und Ausdehnens meines Bauchs. Ich spüre die Luft, wie sie in mir strömt, bis in meine Zehen und meine Fingerspitzen. Als sie uns das im Kurs beigebracht haben, dem Atem nachzuspüren, in jeden Teil unseres Körpers hineinzufühlen, da habe ich sie ausgelacht, aber ja, es funktioniert. (Auch wenn ich das nie zugeben würde.)

Hier ist er, mein Satz:
Ich fühle mich wie ein ewiges Problem wie eine Gleichung die nie aufgeht weil etwas fehlt weil jemand fehlt weil ich allein nie genug bin egal auf welcher Seite ich stehe.

Als ich die Augen wieder öffne, sehe ich sie alle um Baba und mich herum. Sie bilden einen Halbkreis, schirmen uns vom Flughafenchaos ab. Hinter einer Glasfront steigt ein Flugzeug in den Himmel empor. Trotz seines Gewichts lässt es sich von der Schwerkraft nicht aufhalten, hat ein klares Ziel, auf das es zustrebt. Und ich ... ich bin mal wieder diejenige, die alle nur ausbremst. Die Schwerkraft in meiner Familie, diejenige, die sie zu Boden drückt, wenn sie doch fliegen wollen.

»Geht ruhig schon mal vor«, sagt Baba.

Dieses neue Mädchen steht ein wenig hinter Gogo, überragt

sie um einen ganzen Kopf, genau wie Khanyi es immer getan hat. Den Wagen mit Gogos Koffern lässt sie nicht los. In mir noch immer das Nein, auch als sich die anderen langsam von uns fortbewegen und Baba und ich zurückbleiben. Mama dreht sich ein letztes Mal um, Baba schickt ihr einen Luftkuss. Menschen stoßen mich beim Vorbeigehen an, ich bin ihnen allen nur im Weg. Hier ist kein Platz für mich und kein Platz dafür, wie sich alles in mir beim Gedanken daran zusammenzieht, dass dieses fremde Mädchen, diese Cousine, von der ich noch nie gehört habe, die aus einem Leben stammen muss, über das in unserer Familie nicht gesprochen wird, nun mit mir in unserem Zimmer schlafen soll, im Bett meiner vermissten Schwester.

Wie soll ich Khanyi das erklären, wenn ich sie
endlich gefunden habe? Denn genau das
werde ich bald tun, nicht Baba, nicht
Mama, nur ich. Im Dazwischen
am Rand und doch nah
ganz nah bei
ihr

.

»Alles in Ordnung?«

Baba hält noch immer meine Fäuste fest, auch wenn sie schon geschmolzen sind. Gleichzeitig drehen wir uns zur Stimme um: ein Sturmgewehr, ein Schnurrbart, stahlblaue Augen. »Natürlich«, antwortet Baba schnell, lässt mich los, aber rückt zugleich näher an mich heran. Er stellt sich mit seinen bergigen Muskeln vor mich, bildet eine Felslandschaft, undurchquerbar. »Ist nur die ganze Aufregung.«

»Ganz sicher? Wir können vorsichtshalber schnell die Temperatur messen.«

»Nicht nötig, das haben wir natürlich schon heute Morgen gemacht, wie jeden Morgen seit 48 Tagen.« Er geht einen Schritt nach vorne, nur einen kleinen, aber wächst dabei in die Breite und Höhe. Gestein. »Und wir beide wissen, noch können Sie uns nicht dazu zwingen. Noch nicht.«

Eine Vierteldrehung zu mir, eine Hand auf meiner Schulter. Ohne Gewehrschnurrbartstahlblau aus dem Blick zu lassen, dirigiert er unseren Abgang. Seine Hand zeichnet den Weg hinaus auf meiner Haut, durch jede Schicht Stoff hindurch, direkt in mich hinein.

Erst als ich wenig später im Van neben diesem Mädchen auf der hintersten Bank sitze, traue ich mich, tief auszuatmen. Wir haben heute Morgen nicht meine Temperatur gemessen und genauso wenig die 47 Tage zuvor. Ich weiß nicht, wie Baba solche Lügen vor Gott rechtfertigt, vor seinem Gott. Vielleicht mit irgendwas aus dem 1. Timotheusbrief. Und damit, dass wir gewaschen sind, in the blood of Jesus, no weapon formed against us shall prosper. No virus either, oder so. Das Mädchen will reden, über irgendwas reden, die Stille füllen, egal womit. Ich frage sie, warum sie so gut Deutsch kann, auch wenn ich die Frage selbst furchtbar finde. Sie geht seit Jahren auf die deutsche Schule in Johannesburg, Onkel Xolani bezahlt es. Gogo weigert sich noch immer, auch nur ein Wort auf Deutsch zu lernen, genau wie sie sich weigert, jemals wieder Afrikaans zu sprechen.

Ich betrachte das Mädchen, diese neue Cousine aus dem Augenwinkel, sie kommt mir bekannt vor. Aber vielleicht ist es nur der Lippenstift oder der Vollmond, der ihr seine Konturen geliehen hat, genau wie unzähligen anderen in Südafrika. Sie hat eine Narbe auf ihrer Schläfe, die einen Bruch in diesem fließenden Gesicht verursacht. Aber sie bricht ihr Gesicht nicht wirklich, sie vollendet es.

Das Mädchen macht mir Komplimente zu meinem Outfit, versucht es damit, dass ihr mein Hoodie gefällt, aber niemand mag meinen Hoodie, nicht mal ich selbst. Es ist nur ein Pullover, er war sauber, lag oben auf dem Wäscheberg, jetzt hängt er an mir anstatt an einem Kleiderbügel. Schwarz, wie alles in meinem Schrank. Aber so verblichen, dass es auch grau sein könnte, stonewashed oder so ein Scheiß. Khanyi hätte bestimmt dafür gesorgt, dass meine Sachen ihre Farbe behalten. Schwärze braucht selbst in der Waschmaschine Schutz, sonst wird sie weggespült. Khanyi hat früher auch immer Seifenstücke zwischen die Wäschestapel in unserem gemeinsamen Schrank gelegt, sodass meine Hosen nach Lavendel rochen, meine T-Shirts nach Rosen, selbst meine Unterhosen: Orangen. Jetzt riecht alles nur noch nach Mamas Ökowaschpulver, also nach gar nichts.

Mir gefällt das Tuch um den Hals des Mädchens, ein langes Stück Waxprint mit vielen gelben Kreisen und geometrischen Figuren auf türkisfarbenem Grund. Ich sage es ihr, um etwas zu erwidern, aber sie zieht es nur enger um ihren Hals und redet immer weiter. Vom Flug, vom Wetter, von Germany. Und dabei lächelt sie mich so an, als würden wir uns aus einem anderen Leben kennen. Ich habe nur das eine und das ist jetzt gerade auf einem Tiefpunkt. Ich könnte im Wald sein, stattdessen sitze ich hier, lege einen Panzer um mich, Schild für Schild, bis keine Stelle von mir mehr offenliegt.

Khanyi und ich haben uns immer ein Zimmer geteilt, seitdem ich eins war und sie vier. Wenn ich nachts aus Träumen voller Schlangen aufgewacht bin, war sie es, die mich in den Schlaf flüsterte. Sie nahm die Spieluhr von ihrem Nachttisch und kam zu meiner Seite des Zimmers herüber. Zog sie auf und sang leise vom Käfer. Immer wieder aufziehen, immer wieder Käfer. Dabei kuschelte sie sich ganz eng an mich, formte ihren Körper zu einem Mantel für meinen, auch wenn er so schmal war, als würde sie ihn ausfächern, zerteilen in seine vielen Schichten, damit er alles an mir bedeckte.

»Is' was?«, unterbreche ich das Mädchen. Autos rasen auf der Stadtbahn an uns vorbei, Baba fährt immer auf dem Mittelstreifen, nie auf der Überholspur.

»Alles easy«, antwortet sie nur.

Ihr Lächeln legt sich über ihr ganzes Gesicht. Gleichzeitig hört sie nicht auf, mich von der Seite aus anzustarren. Sie schaut nicht wie die meisten auf meine Arme, an denen meine Haut in Hell und Dunkel zerfällt. Nein, dieses Mädchen guckt immerzu auf meine Wange, genau auf die Stelle, an der sich unter Make-up der Ausschlag versteckt.

Shit, shit, shit.

Vielleicht ist der Concealer zu alt, immerhin ist er ja noch von Khanyi und eigentlich auch zu dunkel für meinen Hautton, aber ich habe mit der Zeit gelernt, wie ich ihn verreiben muss, damit er alles gut verdeckt. Und bisher hat niemand etwas wegen des Ausschlags gesagt, weder zu Hause noch auf der Straße oder in der Schule. Bis jetzt, bis zu ihrer Ankunft in meinem Leben. Sie, die nicht aufhört, mich anzustarren, so als würde sie durch jede Schicht hindurchblicken können. Als wäre alles an mir entblößt vor ihren Augen. Und mir gefällt das hier gerade gar nicht.

sie ist nicht
mehr allein
sie wird viele
es hat begonnen

und wir
werden ihnen allen
entgegenkommen
werden unsere blätter schicken
und unsere samen

was wir jetzt wieder wissen

verbundene bäume
kämpfen oftmals nicht
um lichtraum im wald

sie geben einander
raum zum wachsen
teilen sich die sonne und
nährstoffe über ihre wurzeln
leben zusammen

manchmal
sterben sie sogar zusammen
sie stehen und fallen gemeinsam

verbunden

Die Zwillinge sitzen in der Reihe vor uns neben Mama.

Sie spielen *Ich sehe was, was du nicht siehst*. Gerade muss Mandla etwas Violettes suchen und ich bin sicher, dass es Gogos Tuch um ihre Haare ist, aber ich sage nichts. Mama nickt neben ihnen immer wieder ein, ihr Kopf rutscht gegen das Fenster. »Wieder die Träume?«, fragt Baba und schaut sie durch den Rückspiegel an. Mama nickt nur, fährt sich übers Gesicht. »Du musst die Tabletten nehmen, die dir der Arzt verschrieben hat.« »Hab Angst, dass ich dann gar nicht mehr aufwache.« Khanyi wartet in den Träumen auf sie, manchmal lebendig, manchmal nicht. Und jeden Abend fürchtet sich Mama davor, welche Khanyi ihr diese Nacht begegnen wird. Wenn sie am Morgen von Samen redet, spreche ich nicht davon, dass mein Traum ein Echo des ihren ist.

Gogo drückt vorne auf dem Beifahrersitz Babas Bizeps. Scherzt, dass er bald Black Panther spielen kann. Ich hätte nicht gedacht, dass Gogo Black Panther kennt, aber ich hätte auch nie gedacht, dass Baba seine Weiche gegen diese festen Muskeln eintauschen, die Rundungen seines Körpers im Gym schleifen würde, bis alles an ihm hart war, so hart wie auch seine Regeln mittlerweile sind.

Etwas Rotes. Bestimmt Bongs zerkratzter Nagellack.

Nachdem das mit Khanyi passiert ist, durfte ich nirgends mehr alleine hin, selbst in die Schule hat er mich gefahren, obwohl es nur zehn Minuten mit dem Rad sind und bei uns am Rand der Stadt null los ist. Und nach der Schule habe ich meine Nachmittage monatelang bei ihm in der Holzwerkstatt verbracht, ihm dabei zugesehen, wie er Holzblöcke in Bienen,

Hasen, Robben verwandelte, auf denen später Kinder auf Spielplätzen wippen, federn, schaukeln würden. Habe kleine Holzreste genommen und die Ecken aus ihnen herausgeschmirgelt, in ihre Oberfläche Spiralen geritzt oder unzählige Striche zu einem Ganzen verbunden, meine Erinnerungen aus dem Wald hineinschreibend, bis nichts mehr in mir war, keine Erinnerung, nur noch ein Traum.

Erst seit einem Monat darf ich wieder allein raus, aber auch nur, weil ich ihnen erlaubt habe, mich auf dem Handy zu tracken, das war die Bedingung. Zur Schule, in die Stadt, zu Cecilia, doch jetzt ist eh alles anders. Die letzten drei Jahre haben so vieles verändert, auch Cecilia und mich.

Etwas Grünes. Alles, nur nicht das Ding auf meiner Wange. Wenn ich in den Wald gehe, sage ich, dass ich die Straße entlangjogge. Baba findet es toll, dass ich endlich *meine sportliche Seite entdecke*. Mein Handy lasse ich jedes Mal zu Hause und hoffe einfach, dass sie es nicht überprüfen werden. Ich muss das Risiko eingehen, erwischt zu werden, für die winzige Chance darauf, Khanyi wiederzufinden.

Was würdest du tun, wenn heute dein letzter Tag wäre?

Das Mädchen liest vor sich hin flüsternd die Worte vom Poster ab, das im Flur neben der Garderobe hängt. Es liest sie ab und lässt sie doch zurück. Ihr Deutsch ist ein Fluss, viel fließender als meins, Südafrika in ihren Worten, so wie es bei Baba auch manchmal noch durchklingt. Es schenkt der Sprache eine Weichheit, die ich nicht zu bieten habe, nicht einmal für mich selbst.

Was würdest du tun, wenn heute dein letzter Tag wäre?
Ich würde ihn mit Jesus verbringen!

Mama und Baba, Anja und Andile, zwanzig Jahre jünger, lächeln uns wie aus einer Zeitkapsel jeden Tag vom Poster aus zu, wenn wir unsere Schuhe ausziehen, sie in das Regal stopfen oder uns aus regenschweren Jacken pellen und am hüftgroßen, geschnitzten Zebra vorbeiquetschen. Da ist ein Leuchten um sie herum, genau wie um das Kreuz im Logo ihrer Kirche darunter. Das Mädchen kichert genauso leise, wie sie sich selbst die Worte vorgelesen hat. Niemand bemerkt es, Mama und Baba sind mit den Schuhen der Zwillinge beschäftigt, Gogo hat sich auf die kleine Bank gesetzt, um nach den drei Etagen durchzuatmen.

Nur ich habe es gehört, dieses Kichern. Und würde am liebsten mit einstimmen, so wie ich jeden Tag über dieses Plakat lachen will, oder es einfach abreißen. Es ist das Erste, was Menschen sehen, wenn sie uns besuchen. Meine Eltern, das perfekte Paar, und ihren Glauben an Jesus, bis zum letzten Tag.

Gogo geht direkt ins Wohnzimmer und das Mädchen folgt ihr, trägt dabei ihre Handtasche. Meine Großmutter verstaut darin immer viele Geschichten, von all den Menschen, die Baba früher kannte und die uns noch heute manchmal auf Sowetos Straßen begegnen, wenn wir zu Besuch sind. Leute aus seiner Schule, der Nachbarschaft, der Kirchengemeinde, der erweiterten Familie. Selbst Geschichten von den Verwandten in und um Oshabeni hat sie dabei, dem Ort in KwaZulu-Natal, aus dem sie ursprünglich kommen. Baba hört nur mit halbem Ohr hin, aber ich widme den Erzählungen immer mein ganzes Herz.

Gogo bringt Menschen in mein Leben, die so weit von mir entfernt sind und mir zugleich doch so nah erscheinen, meinem Herzen Stücke hinzufügen, die ich hier nicht finden kann, in Zehlendorf, in Berlin, zwischen ehemaligen Alliiertenkasernen, protzigen Villen und vernachlässigten Sozialbauten wie unserem.

Ich schaue bei Lobola-Verhandlungen durchs Fenster, beobachte Väter und Onkel dabei, wie sie um Kühe und Geld feilschen vor der Hochzeit. Ich besuche zusammen mit Gogo ihren Sohn Xolani in seinem neuen Haus, bestaune den Swimmingpool und den Blumengarten, für den er extra jemanden angestellt hat. Ich schleiche mich mit Baba durch den Hintereingang ins Kino, um mit seinen Schulfreunden Karatefilme zu schauen. Ich hänge mir mit ihm Bruce-Lee-Poster an die Wand und ahme so oft die Moves nach, dass ich auf der Straße auch den Spitznamen Fundi erhalte, Lehrer.

Mit jeder Geschichte formt Gogo die Zeit neu, denn in ihren Erzählungen ist alles jetzt, können vierzig Jahre zu einem Tag zusammengepresst werden. Das Berliner Grau verdrängt sie mit Fotos von Babys in unzähligen Brauntönen und Speckrollen, vom strahlenden Putz neu gebauter Häuser, vom Glitzern üppiger Hochzeiten, vom blutigen Rot beim rituellen Opfern von Ziegen. All das könnte auch mein Leben sein, all das ist auch mein Leben, dank Gogos Geschichten.

Beim Erzählen hält sie immer meine Hand und ich sitze so nah bei ihr, dass ihr großer, breiter Schenkel in meinen übergeht. Ich liebe es, die Weite meiner Beine in ihren reflektiert zu sehen. Für einen Moment fühle ich mich wie eine Fortsetzung, als hätte auch ich einen klaren Anfang, egal wie sehr alles an mir nirgends zu Hause ist, weil ich die Hellste von uns vier Kindern bin und dennoch als Einzige Babas feste Haare habe statt weich fallender Locken wie die anderen drei. Sie ziehen sich so eng in sich selbst zusammen, als müssten sie ein Geheimnis vor der Welt verbergen. Und natürlich ist da noch die Vitiligo, schon seit dem Kindergarten, meine Arme sehen aus wie eine Landkarte.

Die Bilder und Geschichten hat Gogo auch dieses Mal dabei. Doch dieses Mal kann ich sie nicht wie Tee aus goldumrandeten Tassen trinken oder wie Pawpaws in der Sonne vor ihrem Haus auslöffeln, denn dieses Mädchen sitzt genau neben ihr, die Schenkel mit Gogos verbunden, ihre Hand in Gogos Schoß, sie jetzt die Fortführung meiner Großmutter. Ich bereite Gogo stattdessen einen Tee aus griechischen Bergkräutern zu, mit zu viel Zucker für Mamas Geschmack, wie ihre hochgezogene Augenbraue beim dritten Teelöffel andeutet.

Und auch wenn eine Seite auf dem Sofa neben Gogo noch frei ist, setze ich mich danach zu Mama auf die Lehne des Sessels. Baba räumt schnell die Kerzen auf der Kommode weg. Sie sind schon halb abgebrannt, Khanyis Geburtstag ist jetzt eine Woche her, der dritte ohne sie. Zwei Tage nach ihrem 17. war sie plötzlich weg. Früher hat Baba immer drei Kerzen zusätzlich zu den Geburtstagskerzen angezündet, uns stumm daran erinnert, dass wir an diesem Tag nicht nur Khanyis Leben zelebrieren, sondern auch der Toten gedenken. Jetzt wo sie weg ist, sind es vier.

Bongi am Klavier, Gogo auf dem Sofa, ihr weiter Rock fällt um sie herum, die Decke hat sie noch immer nicht abgelegt. Das Mädchen in all ihrem Meersein fließt neben ihr, ihr Braun Gogos Braun, selbst ihre Zunge passt in den Mund meiner Großmutter. Mandla sitzt mit einem Buch zu Gogos Füßen, sie hat es gleich nach ihrer Ankunft aus der Tasche gezaubert. Auf dem Cover sind Schwarze Kinder, die zwischen den Ästen eines riesigen Baobabbaums herumfliegen, die Arme ausgebreitet wie Flügel. Unsere Eltern sagen gerne, dass Mandla das Lesen von mir hat. Und seine Liebe für Fantasy. Aber sie sagen es immer nur im Scherz, lachen dann und es fühlt sich an, als lachten sie über mich.

Bongi spielt Pata Pata, hat es extra mit Baba und Ntate Pitso geübt. Eigentlich müsste das Klavier gestimmt werden, es ist ein ausrangiertes, klapperndes Ding aus meiner Schule, aber Gogo klatscht nach den ersten Tönen bereits in die Hände. Bongi, das Genie. Ich kann heute nicht einmal eine Fortsetzung sein. Vielleicht würde mir das reichen, aber heute werde ich es nicht erfahren, hier vom Platz neben meiner weißen Mutter aus, entfernt von ihnen allen.

»Magst du Unathi nicht mal das Zimmer zeigen?«, fragt mich Baba, als ich Gogo in der Küche einen frischen Tee kochen will. Wenn Gogo kommt, gibt es am ersten Abend immer Ujeqe und Usu, gedünstetes Brot und Kutteln. Alles riecht nach den Innereien, die schon seit Stunden auf dem Herd köcheln. Das Ujeqe ist noch nicht ganz fertig, das Wasser im Topf unter ihm blubbert noch und Baba rückt nicht vom Herd weg.

Ich löffele weiter Zucker in die Tasse, nicke nur, denn es ist keine echte Frage, sondern ein Befehl. Auf meiner Wange nun ein Pflaster, falls jemand fragt, werde ich etwas von aufgekratzten Pickeln erzählen. Aber das Pflaster fühlt sich sicherer an, mit diesem Mädchen und seinen hungrigen Augen in meiner Nähe.

Zwei volle Koffer, noch in mehrere Schichten Plastikfolie

gewickelt, bringt sie mit in unser Zimmer: Khanyis und meins. Dieses Mädchen quetscht sich an der riesigen Origami-Palme und den Vasen mit Khanyis Papiersträußen vorbei, knickt dabei eine leuchtend rote Blüte um.

»Pass doch auf«, zische ich sie von meiner Seite des Zimmers aus an, räume meine Gitarre zur Seite und schiebe einige der Bücherstapel auf dem Boden in eine Ecke. Und als sie auf Khanyis Nachttisch die Schachtel in die Hand nimmt, in welche ich die letzte gefaltete Blüte gelegt habt, schreie ich fast: »Leg das sofort wieder hin!«

In Zeitlupe stellt sie sie zurück, schaut mich die ganze Zeit dabei an. Ich schnappe mir die Schachtel, packe sie in meinen Rucksack und ziehe den Reißverschluss zu.

»Du hättest mir auch Platz machen können. Fühlt sich an wie ein Gedenkort, kein Zimmer.«

Dieses Mädchen setzt sich auf Khanyis Bett und schiebt die Erde auf dem Nachttisch zu einem Haufen zusammen. Ich bleibe am Fenster stehen, das Regal in meinem Rücken, welches Khanyis Seite und meine voneinander trennt. Ich, immer wieder, eine Grenzgängerin.

»Wo ist sie überhaupt, deine Schwester? Niemand will über sie reden, nicht mal eure Großmutter.«

»Geht dich ja auch nichts an.«

Ich blicke mit verschränkten Armen auf den Hinterhof und die Kastanie in seiner Mitte. Sie muss von Bakterien befallen sein, ihre Blätter sind schon länger braun und am Stamm gibt es eine Stelle, die aussieht, als ob der Baum blutet. Das Mädchen steht auf, geht zum Hamsterkäfig herüber, kniet sich neben ihn, doch Louis Quatorze hält Schönheitsschlaf. Früher hieß er einmal Lewis, vor zehn Jahren, als meine Eltern ihn

mir zur Einschulung geschenkt haben. Er hatte einen weißen Fleck an der Schnauze. Der Fleck ist mit den Jahren gewandert, heute schmückt er seinen Bauch. Meine Eltern müssen den Hamster schon mindestens drei Mal ersetzt haben, aber über den Tod reden wir nicht (es sei denn, es ist Christus'), Verdrängen sprechen wir fließend, in vielen Sprachen und mit all unseren Zungen.

»Also, wo ist sie denn nun?«, wiederholt sie ihre Frage.

Ich gebe ihr die eine Antwort, die wir schon so oft verwendet haben, dass sie ganz ausgeblichen ist: »Sie ist verschwunden.«

Auf Khanyis Seite des Zimmers schnarcht Unathi.

Unter zwei Decken ist sie in ein gelbes Waxprint-Tuch gewickelt, mit vielen kleinen rosa Blüten drauf, ich habe es beim Zähneputzen gesehen. Kein Röcheln oder Schnorcheln, kein Murmeln in Sprachen, die niemand versteht, so wie es Khanyi seit Jahren getan hat. Nein, das hier ist für so eine fließende Person ein ziemlich festes Schnarchen. Sie schnarcht Bäume zu Fall, Imperien ihrem Ende entgegen, Sonnenuntergänge ins Klo, Ninjas in die Flucht und mich wach. Ich liege in meinem Bett, starre an die Decke, auf der sich Blätterschatten im Tanz mit dem Wind begegnen. Der geschmirgelte Ast mit Origami-Kranichen dran, der über meinem Bett baumelt, wirft messerscharfe Schatten dazwischen.

Durch offene Stellen im Regal zwischen uns, an Bücherrücken und Kakteen vorbei, kann ich ähnliche Schatten über die Ballettfotos an Khanyis Wand wirbeln sehen. Über Khanyis Körper, in der Bewegung festgehalten, so als würde ihr Tanz durch den Raum niemals enden. Die Schatten berühren auch das Bild von uns beiden daneben. Wir zwei bei einem Fest meiner Kita, in dem gleichen lila Kleid. Bis ich in die Schule gekommen bin, haben unsere Eltern uns oft wie Zwillinge angezogen, die Jahre zwischen uns ignorierend.

Unathi schnarcht noch immer. Ich stehe auf, stelle mich ans Fenster zwischen unseren beiden Seiten. Auf Khanyis Nachttisch drängt gerade eine volle Plastikflasche ohne Schild das Häufchen Erde an den Rand. Ich sehe die Flasche, sehe die Erde, die Spieluhr, die dort schon lange nicht mehr steht. Alles überlappt sich, die Zeit kriegt Dellen.

Baba hat die Uhr selbst geschnitzt, mit einer Schwarzen Ballerina, ihre Haare offen und Raum einnehmend, in Bewegung, genau wie sie selbst. Er hat ihr eine Kette aus vielen kleinen bunten Perlen um den Hals gelegt, wie sie von jungen Mädchen auf dem Dorf oft getragen wird, hat Shweshwe-Muster in ihr Trikot geschnitzt, sodass sie sich über ihren gesamten Torso schlingen. Ntate Pitso hat den Papierstreifen für die Spieluhr gestanzt, weil es diese eine Melodie sein musste. Jedes Loch ein Ton. Hat sich dabei ein paarmal verstanzt und ich durfte Klebestreifen über die falschen Löcher kleben.

Es war zur Feier von Khanyis erster Aufführung in Mamas Tanzschule. Ich habe eine Tüte Bonbons bekommen, die mir zwischen den Zähnen kleben blieben. Khanyi hat diese Spieluhr geliebt, zu jedem ihrer Auftritte hat sie sie mitgenommen und in der Umkleide auf den Schminktisch gestellt, auch später als Statistin an der Deutschen Oper. Hat sich erst umgezogen, nachdem das Lied einmal durchgelaufen ist und die winzige Tänzerin ihre schier unendliche Pirouette vollendet hat. Wenn ich dabei war, habe ich mitgesungen, nur für sie, und mich zwischen den aufwendigen Kostümen versteckt, die an einer Stange warteten.

Ich habe es niemandem gesagt, aber an dem Tag, an dem Khanyi verschwunden ist, verschwand auch die Spieluhr. Und damit die Melodie, die Geschichte vom Käfer, die ich nun immer wieder von meinen Waldläufen nach Hause schleppe wie Dreck an Schuhsohlen. Und ich kann nicht anders als mitzusingen.

Ich weiß noch, wie Baba uns das erste Mal stolz eine schwarzweiße Aufzeichnung von Miriam Makebas Auftritt in den 60er-Jahren in Paris gezeigt hat. Da steht sie, wunderschön und Schwarz, wunderschön Schwarz, afrikanisch, südafrikanisch,

Xhosa, mit einem Bach in ihrer Stimme, wenn sie spricht, und den Bergen, wenn sie singt. Sie stellt das Lied vor, ein Lied, das oft bei Xhosa-Hochzeiten gespielt wird, und als sie ergänzt, dass manche es nur den Click-Song nennen, weil sie seinen Namen nicht aussprechen können, rollt kurz ein Lächeln über ihr Gesicht. Donnerlächeln, Bergfluss. Urgroßmütter klatschen bei ihrem Anblick in die Hände und ululieren, ihre Zungen verwandeln sich in Kolibris. Das Publikum kann ihr Lächeln nicht essen, aber uns nährt es noch Jahrzehnte später. Qongqothwane. Zwei Clicks auf vier Silben. Es ist der Käfer. Er zeigt uns den Weg.

Khanyi und ihre Spieluhr, verschwunden. Aber verschwunden trifft es für mich nicht so ganz. Mama glaubt: Khanyi wurde entführt. Sie hat monatelang Reportagen über Menschenhandel, Sex-Trafficking und Drogenringe aufgesogen, hat Schutzorganisationen kontaktiert und begonnen, als Freiwillige beim Krisentelefon zu arbeiten. Nur ein paar Monate, dann fielen ihr die Haare büschelweise aus und ihre Hände hörten minutenlang nicht auf zu zittern, wenn irgendwo ein Telefon klingelte. Jede Geschichte, jedes zerstörte Leben, dem sie dabei begegnet ist, hat eine Schicht von ihr selbst abgeschnitten, so wie sie jeden Abend Karotten mit dem Julienne-Schneider auseinandernimmt. Mama ist nur noch hauchdünn.

Samstags geht sie noch immer zur Gebetsgruppe, *Finding Khanyi*. Den Namen fand ich etwas bizarr, aber mich hat ja niemand gefragt. Zuerst haben sie nur für Khanyi und unsere Familie gebetet, aber über die Jahre sind noch andere Eltern dazugestoßen, deren Kinder auch vermisst werden. Und auch Eltern, deren Kinder noch da sind, aber nicht auf die Art und Weise, wie sie es sich wünschen, die zu viel Zeit im Internet verbringen oder mit ihrem schwulen besten Freund, die Gras rauchen oder sich für den Koran interessieren. *Parents' Prayer* nennen sie sich jetzt und ich bin dankbar dafür, dass der Name mich ausschließt.

Bei meinem letzten Besuch vor fünf Monaten hatte ein Vater, bekannt für seine Visionen, die Eingebung, dass Khanyi noch hier ist und nicht im himmlischen Königreich. Wenn Gott ihm so etwas zeigen kann, warum liefert er nicht auch gleich GPS-Koordinaten mit? Auf die Frage hin haben sie mich rausgeschickt, ich bin seitdem nicht mehr zurückgekehrt. Was bleibt: Mama und ihre Samstage, nur ohne mich. Die Fetzen von Gospelliedern zwischen ihren Zähnen, das schief aufgemalte Lächeln auf ihrem Gesicht, das bereits wieder abblättert, wenn sie die Wohnungstür öffnet, zurückkehrt zu uns und zu der Leere, die Khanyi füllen sollte.

Papa glaubt: Die Gebetsgruppe tut Mama gut und schenkt ihr Hoffnung. Zumindest sagt er das. Sonst sagt er nicht viel über Khanyis Verschwinden, auch zu Mama nicht. Unser Zimmer hat er seit ihrem Verschwinden nicht mehr betreten. Er klopft an die Tür, wenn etwas ist, und verschwindet dann selbst wieder. Zu finden ist er nur noch im Fitnesscenter und beim Crossfit. Wenn wir Bekannte treffen, die ihn länger nicht gesehen haben, überschütten sie ihn mit Komplimenten zu seiner Transformation, so als hätte er seinem Körper ein Upgrade verpasst. Seine Muskeln sind leichter zu besprechen, greifbarer, als eine verschwundene Tochter.

Samstag ist sein Cheat-Day, wenn Mama in Zungen betet und der Heilige Geist sie neben Gloria aus Nigeria und Francis aus Ghana ergreift, als hätten sie alle eine gemeinsame Heimat in ihm. Samstags isst Baba wieder Eiscreme aus dem Becher mit uns Kindern und lässt mich auf der Couch unter seinem Arm über platte Familienfilme aus den 90ern herziehen, die wir trotzdem immer wieder schauen. Auf dem Sofa beanspruchen seine Muskeln einen eigenen Platz in unserer Mitte. Manchmal quetschen sie mich an unseren Samstagen regelrecht ein, aber das sage ich ihm nicht, genieße nur das Anknüpfen an unsere alten Traditionen, eine Erinnerung an das Damals, als sein Bauch noch so weich wie sein Lachen war.

Am nächsten Tag wird er morgens in die Kirche gehen, mit Mama und meinen Brüdern. Sie werden nicht mehr an meine Tür klopfen, sie haben es aufgegeben. Ihr Gott ist schon lange nicht mehr meiner. Wir sprechen nicht darüber, aber ich kann nicht vor einem Gott knien, der uns nicht alle erhebt.

Papa. Manchmal glaube ich, er will zu einer Festung werden, als könnte er uns mit seiner Kraft vor allem Schlechten beschützen. Er hat Khanyi verloren, aber uns, uns alle wird er festhalten. Auch wenn kein einziges Wort seinem Mund entweicht, sagt mir das sein Körper jeden Tag.

Das Mädchen schnarcht noch immer dort hinten. In der Ecke surrt das Hamsterrad im Käfig, Louis Quatorze begleitet mich durch die Nacht. Schlafen kann ich jetzt nicht mehr. Ich starre weiter hinaus: Der Mond frisst ein Loch in den dunklen Himmel, die Blätter draußen rascheln. Und mir ist, als könnte ich trotz der geschlossenen Fenster ihr trockenes Flüstern hören. In Gedanken greife ich nach der Wasserflasche auf Khanyis Nachttisch. Ich nehme einen Schluck und pruste alles sofort gegen die Scheibe. Salz. Salzwasser brennt meine Kehle herab.

Das Mädchen dreht sich im Bett. »Kannst du ein bisschen leiser sein?«, sagt sie nuschelnd. »Ich will hier schlafen.«

Sie, die mich schon die ganze Nacht mit ihrem Krachkonzert vom Schlafen abhält! Wie gerne würde ich ihr das sagen, aber das Brennen in meinem Hals lässt keine Widerworte zu.

»Warum«, bringe ich nur hervor, »warum Salzwasser?«

Sie stützt ihren Kopf auf der aufgestellten Hand ab, zupft mit der anderen an ihrem Bonnet herum und schaut mich an, als ob das die so ziemlich bescheuertste Frage überhaupt ist. »Na, um die Geister fernzuhalten, wozu sonst?«

Im Badezimmer spüle ich mir mit etwas Wasser den Mund aus, blicke in den Spiegel, suche Khanyi in meinen eigenen Gesichtszügen und finde sie nur im Grün auf meiner Wange.

Geister.

Ein Geist ist Khanyi nicht, da wohnt eine Gewissheit in mir, auch ohne Gottes Wort in meinem Ohr. Aber was glaube ich denn? Nicht Mama oder Baba, sondern ich allein?

Ich glaube nicht an eine Entführung.

Ich glaube nicht, dass wir sie verloren haben.

Ich glaube nicht, dass jemand sie uns weggenommen hat, sondern, dass sie sich selbst dafür entschieden hat, zu verschwinden, nichts als dieses lebendige Grün auf meiner Wange zurücklassend.

Als es endlich dämmert, hat mich der Schlaf noch gar nicht richtig festgehalten und doch löse ich mich bereits wieder von ihm, ziehe Laufsachen an.

»Wo willst du hin?« Baba taucht aus der Küche auf, als ich mir die Schuhe anziehe, um leise rauszuschleichen.

51

»Joggen.«

»Das ist meine Tochter. Joggt in den Ferien ...« Er legt einen Arm um mich, als ich hochkomme. »Ich war auch schon im Fitnesscenter heute, konnte mal wieder nicht schlafen. Gewichte.«

»Und jetzt kochst du Pap und Vleis fürs Mittagessen?«

Er schaut mich überrascht an und ich wische ihm etwas Maisbrei von der Wange, lecke meinen Finger ab.

»Wenn Gogo kommt, gibst du immer alles. Außerdem riecht es hier wie bei einem Shisa Nyama mit Unmengen von Fleisch, das schmort doch schon ewig auf dem Herd.«

»Mit Ruhe und Geduld ...«

»... brätst du eine Ziege.«

Er zieht mich an sich, umarmt mich fest und küsst mich auf die pflasterfreie Wange. »Schön, dass du mir wenigstens bei meinen Küchenweisheiten zuhörst.«

Baba führt mich trotz der dreckigen Laufschuhe in die Küche. »Probier schnell mal.« Er hält mir einen dampfenden Löffel hin.

»Wegen des Fastens?« Er nickt und so probiere ich morgens um sieben Ziegenragout und Maisbrei. Jetzt gerade braucht er mich, oder zumindest meine Zunge. Und obwohl mir Fleisch in letzter Zeit nicht mehr wirklich schmeckt, schenke ich sie ihm.

»Mhm«, sage ich.

»Ah«, sage ich.

»Lecker.«

In Gedanken bin ich schon dort draußen (so tief im Wald, dass auch mich niemand mehr findet, wenn ich nicht gefunden werden möchte).

»Du gehst aber nicht in den Wald?«, fragt er mich, als hätte ich es laut ausgesprochen.

»Natürlich nicht ... Muss los«, sage ich schnell, bevor noch mehr Fragen folgen, »sonst bin ich nachher zu spät fürs Frühstück mit Gogo.«

»Kommst du am Bäcker vorbei?«

Endlich bin ich auf der Straße, mit Geld für Brötchen in der Tasche. Der Wald gegenüber beginnt schon, mich zu rufen, verschlingt die asphaltierten Pfade. Überall scheint er um Platz zu kämpfen, nur hier ist er auf dem Vormarsch. Mein Körper antwortet, fällt in einen Trab, beschleunigt und

landet
mit einem großen Sprung

über die Bordsteinkante
in seiner kühlen Mitte.

Heute bleibt der Wald still

obwohl alles in ihm klingt
der Wind, die Blätter und Vögel
die Tiere im Gebüsch und
die Insekten im Unterholz.

Nur heute
hat er mir
nichts zu sagen.

Khanyi flüstert nicht
Laub sucht nicht meine Nähe
Wurzeln werfen sich
mir nicht in den Weg.

Es ist eine schleichende Stille
sie tigert um mich herum
wartet auf etwas, von dem ich
noch nichts weiß.

Ich renne schnell
schneller als üblich
mein Atem kommt
nur schwer hinterher.

Ein Takt, der den Boden
zum Schwingen bringt
meine Füße sprechen
mit der weichen Erde.

54

Vor einigen Wochen noch
konnte ich das zehnminütige Einlaufen
in der Schule nicht durchhalten.
Mein Körper überrascht mich
gerade jeden Tag.

Ich war nie die Sportlerin

in unserer Familie
das war immer nur sie
Khanyi, die Tänzerin.
Sie hat Mamas Knochen geerbt
feine Glieder, Arme zart wie Flügel.

Ich irrte zwischen Buchdeckeln
mit Essun über Die Stille
und landete mit Binti als erste Himba auf der
intergalaktischen Universität Oomza.
Khanyi rannte eine Stunde durch den Wald
nur um den Kopf frei zu kriegen.

»Den Kopf frei kriegen.«
Das sind ihre Worte
ich kann sie deutlich vor mir hören
während das Laub unter meinen Füßen
knisternd bricht und über mir ein Specht
meinem Lauf seinen Rhythmus aufdrückt.

Khanyi an der Zimmertür
bereits in kurzen Shorts und engem Sport-Top
mehr Haut als Stoff
damit der Wald
sie wirklich berühren kann.

Ihren vernarbten Unterarm
presst sie an sich
als spürten wir nicht alle
jede dieser Ritzen
unter unseren Fingerspitzen.

Den Kopf frei kriegen.
Wovon?
Sie hat es mir
nie verraten.

Welche Geister

möchte Unathi
fernhalten?

Vielleicht sind es
genau die Geister, die
Khanyi in den Ritzen gesucht hat.

Während ich darüber nachdenke, sehe ich
sie in der Ferne.
Nicht Khanyi, natürlich nicht
nur das Mädchen, ein Meer zwischen Bäumen.
Sie hat mich noch nicht entdeckt, muss
kurz nach mir aus dem Haus gegangen sein.
Ein weites Kleid trägt sie, der Wind
verformt es, mal zu einem Ballon
mal zu einer Nachzeichnung ihrer Silhouette.

Ich werde langsamer, wechsle vom Rennen ins Gehen
sanfte Schritte auf sanfter Erde
selbst das Laub wispert nur noch.
Folge Unathi, wie ich früher einmal Khanyi gefolgt bin.
Zu einer Lichtung, wieder zu einer Lichtung.
Bleibe hinter einem breiten Baum stehen
ein Schatten meines jüngeren Ichs.

Dahinten ist sie, dieses neue Mädchen
kniet sich an einer freien Stelle
auf die Erde und beginnt
mit bloßen Händen
Erde aufzuschaufeln
hinein in die Taschen ihres Kleides
hinein in ihren suchenden Mund.

Alles Schatten,   Schatten.

Alles kommt wieder,   wieder
und holt mich ein,   ein.

Unathi Khanyi Wasser Luft Erde
dazwischen ich, immerzu.
Es dreht sich alles im Kreis
Himmel wird Boden
Wurzeln und Krone nicht
mehr unterscheidbar.

Bitte nicht schon wieder, denke ich
aber da geschieht es bereits, alles
entgleitet. Mir.
Dunkelheit. Jetzt.
Weicher Boden Arme Vögel Stimmen.

      Ich dazwischen.

»Komm, Sisi.«

Da ist sie, erst nur eine Stimme
dann nimmt sie Form an
während sich zugleich
auch die Welt um sie herum wieder festigt.
Da ist sie. Nicht meine Schwester. Unathi.

Beugt sich über mich
ihre Arme ausgestreckt
ihre Hände an meinen Schultern.
Unter mir die feuchte Erde
Käfer, Ameisen, Würmer
all das Leben, was sich vor mir verbirgt
und zugleich über das Innere
meines Hinterkopfs wuselt.

Mir ist, als würde ich
sie alle hören
sie alle ein Echo.

»Komm, Sisi«, sagt Unathi erneut
»lass uns nach Hause gehen
ich helf dir hoch.«

Ich ignoriere die Hütte mit der roten Plane
hinter ihr, die wie bei jedem Blackout
auch dieses Mal vorgibt
mehr zu sein als nur eine Erinnerung.

Unathi zieht mich zu sich herauf
weg von all den anderen Stimmen
zurück in ihre Welt, unsere.
Nach Hause.

Wir gehen schweigend durch den Wald.

Sie stellt keine Fragen und ich auch nicht.
Die Erdklumpen in ihren Taschen kann ich riechen
jetzt auch an mir, dort wo sie mich berührt hat.

Ein paar Hunde jagen einander
doch halten plötzlich inne und
nähern sich uns langsam
Neugier in ihren schnüffelnden Schnauzen.
Ihre Besitzer stapfen hinterher, schicken sie weiter
weg von uns und unserem Geruch.

Je näher wir der Straße kommen
desto mehr Gesichter
blicken von den Bäumen auf uns herab.
      Wo sind all diese Jugendlichen hin?
      Wo sind all diese Hunde?

Da vorne ist schon der Imbiss am Waldrand
bis nach Hause ist es nicht mehr weit.
Also sage ich es Unathi:
»Meine Eltern wissen nicht, dass ich
in den Wald gehe. Sie haben es mir verboten.«

Eine Pause, unsere Schritte
nicht ganz im Takt, mehr
die Schritte der einen
als Antwort auf die der anderen.
»Wegen meiner Schwester.«

Unathi nickt nur, winkt
einem Schwarzen Mann zu.
In Arbeitsklamotten fährt er
auf einem Rad in den Wald.
Er schickt uns ein Lächeln, uns beiden.

Dann Unathi, Körper und Worte mir zugewandt:
»Mach dir keine Sorgen, Geheimnisse
sind bei mir sicher.«

Ein Meer kann vieles tragen
verschluckt es, formt es um
macht aus Glasscherben
Sehnsuchtsorte meiner Weichheit.

Ich schaue sie an, von der Seite
nur ganz kurz, mit einem Blitzlichtlächeln.
»Haibo! Das kannte ich noch nicht.
Sie hat auch Freundlichkeit und Strahlen drauf ...«

Ein Lachen, mich knufft sie dabei in die Seite.
Und ich lache mit
                    trete so
                    zusammen mit ihr
                    aus dem Wald ins Licht.

Fast hätte ich den Bäcker vergessen.

Wir sind schon in der Siedlung, als mir ein Nachbar mit Brötchentüte entgegenkommt. Ein älterer Herr, der mir jedes Mal erzählt, dass er schon 92 ist, und sich noch an den Krieg erinnert. Heute gebe ich ihm keine Gelegenheit für Kriegsnostalgie, Unathi geht schon nach Hause und ich schwitze zur Bäckerei, bestelle Vollkornbrötchen für Mama, Rosinenbrötchen und Croissants für die Zwillinge, nichts (mehr) für Baba, welche mit Mohn für Khanyi. Will sie wieder abrufen, als ich es bemerke, aber sage dann doch nichts. Vielleicht mag Unathi sie ja. Schrippen für Gogo und mich, weil wir beide finden, dass die einfachen Dinge oft am besten sind. Gogo macht sich bei jedem Besuch in Deutschland über die Körnerbesessenheit hierzulande lustig. Der doppelte Preis für ein Dutzend Sonnenblumenkerne. Sie sagt, sie sollte ins Körnerbusiness einsteigen, dann würde sie es in diesem Leben vielleicht doch noch zur Millionärin bringen.

Als ich endlich zurück bin, mit großer Tüte im Arm, nimmt Baba mir die Brötchen ab und Gogo reicht mir eine Geschichte: »Fundi, weißt du eigentlich, wer letzten Monat eine eigene Bäckerei eröffnet hat, mitten in unserem Viertel?«

Sie spricht mit Baba, aber schaut auch immer wieder mich an. »uMara, deine Freundin in der Highschool. Erinnerst du dich noch an sie, sie hatte schon immer die Hüften einer alten Frau, aber dir hat das früher wohl gefallen.« Sie kichert wie ein junges Mädchen. »Jetzt verkauft sie ihre Torten nicht mehr aus der eigenen Küche, sondern aus einem richtigen Geschäft. Sogar mit Leuchtreklame. Heavenly Bakery. Hea-ven-ly! Obwohl sie seit Jahren nicht mehr in der Kirche war.«

Gogo schnalzt mit der Zunge, während ich die Frühstückssachen auf den Esstisch räume. Baba hat schon alles vorbereitet, sogar seine berühmte Gurkenschlange, mit einer Zunge aus einem gehobelten Stück Karotte. Ich versuche, ihn mir als jungen Mann vorzustellen, bevor er mit 20 Mama in seiner Kirche begegnet ist. Wenn es so ein Shirt gäbe, wäre es meins: *My mom went to Africa and all I got is this black T-Shirt – and a Zulu dad.*

Baba, bevor er diese junge Frau mit Strohgold auf dem Kopf zwischen all den bekannten Schwarzen Gesichtern entdeckt hat. Wie sie beim Kindergottesdienst Tänze mit den Jüngeren eingeübt hat, um Gottes Lobpreisung auch in dieser Form zu zelebrieren. Baba in diesem anderen Leben. Seine Hände um die Hüften eines jungen Mädchens, die selbst Großmütter träumen lassen.

Meine Lippen schmecken salzig. Zeit für eine schnelle Dusche vor dem Frühstück. Wie immer singe ich im Badezimmer, vertraue darauf, dass das Rauschen des Wassers meinen Gesang übertönt. Danach stehe ich vor dem Kleiderschrank, nur in ein Handtuch gewickelt. Unathi sitzt auf dem Bett gegenüber, das Handy in der Hand. Sie summt meine Badezimmermelodie und ich versuche, es zu ignorieren.

Welches schwarze Oberteil soll es heute sein? Eins mit Knöpfen und Kragen? Ein weites, flattriges? Vielleicht heute mal eins, das sich weiter hinten versteckt. Ich lasse meinen Kopf im Schrank verschwinden, wühle mich durch das Chaos, bis ein Duft mich erfasst. Meine Hände werden zu Schaufeln, meine Augen Scheinwerfer. Tiefer hinein, immer tiefer. Bis ich sie gefunden habe und mit ihr wieder emporkomme: eine von Khanyis alten Seifen. Diese riecht nach Sandelholz, erdig, umarmend. Ich muss sie übersehen haben, als ich Khanyis

Sachen ausgeräumt habe und all das Bunte in meinem Teil des Schranks mit dazu.

»Warum hast du eigentlich überall Stapel von Büchern auf deiner Seite?« Unathi in meinen Rücken hinein. Sie sieht nicht mein Gesicht, sieht nicht meine zitternde Hand, die das Seifenstück hält, sieht nicht, wie schnell sich mein Brustkorb bewegt und weiß nicht, dass ich Angst habe, gleich keine Luft mehr zu kriegen, gleich den Kontakt zu verlieren.

Tief durchatmen und dann ein Satz. Einer, nur einer. Du kannst das, Lindiwe.

Mein Satz:
Ich vermisse sie so sehr dass die Luft aus
Messern besteht dort wo sie sein sollte
ich schneide mich immerzu an ihr es sind
mehr als nur Phantomschmerzen.

Ich vermisse sie. Mein Atem kehrt zu mir zurück. Ich vermisse sie. Meine Tränen rollen bergauf, fließen hinein statt heraus aus meinen Augen. Ich vermisse sie. Meine Hand nun ein fester Griff um das Seifenstück. Ich vermisse sie. Lege die Seife zurück in den Schrank, zwischen zwei Kapuzenpullover. Ich vermisse sie.

Unathi hat von alledem nichts mitgekriegt. Ist noch bei den Büchern, fragt weiter: »Willst du dir mit ihnen ein Schloss bauen?«

»Nein, einen Schutzwall.«

Heute habe ich Gogo nach dem Frühstück ein paar Stunden ganz für mich. Baba geht mit den Zwillingen zum Schwimmkurs, Mama nimmt Unathi mit in die Stadt, sie braucht etwas für ihre Kopfhaut bei der Wetterveränderung und Mama kennt die besten Afroshops. Sie hat sich in die Welt der Pflege von Schwarzen Haaren und Schwarzer Haut gestürzt, als sie mit Khanyi schwanger wurde, und ist seitdem nur immer weiter eingetaucht, denn mit jedem Kind kamen neue Fragen dazu, eine andere Haarstruktur, Stylingträume und Hautprobleme. Sie findet die Antworten für uns, mit uns, jedes Mal.

Ihre Art, für uns zu sorgen: unsere Haut zu pflegen und Protective Styles mit unseren Haaren auszuprobieren, wenn sie uns vor so vielem anderen nicht beschützen kann, den Blicken, den Sprüchen, den Händen. Wenigstens unsere Knie kann sie eincremen, unsere Locken in Seide hüllen, mit uns feiern, wie sie jeden Tag der Schwerkraft widerstehen, der Erdanziehung Widerstand bieten, weil sie auch dem Himmel gehören und seiner Weite.

Gogo und ich, alleine. Das bedeutet, ein Schauer an Geschichten, der mich ganz durchtränkt, aus dem Regenbögen entwachsen und schillernde Pfützen, der Bäume nährt und Blumen gleichermaßen. Mein Kopf in ihrem Schoß, seit Jahren, bald Jahrzehnten. Ihre Hand in meinem Haar, später meine Hände an ihren Füßen. Sie sind immerzu geschwollen, der Knöchel nicht zu sehen. Sie gehen in weiche, dicke Waden über. Alles viel zu weich, ständig leicht entzündet. Jeder Schritt ihres Lebens sitzt in ihrem Fleisch, jedes Beugen ihres Rückens, jedes Fallen auf ihre Knie. Apartheid hat ihren Körper geformt und niemand kann sagen, wie er in einem anderen Leben ausgesehen hätte.

Gogo und ich, alleine. Das bedeutet, der Rauch eines großen Impepho-Bündels verteilt sich überall im Raum. Die Ahn*innen schlüpfen aus Gogos Tasche, weil sie alle Welten enthält. Und die Ahn*innen tanzen, nicht auf Spitze, sondern mit nackten Fußsohlen, die klatschend den Boden erwecken, die knarrenden Dielen daran erinnern, dass auch sie einmal Baum waren. Gogo und ich. Alleine sind wir nie, wenn wir allein sind.

Sie ist die Erste, die mich fragt, wie es mir geht, in diesem Leben ohne meine Schwester. Während ich Gogos verhornte Fußsohlen mit meinen Daumen knete, antworte ich ihr auf Isi-Zulu, denn diese Sprache kann meinen Schmerz besser tragen.

»Ngijugwa inkumbulo.«

»Ach, MaLindi ...« Gogo streicht mir die Tränen aus dem Gesicht. Sie fragt mich, ob ich noch die Verbindung zu Khanyi spüre, diese besondere Verbindung, die wir schon immer hatten, die mich ihr Wasser bringen ließ, noch bevor sie von ihrem Durst sprach oder die sie nachts an mein Bett brachte, noch bevor ich aus dem Albtraum erwachte.

»Ja, ganz stark. Manchmal höre ich sie sogar.«

Ein Zucken durchzieht Gogos Körper. Ich richte mich auf, als sie mich fragt: »Wo hörst du sie, Lindiwe, wo?«

»Im Wald, Gogo.« Ich senke meinen Blick.

»Das habe ich mir schon gedacht, unuka yena.«

In IsiZulu gibt es keine Unterscheidung zwischen männlichen und weiblichen Pronomen. Die Sprache kommt ohne eine solche Grenze aus, sie lässt ein Fließen zu, das mir im Deutschen oft fehlt. Übersetzt können Gogos Worte deshalb »Ich kann sie an dir riechen« heißen – oder ihn. So weiß ich nicht, ob sie wirklich Khanyi meint, oder den Wald als eine eigene Person.

»Sing mir davon. Sing vom Wald.«

Ich bleibe in Gogos Umarmung verankert, während sich meine Stimme aus mir erhebt, ganz ohne mich zu fragen. Sie singt, nur für meine Großmutter, denn seit Khanyis Verschwinden singe ich vor niemandem mehr. Wozu singen, wenn sie mich nicht mehr hören kann, ihr Körper mir nicht mehr tanzend antwortet? Aber jetzt, für Gogo, singe ich.

> Stamm an Hand
> Haar und Ast verwoben
> Wurzeln tief in uns
> hier werden wir erhoben.

Die Fenster reißt Baba weit auf und ich verstumme.

Am liebsten würde er die glimmenden Kräuter in Wasser ertränken, als er mit den Zwillingen zurückkommt, die Ahn*innen durch die offene Balkontür aus dem Haus fegen, an den Blumen vorbei, die auch im Herbst nicht anders können, als zu blühen.

Doch selbst hier in diesem Zuhause, das Mama und er sich mit der Kraft ihrer Körper erarbeitet haben, sie tanzend und unterrichtend, er schnitzend und schwitzend, selbst hier bleibt er Gogos Sohn. Er vergisst nie, dass es ohne sie kein Hier gäbe, kein Heute. Ohne die Schwielen an ihren Händen, ohne die jahrzehntedicke Hornhaut an ihren Füßen, ohne die Beulen an ihren Beinen. Sie hat ihren Körper geopfert und perlmutterne Zukünfte. Wenn die Ahn*innen sie dabei am Leben gehalten haben, nicht nur Jesus, dann ist es so.

Baba schließt die Fenster wieder, als Gogo sich eine Decke über die Schultern legt und ihm einen Blick zuwirft. Er wird morgen in der Kirche einfach doppelt so laut beten wie sonst. Für jetzt verzieht er sich in die Küche, macht das Mittagessen warm, das er am Morgen vorbereitet hat. Die Essensgerüche vermischen sich mit dem rauchigen Duft der Heilkräuter, hüllen mich in ein Südafrika, das mein Vater und meine Großmutter gemeinsam hier am Rande von Berlin für uns alle erschaffen.

Die nächsten Tage: Routine. Schule fängt wieder an, (Wald), Unathi aus dem Weg gehen, Gogos Wege begleiten. Mich von

Mama nicht in Kirchenkrams einwickeln lassen, nur weil sie so verknäult in ihm ist, Baba nachmittags mal in seiner Holzwerkstatt besuchen. Hausaufgaben zwischen Sägespänen, seiner geliebten, uralten Bandsäge und riesigen frisch geschnitzten Bleistiften, Kerbe für Kerbe die Kraft meines Vaters. Nduduzo Makhathini spielt im Hintergrund, Baba summt dazu seine eigene Melodie. Die Kinder auf den Spielplätzen werden nicht wissen, dass jeder Stift seinen Sieg markiert, sein Ausbrechen aus der Box, in die er hier jahrelang gesteckt wurde. Für meinen Vater war es ein langer Weg, weg vom Bau, vom Schuften für andere, hin zu diesem Ort zwischen Bäumen knapp hinter den Grenzen Berlins, der ihm gehört. Er wollte immer nur mit Holz arbeiten, Bäume sind das, wonach sich seine Hände sehnen.

Früher habe ich oft selbst etwas geschnitzt, ein Messer in meinen Händen, Babas Melodie auf meinen eigenen Lippen fortlebend. Nach Khanyis Verschwinden wurden es immer wieder runde Handschmeichler, auf denen ich Zeichen festhielt, die zu Khanyi gehörten, und zum Wald. Überall in der Werkstatt liegen sie nun, erschweren mir das Nichterinnern. In den Ecken hölzerne Grabsteine, halb verdeckt hinter Spielfiguren. *Unvergessen* steht so oft auf ihnen.

Routine. In die Schule hinein, ganz ich, und hoffen, am Ende des Tages alle abgehobelten Teile von mir wieder zusammenklauben zu können. Späne von mir im Musikunterricht, wo die einzige Schwarze Oper, die Herr Murali kennt, keine ist. Ich melde mich, um von südafrikanischen Opern zu erzählen, von der Bedeutung des Werks *Princess Magogo kaDinuzulu*, das sieben Jahre nach Apartheidende zum ersten Mal aufgeführt wurde und gezeigt hat, wie Oper in Südafrika aussehen und klingen kann.

72

Aber Herr Murali schaut mich nur über seinen Brillenrand an: »Geht's mal wieder um was Schwarzes?«

Meine Hand sinkt als Antwort, in den Boden hinein, bis hinunter zum Keller, streichelt Spinnennetze, auch wenn bereits Teile vom Daumen abgeschnitten wurden. Späne von mir in den Fluren, wo eine Ausstellung zum Klimawandel nur von Greta Thunberg und Luisa Neubauer erzählt, aber nicht von Artemisa Xakriabá, Leah Namugerwa, Xiuhtezcatl Martinez und Vanessa Nakate. Wo *wir* die Erde retten müssen, aber nicht über Klimaungerechtigkeit sprechen wollen.

Späne von mir, als ich versuche, mit der Wand zu verschmelzen, in meinem Schwarz, was nicht gelingt, natürlich nicht gelingt, sie weiß, ich weiß. Robert und seine Clique entdecken mich, ihre Blicke spießen mich fest.

»Zebragirl, denkst du wirklich, dass schwarz schlanker macht? Spoiler: Tut's nicht.«

»Oder soll es dich endlich so *richtig* Schwarz machen?«

Ich antworte nicht, Schweigen meine einzige Waffe. Sie kichern sich weiter, mehr Interesse haben sie nicht an mir. Neue Sprüche auch nicht. Zebragirl. Ein Name, der seit über zehn Jahren an mir haftet, und mir so oft begegnet, als solle ich damit die weißen Flecken zwischen meinem Braun auffüllen. Zebragirl. Nicht wegen meines Nachnamens, nur wegen meiner Haut. Nicht weiß, nicht Schwarz, auf jeder Linie. In allem dazwischen.

Khanyi war in der Schule lange mein Schutzschild. Da musste ich keinen Schutzwall bauen, da nannte mich niemand Zebragirl, zumindest nicht in mein Gesicht, nicht mal Robert, da war ich jemand, da war ich ihre Schwester. Jetzt bin ich nur noch die Schwester einer Leere, der Schatten eines Umrisses, so was schützt niemanden, auch mich nicht.

73

Verschwinden ist also die einzige Lösung, nicht auffallen, endlich lernen, Wand zu werden. Unsere Eltern denken, an einer Waldorfschule laufen die Dinge anders. Und klar, es gibt nicht nur Bio, sondern auch biodynamisch, statt Nachhilfe haben wir Heileurythmie und wir können mit 8 noch nicht richtig lesen, aber mit 6 schon stricken. Vieles ist anders, aber Diskriminierung interessiert so was nicht, sie macht sich auch hier breit, pflanzt sich zwischen uns auf die handgefertigten Holzbänke und stimmt ein in den Morgenspruch. Erinnert uns daran, dass wir immer noch hier sind, mitten in Deutschland.

Am Nachmittag schließe ich die Schulbibliothek auf, Frau Önder, beste Bibliothekarin und Musiklehrerin ever, hat noch Unterricht und ich einen Ersatzschlüssel. Ich sortiere Zurückgegebenes wieder ein, als Cecilia an mir vorbeihuscht, ihr Hallo in meinen Rücken legt genauso wie bei unserer ersten Begegnung vor sieben Jahren, als wir beide das gleiche Buch ausleihen wollten. *Akata Witch* – ich ließ ihr als Ältere den Vorrang und schrieb ihr dann zu jedem Kapitel Textnachrichten, als ich es endlich las.

Cecilia. Noch bevor ich mich umdrehen kann, ist sie schon wieder weg, aber ihr Gruß bleibt zurück, streichelt mir über den Rücken. Und ich wünschte, er würde unter mein T-Shirt fahren, nur noch einmal, würde sich an meine Haut schmiegen, und mit seiner Wärme alles in mir zum Brennen bringen, während seine Berührungen mir einen Namen geben: Beloved. Aber es ist nur ein Hallo im Rücken, mehr nicht. Seit Monaten. Nur ein Hallo, das keine Arme besitzt, um sich nach mir auszustrecken.

Als ich mit meiner Schicht fertig bin und an Frau Önder übergebe, sehe ich Cecilia durch die geschlossene Glastür draußen auf dem Gang. Ty steht bei ihr, holt sie ab, mit einer Umarmung, bei der Cecilias Hände wirklich halb verschwinden, unter Tys T-Shirt, nicht meinem. Ich stehe noch immer da, nachdem sie sich schon lange entfernt haben, Frau Önder sagt etwas zu mir, doch ich kann sie nicht richtig hören. Ich bin bereits weg, unter Wasser oder hinter Wolken verschwunden, zu weit in die Tiefe oder Höhe abgedriftet. Tief durchatmen, ein Satz, Lindiwe, nur einer:

> Die Leere in meinem Leben frisst viele
> Gesichter trägt Fetzen von ihnen zwischen
> den Zähnen keins von ihnen darf ich mehr
> anblicken und noch immer ist sie nicht satt
> die Leere hungert nach mehr.

Zu Hause rausche ich an den anderen im Wohnzimmer vorbei, falle auf den Stuhl am Schreibtisch, nehme einen Stickrahmen in die Hand, bespanne ihn neu und beginne einfach drauflos zu sticken, Waldorf sei Dank. Mit Nadel und Faden halte ich meist Sätze aus Büchern fest. Eins meiner ersten war für Cecilia, ein Zitat aus *Akata Witch*, nur mit Rückstich und in Druckschrift gehalten, weil ich viel mehr damals noch nicht konnte:

> *Realizing what she was*
> *was the beginning of something, all right …*
> *but it was also the end of something else.*

Die Konzentration auf jeden einzelnen Stich hilft mir, den Kopf frei zu kriegen – auch ich brauche das manchmal. Aber heute kann ich keine schönen Zeilen festhalten. Heute sticke ich frei,

sticke ich mich frei, lasse mich vom Faden und meiner eigenen Hand führen. Sie kennen den Weg. Aus Steppstichen werden Becherstiche, die in die dritte Dimension hineingreifen, Knötchenstiche gesellen sich zu ihnen. Einfache Vorstiche begegnen neugierigen Überfangstichen. Mit jeder Bewegung beruhigen sich die Tränen in mir, während meine Hand über den meergrün gefärbten Leinenstoff rast.

Ich wusste es schon lange, es saß über zwei Jahre schon mit uns am Tisch, auf der Couch, der Schulhofmauer – das Ende. Nach Khanyis Verschwinden wurde alles anders, auch die Nähe zwischen Cecilia und mir. Ich habe versucht, in meinem Körper und bei ihr zu sein, aber da war immer auch Khanyi. Wie sollte ich lachen, wenn ihre Leere neben mir saß? Wie streicheln, wenn die Leere sich an mich schmiegte? Wie Cecilia küssen, wenn der letzte Kuss meiner Schwester alles verändert hatte? Die erste Zeit danach hat Cecilia mich noch gesucht, hat Platz geschaffen für meine wabernd-schwammige Trauer, die sich urplötzlich wie ein Kugelfisch aufblähte und alles andere verdrängte.

Doch meine Zunge trug so schwer an dem, was sie nicht sagen konnte, sie vergaß, wie es ist, Cecilias Mund zu suchen und finden. Cecilias Hand hörte irgendwann auf, die Landkarte auf mir nachzufahren, und dabei jedes Mal in meinem Gesicht zu enden, und in meinen Armen. Zu oft habe ich sie von meiner Haut geklaubt, aus Angst, sie würde die Tränen ertasten. Und zu Hause wollte Cecilia mich auch schon lange nicht mehr besuchen, Khanyi und mein Zimmer nannte sie immer nur *Geisterort*, weil wir alle so taten, als würde meine Schwester sich morgen wieder in ihr Bett an der anderen Wand legen.

76

»Lindiwe, wo bist du gerade?«

Unathi steht neben dem Schreibtisch und die Erinnerungen an Cecilia ziehen sich um mich herum zurück. Ein kalter Luftzug nimmt ihren Platz ein. Dunkelheit ist ins Zimmer gewandert, ohne dass ich es bemerkt habe. Nur die Schreibtischlampe verwandelt Unathi und mich zu Scherenschnitten.

»Hier«, flüstere ich, meine Stimme heiser von der langen Stille, »immer nur hier.«

Ich will mit dem Sticken fortfahren, doch sie hält meine Hand fest: »So kannst du nicht weitermachen. Warte mal.«

Ihr Griff ist fest und zart zugleich, so als würde sie etwas Zerbrechlichem in ihren Händen Schutz bieten wollen. In mir ein Flattern, das hier nicht hingehört und doch da ist. Schnell ziehe ich meine rechte Hand zurück und spüre dabei die linke. Schmerz, der schon eine Weile in ihr wohnen muss: Beim Sticken habe ich den Zeigefinger am Stoff festgenäht. Noch nie ist mir so was passiert. Ich muss in Gedanken so weit weg gewesen sein, dass ich nicht einmal das Zucken meiner Haut beim Eindringen der Nadel gespürt habe. An den Stellen, an denen die Nadel in die Haut hinein- und hinausgefahren ist, schmücken Bluttupfer nun die Stickerei.

Das Bild nimmt erst jetzt vor meinen Augen Form an. Stiche verbinden sich zu Teilen eines Gesichts, über das ich streichen will, es endlich wieder berühren: Von meinem Stickrahmen aus blickt mich Khanyi an.

Ich kann mich nicht befreien, ohne das Bild von ihr zu zerstören.

Aber vielleicht muss ich das, um selbst wegzukommen. »Kannst du die Schere holen?«, frage ich Unathi, doch sie ist schon dabei, die Schubladen unter Khanyis Schreibtisch zu durchsuchen.

»Das ist sie, oder? Deine Schwester.«

Unathi hält meine Hand, während sie die Fäden durchtrennt, die Khanyi und mich verbinden. Ich antworte nicht, nehme stattdessen den befreiten, blutenden Finger in den Mund.

»Sie fehlt dir bestimmt sehr, kann ich gut verstehen …«

Ich schnaube nur. »Was weißt du davon, wie ich mich fühle?«

Wie soll sie das auch verstehen können? Eine Schwester, die weg ist und doch überall? Unathi verschwindet auf Khanyis Seite des Zimmers, vorbei an der riesigen Origami-Palme, die sich der Zimmerdecke entgegenstreckt.

»Ich hatte auch mal eine Schwester«, sagt sie und bevor ich darauf antworten kann, ist sie schon zurück, reicht mir eine gelbliche Creme in einer verkratzten Pillendose aus Metall: »Hier, mach die drauf, hab ich selber gemacht.«

»Bist du eine Sangoma?«, frage ich, während ich die Creme auf meinem Finger verstreiche. Sie riecht nach Kräutern, nach Weite, nach dem Horizont und der Sonne, die sich auf Blättern niederlässt und Wachsen aus ihnen herauskitzelt.

»Ich wünschte!« Sie lacht, fragt mich nach Pflastern. Mit der freien Hand deute ich auf Khanyis Nachttisch, sie hat dort immer welche aufbewahrt, für all ihre blutenden Zehen.

»Ich mag einfach nur Pflanzen. Und sie mögen mich, schon immer. Vielleicht, weil ich ihnen zuhöre.«

Unathi kramt in der Schublade herum, holt ein Notizbuch daraus hervor, hält es einen Moment in der Hand, ein kurzer Blick zu mir herüber, bevor sie es wieder zurücklegt. Niemand war seit Khanyis Verschwinden an dieser Schublade dran. Es braucht die Hände einer anderen, um Dinge zu öffnen, die zu lange verschlossen gewesen sind.

Endlich, Unathi hat Pflaster gefunden und kommt zurück zu mir. Ich nehme den Faden auf, den sie mir gerade gereicht hat: »Sie mag auch Pflanzen. Meine Schwester, Khanyi.«

Es ist das erste Mal in drei Jahren, dass ich ihren Namen ausspreche. Unathi klebt das Pflaster auf meinen Finger. Es besitzt den Hautton meiner Schwester, auf meiner sticht es hervor, zeigt, wie viele Schattierungen uns auch als Schwestern trennten.

»Ich weiß. Wir haben so einiges gemeinsam, deine Schwester und ich.« Unathi lächelt, verreibt den Rest der Creme auf ihrem Arm. Jetzt riechen wir beide wie die Sonne, der Horizont und das Wachsen.

»Und ja, sie fehlt mir. Aber nicht so wie du denkst«, sage ich.

»Woher willst du irgendetwas darüber wissen, was ich so denke?« Sie lässt ihre Zunge schnalzen, aber da ist ein Funkeln in ihren Augen. Zündstoff für alles, was brennen kann.

»Ich weiß nichts, Unathi, wirklich nichts mehr.«

Ein weiteres erstes Mal, auch ihr fällt das auf: »Du kennst ihn also doch, meinen Namen!«

Sie tippt auf ihrem Handy herum, Musik beginnt zu spielen. Klavier, Schlagzeug, Gitarre und eine Stimme in IsiXhosa erfüllen den Raum. Ein weiteres erstes Mal, wir beide hier nebeneinander. Für einen Augenblick und zwei Wochen noch, nur noch zwei Wochen. Khanyis zerfransendes Gesicht und

79

mein Blut zwischen uns. Um uns herum: Stille, die sich weich anfühlt, nicht wie kratzendes Schweigen, das Schürfwunden in meine Haut schaben will.

Unathi nimmt den Stickrahmen in die Hand. »Darf ich?«

Ein Nicken meine Antwort. Ich reiche ihr die Spulenbox auf dem Tisch, sie wählt ein tiefes Grün. Dort wo sich Khanyis Gesicht durch das Befreien meines Fingers auflöst, beginnt Unathi die Konturen eines Blattes hineinzusticken und es sieht jetzt bereits so aus, als hätte es schon immer genau dorthin gehört. Als sie fertig ist, reicht sie mir den Stickrahmen und ich greife mit beiden Händen nach ihm, um über das Gesicht meiner Schwester zu streichen, das nicht mehr ausfranst, sondern eine neue Form erhalten hat.

»Steakhouuuuuuuuse!«, fallen da die Zwillinge in meine Bewegung und meine Hand ändert die Richtung, eine Berührung verwandelt sich in ein Verstecken: Ich schmeiße den Stickrahmen auf den Tisch, seine obere Seite nun sein Unten. Mandla springt auf meinen Schoß, Bongs zupft im Vorbeigehen ein paar Saiten an der Gitarre, die neben meinem Bett steht. Sofort findet er den Rhythmus des Lieds, das gerade spielt, verwandelt ihn, ohne darüber nachzudenken. Unathi kitzelt Mandla am Bauch, er windet sich kichernd auf meinen Schenkeln.

»Gehen wir jetzt gleich?«, frage ich die beiden und sie nicken eifrig. »Okay, gebt uns zwei Minuten.«

»Oder fünf«, ergänzt Unathi, schon im Aufstehen, und geht rüber zum Kleiderschrank.

Als die Zwillinge rauslaufen, versuche ich keinen Blick auf Unathi zu werfen, während sie sich umzieht, ihren Ozean in ein alabasterfarbenes Kleid fließen lässt und ihren Beinen türkis schenkt. Auf dem Schreibtisch liegt noch immer Khanyis verwandeltes Gesicht. Ich lasse es in eine der Schubladen des Schreibtischs sinken, tief hinein, unter ein paar Seiten Papier, vollgekritzelt mit begonnenen Liedern, die ich nie beendet habe.

Steakhouse, Lieblingsrestaurant der Zwillinge, und auch Gogo freut sich auf ein großes Stück well-done. Samstagmittag in Zehlendorf, es ist richtig voll und trotzdem dreht sich das halbe Restaurant zu uns um. Selbst der Bildschirm an der Bar, auf dem ein Fußballspiel läuft, bestrahlt nur noch Rücken, als wir zu siebt an der Tür auf den Kellner warten. Als hätten sie alle noch nie so viele Schwarze Menschen in so vielen Schattierungen an einem Ort gesehen, besonders nicht hier.

Nichts kriege ich nach dem Tischgebet heute runter. Alles sitzt in meinem Magen, die Trauer, das Flattern, Berührungen, Sehnsucht, Leere, Verlassen Werden, festgenäht zu sein und sich wieder zu lösen. Für heute bin ich voll und das fettig glänzende Stück Fleisch vor mir ekelt mich gerade nur an.

»Du bist sonst doch immer als Erste fertig«, bemerkt Baba neben mir und ich sage ihm nur, dass ich einfach keinen Appetit habe.

»Kein Problem«, antwortet er und schwups, liegt das Steak schon auf seinem Teller und er schaufelt seine Kartoffeln im Gegenzug zu mir herüber. Über den Tisch hinweg blicke ich Unathi an, während ich viel zu buttrige Babykarotten mit der Gabel aufspieße. Sie unterhält sich mit Gogo in einer Geschwindigkeit und im Vermengen von Sprachen, bei dem ich nur einzelne Worte und Satzphrasen verstehe. Es geht um Schulnoten und Slaughterings, um Lebensmittelpreise und die Verlobung einer entfernten Verwandten. Unathi sitzt einfach da, ins Gespräch versunken, so als wäre nichts geschehen, lacht und gestikuliert viel. Und obwohl sie größer als Gogo ist, begegnet sie dieser auf Augenhöhe, ohne sich selbst zu verbiegen. Wie macht sie das alles?

Nicht ein einziges Mal schaut Unathi zu mir herüber, aber ich sehe, dass auch sie an ihrem Fleisch nur herumknabbert, es am Ende halbiert und den Zwillingen gibt, die sie mit Siyabongas überschütten. Ich will nur noch nach Hause, stehe den Rest des Essens durch, meine grüne Wange pulsiert. Als Baba schon bezahlt hat und wir alle um den Garderobenständer herumwuseln, erwacht der Bildschirm zu neuem Leben. Jemand hat die Lautstärke hochgeschraubt und die Stimme einer Nachrichtensprecherin bricht durch das aufgeregte Murmeln an der Bar: »Alle Flughäfen in Deutschland werden mit sofortiger Wirkung und auf unbestimmte Zeit für den Publikumsverkehr gesperrt. Ein- und Ausreisen sind nur noch ab 26 Jahren, nach ärztlicher Untersuchung und bei Nachweis besonderer Notwendigkeit möglich.«

»Haibo!«, ruft Gogo aus und klatscht sich auf die Schenkel, während Baba für sie übersetzt. Am Tisch neben dem Garderobenständer wird darüber gesprochen, dass allen Supermärkten bald wieder das Klopapier ausgehen wird. Gogo will zu einer Tirade ansetzen, ich sehe schon ihren erhobenen Zeigefinger, die Worte, die über ihren Brustkorb wandern, um hinauszugelangen. Aber Baba zieht sich hastig seine Jacke an und schiebt uns alle in Richtung Ausgang, auch wenn ich noch mit einem meiner Jackenärmel kämpfe.

Mandla und Bongi haben von den Nachrichten nicht viel mitbekommen, aber von der Aufregung, und sie fragen Mama im Gehen: »Schon wieder Masken?« Die Corona-Zeit kennen sie vor allem aus unseren Erzählungen, weil sie da mitten hineingeboren wurden, und doch hat sie auch bei ihnen Spuren hinterlassen.

»Nein, nein«, antwortet Mama schnell, »alles gut. Gogo und Unathi bleiben wahrscheinlich nur eine Weile länger als geplant.«

Und ich weiß nicht warum, aber zwischen all der Hektik, die herumflattert und die ganze Stadt einzunehmen scheint, flattert da direkt neben mir auch Freude. Über diese Worte. Über diese neue Zukunft. Eine, in der ich noch eine Weile im gleichen Zimmer aufwachen darf wie Unathi.

Zu Hause wechsle ich sofort in Laufklamotten und bin aus der Tür, bevor meine Eltern aufgrund der veränderten Situation mit neuen Verboten kommen können. Die Freude will sich auf mir niederlassen mit ihren papiernen Flügeln, aber ich bleibe in Bewegung, laufe vor ihr davon.

Endlich, nach den

  ersten Schritten in den Wald hinein
  kann ich wieder tief durchatmen
  und all die Eindrücke der letzten Tage

fallen von mir ab.

Rennen ist
eine Art von Fliegen
im Wissen:

Die Erde
wird mich auf-
fangen.

Ich war schon immer mehr Erde

allein in meinen Träumen kann ich
die Schwerkraft hinter mir lassen
ist mir das Fliegen so vertraut wie das Atmen.

Diese Träume gehören
zu meinen ältesten Erinnerungen:
Ich falle von einem hohen Berg, doch ich
breite meine Arme aus und steige empor
den Wolken entgegen, der Weite des Himmels.

Nach Khanyis Verschwinden kommen
die Samen hinzu, ganze Ströme von ihnen
durch die ich hindurchfliege
wie durch einen sanften Regen.

Nichts davon bleibt beim Erwachen
die Erde fordert mich
beim ersten Blinzeln zurück
als hätte sie es nicht erwarten können
sich mit mir wieder zu vereinen.

dinge die wir jetzt wieder wissen

es gibt muster
in unseren träumen
sie reichen weit weit zurück
und verbinden
alle menschen auf der welt
über zeit und entfernung hinweg

überall und seit endulo
als die steine noch weich waren
als alles geformt wurde
träumen kinder davon
aus großen höhen zu fallen

entweder ängstigt sie der traum
und sie stürzen
hinab in die tiefe
oder sie breiten
die arme aus wie flügel
und gleiten
über die traumlandschaft hinweg

dieser traum entwächst
der erinnerung daran
wie ihre seelen schwebend
zwischen den sternen
zu hause waren

buthongo bedeutet
der schlaf
eins sein mit den sternengöttern

Meine Schritte werden immer leichter

ich fliege Hügel hinauf & hinunter
über wulstige Wurzeln &
- gestürzte Äste.

Es ist, als könne die Erde
mich jetzt mehr loslassen
im Wissen, dass ich
selbst fliegend
für immer ihr gehöre.

Als ich nach Hause komme, ist es schon am Dämmern.

Was würdest du tun, wenn heute dein letzter Tag wäre? Wie jedes Mal, begrüßt mich diese Frage, während ich die dreckigen Laufschuhe ausziehe. Es würde mich auch dann in den Wald ziehen, ganz sicher. Und vielleicht auch zu ihr.

Nach all der lebendigen Stille erschlagen mich die Geräusche in der Wohnung: Baba hat mal wieder Klein-Joburg eingeladen, alle Südafrikaner, die er hierzulande kennt. Eine Mischung aus Sprachen und Lautstärken, da ist auch das erdige Lachen von Ntate Pitso. Es streut sich zwischen und auf alles andere. Ntate Pitso ist in den 70er-Jahren im Exil nach Berlin gekommen und nie wieder gegangen, selbst als Apartheid offiziell aus der Gegenwart in die Vergangenheit geschoben und sein alter Kamerad Nelson Rolihlahla Mandela Präsident wurde. Zu diesem Zeitpunkt hatte er schon eine (neue) Frau, zwei (neue) Kinder und einen Geliebten in Berlin.

Pitsos Lachen kenne ich so gut, es hat mich früher in den Schlaf begleitet, während ich mich bei ihren Treffen auf Babas Schoß kuschelte. Jetzt wirbelt es durch die Wohnung und um mich herum, will mich zu einem Tanz einladen, aber ich bin nicht die Tänzerin in der Familie und der Wald in meinen Knochen lässt mich müde werden. Ich gehe ohne Umwege ins Bad, dusche schnell, nur ein paar Zeilen auf meinen Lippen. Wasche auch all die Blätter ab, die ich mit nach Hause bringe. Ich wechsle meinen Tampon, schmeiße den alten in den kleinen Eimer, zu den Blättern in allen Farben des Herbstes, die jetzt nur noch ein matschiger Klumpen sind. Khanyi hat es immer gehasst, wenn ihre Periode einsetzte. Dann zerrte alles doppelt so schwer an ihr. Am besten ließ man sie in Ruhe, denn da mochte sie niemanden, am wenigsten sich selbst.

Mama ist heute mal in der Küche. Wenn sich Südafrika bei uns für ein paar Stunden ausbreitet, verzieht sie sich meist dorthin. An zwei Fingern blutet das Nagelbett, an einem dritten kaut sie gerade herum. Anstatt mir ein Glas aus dem Schrank zu holen, nehme ich wortlos ihre Hand in meine und führe sie unter den Wasserhahn.

»Alles okay bei dir?«, frage ich.

»Ja, es ist nur … eure Oma …«

»Was ist mit Gogo?«

»Sie hat vorhin Geschichten erzählt«, sagt Mama leise über die Geräusche vom Wasserhahn hinweg, »von verschwundenen Jugendlichen in Südafrika. Dass es da schon viel länger passiert. Und irgendwas über die Regierung, aber Andile … Du kennst ihn ja.«

»Er hat sie nicht ausreden lassen.«

Mama nickt, während ich den Hahn abdrehe und ihre Hand vorsichtig mit Küchenpapier trockne.

»Machst du gleich noch etwas Creme rauf, bevor du zur Kirche gehst?«

Erneut wobbelt ihr Kopf hoch und runter, doch sie hat sich schon wieder dem Schneidebrett vor sich zugewandt, den Karotten, die bereits in winzigen Stücken vor ihr liegen. Sie hackt weiter auf sie ein.

»Mach dir keine Sorgen, ja?«, sage ich in ihren Rücken hinein.

Meine Stimme gerät auch unter ihr Messer, es viertelt meine Worte. Ich will meine Hand nach ihr ausstrecken, doch greife stattdessen nach einem Glas im Schrank, halte es unter den

Wasserhahn wie zuvor Mamas Hand. Gehe raus aus der Küche, das Hacken hinter mir ein Stakkato, das keine Pause kennt, nur durch die Entfernung weniger wird und weniger, bis es aus meinen Ohren verschwunden ist, so wie ich aus ihrem Blick. Die lauten Stimmen aus dem Wohnzimmer helfen dabei, drängen mich zurück zu meinem Zimmer.

Mein Zimmer, doch nun auch ihres. Unathi sitzt in ihr gelbes Schlaftuch und eine Decke eingewickelt auf dem Bett. Nur die Lampe daneben wirft etwas Licht in die sich verdickende Dunkelheit. Ihr Gesicht erstrahlt blau vom Handy, das sie vor sich hält. Bei jeder ihrer Bewegungen warte ich darauf, dass sie etwas sagt. Doch nichts geschieht, sie schaut noch nicht einmal auf. Ab und zu grunzt sie, wenn sie lacht.

»Unathi ...«, setze ich an, doch sie hört mich nicht – Kopfhörer. Und ich weiß auch nicht wirklich, was ich ihr sagen will. Also nehme ich einen Roman vom Stapel auf meinem Nachttisch, lese darin eine Weile, ohne viel mitzukriegen. Dann hole ich das Stickbild mit Khanyis blättrigem Gesicht hervor, streiche, zurück im Bett, über die Landschaft auf meiner Wange und betrachte es. Die zarten Halme zwischen meinen Fingern dämmere ich langsam weg ...

... bis ich mit einem lang gezogenen Atemzug aufschrecke.

Unathi. Sie steht neben meinem Bett und stupst mich an. »Ich weiß, du bist müde, aber da war noch was. Ist vielleicht wichtig.«

Ich gebe nur ein Stöhnen von mir, richte mich halb auf. Alles an mir will sich wieder ins Bett kuscheln und weiterträumen. Denn gerade, kurz bevor sie mich geweckt hat, da waren wir alle, Khanyi Unathi Lindiwe und so viele andere, genau wie wir. Das dachte ich und für einen Moment war alles klar. Bis zum Erwachen, hinein in eine Welt, die einfach keinen Sinn mehr ergibt.

Das Mondlicht legt sich durchs Fenster auf Unathis Gesicht. Heute Nacht liegt das Tuch nur locker um ihren Hals und da ist ein Schatten unter ihrem rechten Ohr, etwas schmiegt sich in die Kuhle des weichen Stoffs. All das hier könnte auch ein Traum sein. Meine Wange kribbelt, ich wische mir über die Augen. Noch immer steht sie da, doch sie zieht das Tuch wieder enger um den Hals, verweigert mir den Blick auf mehr von sich. Sie hält etwas in der Hand, legt es neben mich aufs Bett. »Hab's heute Nachmittag bei den Sachen deiner Schwester gefunden«, sagt sie, »auf der Suche nach 'nem Pflaster. Total vergessen, aber dann ist es in meinen Träumen gerade aufgetaucht. Deshalb ... hier ist es.«

Ein Notizbuch. Vorne drauf klebt ein Zettel. Nachdem ich das Licht auf meinem Nachttisch angeschaltet habe, kann ich die gepressten Blüten im Einband sehen und ihn lesen – meinen Namen auf einem Post-it in Khanyis weicher Schrift.

Unathi sagt nichts weiter, legt sich zurück ins Bett gegenüber.

In mir zieht sich alles zusammen, während ich das Buch öffne. Ich blättere es durch, Worte und Zeichnungen begegnen mir, gepresste Blätter zwischen und auf Seiten. Samen ändern die Textur, geben dem Buch Hügel, wo sonst keine sind. Überall: Khanyis Schrift, auf jeder Seite. Die großen runden Os, die an den vollen Mond erinnern. Der Schwung ihres kleinen Gs, das eine Kuhle bildet, Wortendungen verwandeln sich zu Wellen. Vorne. Ich muss dort beginnen, um Antworten zu finden und die ganze Wahrheit, nicht nur all jene Teile, die mir an ihr gefallen werden.

Khanyis Buch von Samen und Wurzeln

steht groß auf der ersten Seite. Die Worte wurden mit zwei unterschiedlichen Stiften geschrieben, als hätte sie einen Teil erst später hinzugefügt. Drunter, etwas kleiner: ein Datum. Drei Monate vor ihrem Verschwinden. Und ein Bindestrich, der nur ins Leere führt, nicht zu einem Enddatum.
Ich nehme die Seite zwischen Daumen und Zeigefinger, blättere langsam um, im Wissen: Hier auf diesen Seiten werden mir Khanyis letzte Worte begegnen und sie hat gewollt, dass genau ich sie finde.

Seit einer Woche bin ich zurück

und doch ist ein Teil von mir dort geblieben
unter dem Baum
in der schüchternen Wintersonne
in Südafrika, Soweto, Central Western Jabavu.

Ein Teil von mir:
Noch immer an einem Ort
an dem mir Wurzeln wachsen können
und Hyecollins Arme
meine Einsamkeit davontragen.

Zwischen ihren langen Haaren sind da
Stimmen und Blätter um sie herum
genau wie um mich.
Fast 17 Jahre habe ich
darauf gewartet, anzukommen
in der Welt

und in mir selbst
in diesem weiten, weirden Ding
das mein Fleisch ist.
        Mein.

Ich bin Nokukhanya Maria Dube.

Ich bin 16 Jahre alt, bald 17.
Ich bin Südafrikanerin und Deutsche.
Ich bin Zulu und Berlinerin.
Ich bin Tänzerin.
Ich bin eine große Schwester.
Ich bin Tochter und Enkelin.
Ich bin schön.
Das höre ich zumindest so oft, dass ich
einfach annehmen muss
es stimmt.

Aber wer bin ich?
Hinter all diesen
Bezeichnungen, Beschreiburgen und Boxen
wer bin ich wirklich?

Wenn sie mich sehen, sehen sie:

ein schönes Mädchen, mixed
hellbraune Haut, lange Beine, lange Locken
das ganze Paket, das gerade die Werbung beherrscht.

Sie sehen einen Trend, etwas für heute
ohne gestern und morgen
kein ganzes Leben
dem andere zuvorgegangen sind und
das viele begleiten
viele Lebende und viele Tote.

Sie sehen eine Fantasie, ein Fabelwesen der Exotik
Nicht zu dunkel, aber
gerade braun genug, um Träume zu tragen
von   frischen Kokosnüssen
       Sonnenuntergängen am Strand
       tanzenden nackten Hüften
       Hawaii Kuba Brasilien Martinique.

Diese Fantasien nehmen
so viel Platz in meinem Körper ein
wenn ich in die Welt hinausgehe.
Manchmal glaube ich
es bleibt kein Platz mehr
für mich selbst.

Aber ich bin all das nicht.

Ich bin nicht
das Tal meines Bauchs
die Hügel aus Wangenknochen
Beine, die im Penché den Horizont berühren
Haare, die sich über Schultern ergießen.

Ich bin das, was unter der Erde wartet.
Ich bin das, was im Verborgenen
Wurzeln schlägt und heranwächst.

Mein Körper ist eine Heimat

er ist sein eigenes Land
in ihm sind so viele zu Hause.

Sie wandeln in ihm umher
lassen sich mal hier, mal dort nieder
flüstern mir Wahrheiten zu, in Sprachen
die nur mein Körper zu deuten weiß.

Seit Südafrika kann ich es nicht mehr leugnen
kann ich sie nicht mehr verdrängen
oder will es nicht mehr
all die Stimmen, die mich rufen
all die Dinge, die zu mir sprechen
und die Geister, die lebenden Toten, die
mich begleiten.

Und ihn
auch ihn will ich
nicht mehr vergessen
ihn, der von Anfang an da war.

Der Baum hat das bewirkt
hat, was lange schlief
aufgeweckt und in meinen Tag gelegt.

Das Armband aus Ziegenfell kratzt mich am Handgelenk

und ich schiebe es schnell wieder zurück unter den Ärmel
zu all dem anderen, was dort heranwächst.
Lange kann ich es nicht mehr verstecken.

Die Migränen sind seltener geworden
keinen Schultag habe ich mehr wegen ihnen verpasst
seit den Sommerferien.
Die Träume aber, sie werden immer mehr.

Ist komisch, Dinge festzuhalten, die ich
noch nie ausgesprochen habe. Aber jetzt
wo nichts mehr aus mir herausströmt
nur noch hinein hinein hinein
da brauche ich einen anderen Weg
um in mir Platz zu schaffen
für sie alle.

Heute Nacht sind die Schlangen zurückgekehrt.

Es ist, als hätten sie länger gebraucht
nicht wie ich ein Flugzeug bestiegen
um die bestimmt 10.000 Kilometer
zwischen Johannesburg und Berlin
zu überbrücken. Sie sind gekrochen
Tag und Nacht und auch hinter der Zeit entlang
in ihren Ritzen und Wölbungen.

Sind gekrochen durch Savanne, Wald und Wüste
durch schweres Wasser.
Haben ertrunkene Kleinkinder
auf ihren Rücken ein paar Wellen lang getragen
bis diese wieder ihre Hände verloren
hinabfielen, noch immer lachend.
Ihre Stimmen, das Rauschen der Wellen
die am Strand aufschlagen
sich verlieren, um sich einen Augenblick später
im Ozean wiederzufinden.

Die Schlangen haben
Grenzen überwunden
um zu mir zurückzukehren.

Heute Nacht kamen sie an

alle vier von ihnen
schlängelten sich um meine Beine
während ich im Bett lag
glitten meinen Körper entlang.

Eine verkroch sich in meiner Achselhöhle, eine andere
rollte sich auf meinen Oberschenkeln zusammen, ihren Kopf
auf meinen Schamhaaren niederlegend.
Die dritte legte sich auf meinen Mund, die Augen, die Nase
mir den Atem nehmend, weil ich ihn nicht mehr brauche.
Die letzte vollführte Spiralen um mein Handgelenk
über das Ziegenfell und die Landschaft aus Narben.

Sie sind wieder zu Hause
bei mir.

Die Schlangen machen mir

keine Angst mehr
der Tod genauso wenig
sie begleiten mich beide
schon von Anfang an:

Ich bin die Tochter
eines Schwarzen Südafrikaners
ich wurde in den Tod hineingeboren.

Mein Geburtstag erinnert mich immer daran
der 21. Oktober.
Wenn Baba nach meinen Geburtstagskerzen
die anderen anzündet
und sie in den Hintergrund stellt
allein auf die Anrichte.

Drei weiße Kerzen für zwei Tote:
Für seinen Bruder Ndumi
und dessen Sohn Themba.

Der 21. Oktober.
An dem Tag und in der Stunde, in der ich
        geboren wurde, ist ihr Auto mit einem anderen
    kollidiert, wurde vom Aufprall
            in die Luft gehoben, durch sie hindurch gewirbelt
        wie eine Schneeflocke.

Rote Blätter
an den Bäumen
vorm Krankenhaus
sie fallen zu Boden
rote Erde, dort wo sie aufkommen
mein Onkel, mein Cousin.

Aber ich bin noch hier.

Ich lache dem Tod ins Gesicht, nenne ihn bei seinem Vornamen.
Unsere Geschichten schreibe ich fort, gehe
mit den blutenden Füßen meiner Großmütter voran.

Ich bekleide mein Kinderzimmer
mit knittrig goldenem Schokoladenpapier
säe Samen auf den Fußboden
sammle Asche wie andere Mädchen Barbiepuppen.

Der Tod macht mir keine Angst.
Doch das Leben

das Leben ist eine andere Geschichte.

Muss ich am Anfang beginnen

um meine Geschichte festzuhalten
und im Hier anzukommen?
Wo ist der Anfang, wenn das Leben in Spiralen verläuft?

Es gab eine Zeit, in der haben mich
die Träume die Stimmen die Schlangen
abends zugedeckt
tagsüber mit mir gespielt
mir nachts Geschichten erzählt.

Zu dieser Zeit will ich zurückkehren
es gibt keinen anderen Weg mehr.
Ich habe alles versucht
ließ das Schweigen mir jahrelang
das Mark aus meinen Knochen saugen
bis ich nur noch eine Hülle war, die sich
alle paar Wochen selbst öffnete
als könnte ihr fließendes Blut
die Träume die Stimmen die Schlangen ertränken.

Mir bleibt nicht mehr viel Zeit.
Mein Geburtstag ist in fünf Wochen
dann wird alles Sinn machen
hat meine Urgroßmutter gesagt.
Warte nur, warte.

Mandla und Bongi rauschen am Morgen ins Zimmer.

»Pancakes, Pancakes«, singschreien sie fortwährend. Ihre kleinen knochigen Knie drücken sich dabei im Rhythmus ihrer Stimmen in meine Oberschenkel.

Khanyis Notizbuch fällt zu Boden und ein Blatt rutscht zwischen den Seiten hervor. Ich hebe es auf, verspreche den beiden, dass ich gleich komme und meine weltberühmte Schoko-erdnusssoße für sie machen werde.

In Gedanken bin ich nur bei ihr. Meine Schwester, meine große Schwester, die allein auf der Bühne steht, seitdem sie acht Jahre alt ist, die uns den Himmel herbeitanzt, die in ihrer schmalen Gestalt die Kraft einer Löwin versteckt, bereit, mich für immer zu beschützen. Meine Schwester, meine große Schwester, fühlte sich nicht zu Hause in ihrem Körper? Fühlte, dass er ihr gar nicht gehörte? Wie kann das sein, wie passt das damit zusammen, wie sie mir und uns und der Welt jeden Tag begegnet ist?

»Wann kommst du endlich, Sisi?« Mandla steht in der Tür, Apfelmus auf der linken Wange.

»Schon unterwegs«, rufe ich und bleibe doch sitzen, das getrocknete Blatt in den Händen. Es passt perfekt zwischen sie. Auf diese Weise lasse ich es verschwinden, nur ich weiß noch von seiner Existenz.

Unathi ist schon in der Küche, sitzt auf der Bank neben Bongi, obwohl ich gar nicht mitgekriegt habe, wie sie aufgestanden ist. Sie unterhalten sich alle darüber, wie es nun weitergeht, nachdem die Flughäfen geschlossen wurden. Ihre Visa werden sie diese Woche noch mit Baba verlängern. Gogo scheint sich darüber zu freuen, etwas länger hierzubleiben, trotz des nahenden Winters. Und Unathi ... ich kann sie so schlecht lesen, aber unglücklich sieht sie auch nicht aus.

Erdnussbutter, Schokocreme und etwas Hafermilch in den kleinen Mixer, genau richtig für die nächste Ladung Pfannkuchen, die Mama gerade auf den Tisch stellt. Mandla sitzt auf dem Stuhl neben mir, Papier zwischen unseren beiden Tellern, mit Bäumen drauf, die aus Häusern wachsen, Wellen, in denen Blumen sprießen, fliegende Fische über ihnen. Ich nehme mir ein leeres Blatt und kritzele beim Essen vor mich hin.

»Die Soße ist gut geworden«, sagt Mandla schmatzend zwischen zwei Bissen zu mir und ich schaue auf das Papier neben meinem Teller, auf dem immer wieder das Wort Baum steht

Baum   Baum   Baum   Baum

Und dann noch ein Wort, ganz unten, in seiner eigenen Ecke:

Südafrika.

Im Sommer, bevor sie verschwand, sind wir nach Südafrika, so wie es auch in ihrem Tagebuch steht. Bongi und Mandla plapperten alles nach und rannten meinen Eltern sechs Wochen lang davon, im Township genau wie in den Suburbs und Malls. Als wir zurückkamen, war Khanyi anders. Ruhiger, wollte mehr für sich sein. Aber sie lachte auch wieder mehr, also machte ich mir keine Sorgen. Sie ging viel in den Wald, alleine. Nur einmal hat sie mich mitgenommen. Am Ende.

Zeit, um darüber nachzudenken, bleibt mir heute nicht. In der Kirche ist ein Fundraiser und Mama hat mich für den Kuchenverkauf eingetragen. Diskutieren hilft nicht, protestieren genauso wenig. Ich habe in meinem Leben schon so viele Bibelverse als Antworten erhalten, ich weiß, wie hart sie auf die Haut klatschen und dort kleben bleiben.

Durch die Blicke muss ich hindurch, wie jedes Mal. Egal, ob sie mich anstarren, weil ich das arme Mädchen mit Weißfleckenkrankheit bin und die Flecken bei mir, anders als bei den zwei Models, die sie vielleicht aus der Werbung kennen, nicht wirklich gut aussehen. Oder weil ich *die Lesbe* bin, seit meinem Outing mit Cecilia. Die lesbische Tochter des Vorzeige-Ehepaars. Obwohl ich es ja gar nicht bin, eher so pan, glaube ich, aber wie soll ich denen das erklären, noch mehr Grauzonen aufmachen und meine eigenen Fragen zu Aussagen verwandeln, nur um ihr Bild von mir geradezurücken?

Vielleicht ist das Starren auch, weil ich die traurige kleine Schwester der schillernden Khanyi bin. Ob sie sich heimlich fragen, warum es nicht mich an ihrer Stelle getroffen hat, und sich gleichzeitig für diese Gedanken selbst verurteilen? Ob sie sich daran stoßen, dass ich meine Haare nicht nur natürlich trage, sondern sie auch null pflege? Ganz offensichtlich, ich meine, schaut euch diesen Frizz an, und dann noch die Pinsel aus Babyhaaren, girl, please. Das geht besser für den Herrn.

Da sind sie alle, in ihrer besten Kleidung, in ihrer absoluten Überzeugung, dass sie auf der richtigen Seite stehen. Ich bin auf keiner Seite, und in diesen Momenten kann ich nur sagen, danke, Yesu, für mein Dazwischen. Mir genügt es, zu wissen, dass ich nicht alles weiß, dass ich über niemandem stehe, sondern nur mit ihnen, dass so viel Platz hat neben meinen Wahrheiten und deshalb nicht Lüge genannt werden muss.

Unathi schiebt neben mir mit breitem Lächeln Käsekuchen, Bolo Polana, Zimtschnecken, Chin-Chin und Puff Puff auf Pappteller. Unathi ist schräg. Sie hätte mit Gogo zu Hause entspannen, Secondhandshops erkunden, Flohmärkte ihr Eigen nennen können. Stattdessen steht sie hier, bei mir. Freiwillig. Einfach nur schräg. Aber mein Glück, denn mit mir eine Schicht zu teilen ist unter der Kirchenjugend nicht gerade ein Bestseller.

»Ignorier sie«, sagt Unathi in einer Pause.

Vor uns hat es sich für einen Moment gelüftet, gerade ist mehr am Stand gegenüber los, bei Jollof Rice, Plantain, Groundnut Soup und anderem Herzhaften. Mein Blick eine Frage.

»Ignorier sie einfach. Oder stell dir vor, wie sie nackt aussehen. Nackt durch die Gänge schlurfen und mit ihrem herablassenden Mist vor dir stehen bleiben. Ist alles nur Fassade.«

Ich lache, als gerade Miss Gloria anrauscht, das Stakkato ihrer High Heels kündigt sie schon an, bevor sie vor uns steht.

»Lindiiiiwe!« Mein Name aus ihrem Mund, das Ende einer Erörterung, eine enttäuschende Feststellung nach stundenlangen Debatten. »Schön, dich zu sehen, praise the Lord.«

Luftküsschen und spitze Nägel, die mir dabei gefährlich nahe kommen, trotz des breiten Tischs zwischen uns.

»Und wer ist deine .... *Freundin*?« Ich entgleite ihrem Blick, als sie Unathi in Augenschein nimmt. »Wenn ich mir dich so anschaue, würde ich sagen, du bist noch nicht allzu lange in Deutschland, Sweetie ...«

Miss Gloria leitet Aerobic-Kurse in der Kirche und hat einen IG-Account, bei dem sie zu Gospelrap Übungen vorführt. Sie hat fast 30.000 Follower, einer von ihnen ist Pastor Joshua, der nicht nur ihre Videos liked, sondern auch ihren Hintern.

»Komm gerne zu unseren Sportkursen. Dienstag und Donnerstag. Komm am besten zu beiden. Wir kriegen dich schon fit for Jesus!« Noch bevor Unathis Mund sich vor Erstaunen wieder schließen kann, hat Gloria ihr eine Visitenkarte in die Hand gedrückt, mit QR-Code in Kreuzform. »Und esst die Kuchen nicht alle selbst«, ruft sie uns noch über die Schulter zu, »der Herr glaubt nicht an Diabetes.«

Während sie auf ihren Mörderabsätzen in Pastor Joshuas Richtung stöckelt – er springt bereits auf, schmeißt dabei fast eine Kaffeetasse um –, probiere ich Unathis Trick aus. Miss Gloria nackt, ohne all diese Extras, mit einem Muttermal in der Form Afrikas auf ihrer linken Pobacke, umgeben von winzigen Cellulitewellen. Ich muss kichern und Unathi auch. Wir halten uns aneinander fest, ignorieren die Leute, die an uns vorbeiziehen.

»Was würdest du tun, wenn heute dein letzter Tag wäre?«, plappert Unathi ins Lachen hinein, ihre Stimme ein Gemisch aus Ernst und Spaß.

»I would spend it with Jesus«, antworte ich natürlich und wir prusten weiter.

»Nein, im Ernst«, sie hält mich fest, beide Hände ankern nun an meinen Armen, sie zwingt mich dazu, sie anzusehen.

Wenn heute mein letzter Tag wäre, würde ich mir wünschen, dass es auch Platz für diesen Moment zwischen uns gäbe. Aber so was kann ich nicht sagen, sollte es nicht einmal denken, sie ist immer noch meine Cousine. Bevor ich mir etwas anderes ausdenken kann, eine lustige Antwort, die ihr Lachen zurückholt, zieht uns eine neue Kuchenbestellung auseinander. Und dann ist da Pitso, zwischen all den Polyestergewändern: seine Leinengestalt. Er lächelt mich schon aus der Ferne an und ich lasse Unathi kurz alleine, laufe auf ihn zu für eine seiner weichen Umarmungen. Und für eine meiner Fragen: »Ntate Pitso, wie hältst du das hier aus? All diese Scheinheiligkeit? Und wie sie uns anglotzen, immerzu?«

Er drückt mich noch mal an sich, seine Bartstoppeln an meiner Stirn. Er riecht nach Zitronen und Flieder, erinnert mich an die Seifen meiner Schwester. Doch statt einer Antwort Fragen zurück von ihm: »Was hätte ich ohne die Kirche? Wie würde ich hier in Deutschland überleben ohne sie alle? Wenn ich in ihre Mitte gepflanzt wurde, dann wird Gott dafür schon seine Gründe haben.« Und dann leiser, direkt in mein Ohr: »Oder ihre.«

Seine Nägel sind kurz gehalten, sie glänzen wie poliert, aber scheinen nicht in den Farben, die er manchmal trägt, wenn er uns besucht, Korallenriffe spiegelnd.

»Wie geht es dir? Ist es schön mit deiner Großmutter?«, fragt er mich.

»Ja, total. Der Besuch tut uns allen gut.«

»Deine Eltern können etwas Freude gut gebrauchen. Es muss schwer sein, noch einmal so einen großen Verlust zu erleben.«

»Warum noch einmal?«

Er löst sich von mir, kratzt sich am Bart. »Ich meinte nur, sie haben schon viel in ihrem Leben durchgemacht.«

Er schaut an mir vorbei auf das Büfett, wechselt das Thema, indem er bei mir ein Stück Mohnkuchen bestellt, dann verabschiedet er sich und lässt mich dort neben Unathi zurück.

Unathi und ich kommen für den Rest des Tages nicht mehr zusammen. Der Moment zwischen uns bleibt nur ein Moment. Vielleicht weil es Wichtigeres gibt, wie die Suche nach meiner Schwester. Also lese ich am Abend weiter in ihrem Tagebuch, nur ein paar Seiten, bis mich die Müdigkeit besucht und auf die Wange küsst. Keine Luftküsse mehr, keine.

Gerade ist mir warm und kalt zugleich

wie meistens nach dem Training.
In meinem Rücken ein Grabstein
Dunkelheit vor mir und an meiner Seite
obwohl es erst neun ist.

Der Friedhof hat schon lange geschlossen, aber
im Zaun ist ein schmaler Riss
versteckt hinter einer Hecke.
Sie hinterlässt jedes Mal Spuren auf meiner Haut
bevor sie beiseitetritt und mich hineinlässt.
Alles hat seinen Preis.

Hier komme ich zur Ruhe
hier begegnen die Stimmen anderer
die sie zum Lachen und Klagen einladen
hier geht mein Atem tiefer.
Auf Gräbern sitzend fährt er
an zerfallenden Särgen und Körpern vorbei
hinein in die Erde.

Nach dem Training bin ich gerne hier
am liebsten, wenn der Friedhof geschlossen ist
wenn keine Blicke oder Zeigefinger
mich infrage stellen.

Vorhin auf dem Weg zur Tanzschule

bin ich an ein paar Typen bei einer Kneipe vorbei.
Hab meine Kapuze weit nach vorne gezogen
meine Haare tief in ihr verborgen
das Gesicht dem Asphalt entgegen
als gäbe es keinen Himmel, nach dem es sich sehnt.

Aber sie haben mich schon bemerkt
rufen mir zu, was ich für eine Süße sei
und was sie alles mit so viel
Schokolade machen würden.

Ich könnte die Straßenseite wechseln, doch
ich will es nicht, will
nicht wieder verschwinden, weil andere
meinen Platz als ihren beanspruchen.

Einer der Typen greift
nach meinem Arm, hält mich fest:
»Wir meinen's doch nur nett, Kleine.
Gönn uns ein bisschen Spaß.«

Dann spürt er
das weiche Fell der Ziege
die Einkerbungen unter ihm.
Er schreckt zurück, lässt mich los.
»Was zur Hölle ist das?«
Mein erstes Wort zu ihm, mein letztes:
»Voodoo.«

114

Nach dem Ballettunterricht

bin ich noch im Raum geblieben
habe Maskandi angemacht
einen Gürtel aus Perlen um meine Hüften gelegt
eine Kette um meinen Hals
Rasseln an meine Knöchel.

Die Arme nackt, nur
ein Trägertop und eine kurze Shorts an
weil mich hier niemand sieht
meinen Heimatkörper und seine Landschaften
das Stück Ziegenfell an meinem rechten Arm
das ich sonst immer flach
unter dem Ärmel des Balletttrikots
verschwinden lasse.
Hier und jetzt darf alles sein.

Im Tanz komme ich
zurück zu ihm
zu meinem Körper
versuche, ihn ganz zu beanspruchen
für mich und all die anderen.

Ich schüttle die Hand von vorhin ab
und all die anderen Hände, die
immer wieder nach mir greifen
mich festhalten, erforschen, erkunden wollen
als wäre ich ihr Land, nicht mein eigenes.

Wie schön sie mich finden
und wie wenig sie hineinblicken
hinter die Fassade, dorthin wo
mein Blut pulsiert, wo
mein Herz schlägt, wo
Gedärme sich winden, wo
meine Seele sich versteckt
in den Pausen
zwischen Ein- und Ausatmen
zwischen Herzschlag und Herzschlag
zwischen Sehen und Erkennen.

Auf dem Friedhof

unter dem flackernden Licht einer gelbfiebrigen Laterne
betrachte ich gerade die Narben auf meinem Arm
die Muster, die sie zusammen bilden
wie ein uraltes Gebet aus Linien und Formen.

Manchmal berühre ich sie am Abend, wenn ich im Bett liege
während uKhokho, meine Urgroßmutter, mich wieder
Geschichten statt der Dunkelheit essen lässt.
Streichle über sie und wandere zugleich in den Erzählungen
über die heiligen Berge, die ältesten Gesteine
unser aller Ursprung, gesegnetes Land.

Die Narben verblassen bereits, langsam, ganz langsam
vor allem dort, wo die getrocknete Haut der Ziege
die meine berührt.
Sie nehmen die Erinnerungen mit sich
schaffen Raum in mir
für mehr Wandernde
die kein Zuhause in dieser Welt besitzen.

Nur in mir kommen sie zur Ruhe
ranken sich um das
was dort Wurzeln schlägt.

Rihanna versteht mich

weil auch sie erfahren musste, dass ein Körper
zu einem Gefängnis geformt werden kann
durch die Blicke der anderen
die ihn kneten, bis er
nachgibt oder zerbricht.

Aber das ist nicht das Einzige, was
uns verbindet.

Ich mag Rihanna
und die Energie, die wir entfachen
wenn wir zusammen sind.

Wir träumen beide
von einer Welt, in der wir

       wir

        sein

         können

& endlich all den Schmerz ablegen
unsere zweite Haut, so eng verwoben
mit der Farbe unserer ersten
mit der Form unserer Körper.

Wir sind die Kinder all jener, die
gegen jeden Widerstand
Verbindungen gewoben haben.

Sie reichten in die Zukunft
       & in die Zukunft
            bis in unsere heutige Zeit.

            Unsere Leute haben so vieles überlebt
            & sie überleben immer weiter.
            Rihanna und ich aber träumen
            von einer Welt, in der
            wir ~~alle~~ überleben können.

Ri und ich müssen ein Klimaprojekt in der Schule machen

und ich musste heute lachen, als ich das gehört habe.
Die Lehrerin hat mich nur angestarrt.
»Was ist so lustig an der Klimakrise?«, hat sie gefragt
mit Maulwurfsaugen hinter ihrer dicken Brille
und Fingern, die vom Durchblättern der Prüfungspapiere
schon Hornhaut haben.

Das Klimaprojekt bin ich, hätte ich gerne gesagt
weil in mir etwas wächst
das mich hinauszieht, aus der Welt
mich hineinzieht, in den Wald.
Vielleicht sind wir aber auch alle
unsere eigenen Klimaprojekte
denn das Klima betrifft jede*n.

Wir rasen auf eine Zukunft zu
die sich keiner gewünscht hat
die Bremsen funktionieren nicht mehr
aber die Erwachsenen
trinken Kaffee aus Recyclingbechern
tätscheln uns den Kopf
kneifen uns in die Wangen & sagen:
>»Bloß keine Panik, jetzt mal nicht überreagieren
>wird schon wieder, tut es immer.«

Und der Kaffee ist unsagbar heiß
die Hälfte schwappt über
Dampf überall und sie
versuchen zu lächeln, während er
unsere Schenkel verbrennt.

Egal, was ich für dieses Projekt schreiben werde

unsere Lehrerin wird es wieder »zu radikal« finden
mehr als eine 3+ ist bei der nie drin für mich.

Aber »radikal« heißt
von der Wurzel aus denken
und genau da fängt alles an.

Oder noch früher:
Wenn Samen erwachen
unter der Berührung
von Wasser und Erde.

Ich möchte von Wangari Maathai erzählen
von all jenen, die Bäume pflanzen und heranziehen
die den Wald beschützen und damit unser aller Zukunft
auch mit ihren schwarzen und braunen Körpern
mit ihrem Leben.

Also werden wir über Samen schreiben
über Wurzeln und Wachstum
über Anfänge
gerade jetzt, wo es nur um das Ende geht.

Radikal.

Am nächsten Tag helfe ich Frau Önder.

Wir sortieren neue Titel in die Bibliothek ein und nehmen sie in den Katalog auf. Cecilia ist auch da, wandert wie ein Geist durch die Gänge, ich kann sie nicht greifen, sehe sie am Ende nur wieder mit Ty weggehen.

Zu Hause setze ich mich mit einem Buch von Octavia Butler aufs Bett, das bei den Neuanschaffungen dabei war. Mein Lohn für all die Arbeit, unausgesprochen: das stetig wachsende Regal voller Afrofuturismus im dritten Gang, direkt neben den Dystopien.

Die Parabel vom Sämann wurde 1993 zum ersten Mal veröffentlicht, als unser Heute noch die Zukunft war. Ein Klassiker der spekulativen Literatur. Eine Welt nach dem Ende. Der Roman beginnt in meinem Gestern, im Jahr 2024, mit einem Traum vom Fliegen.

Als Unathi reinkommt, erscheint ihr Kopf über dem Regal, das unsere beiden Seiten trennt. »Wie geht es dir, Sisi?«

»Gut. Buch ist gerade nur sehr spannend.« Und Gründe. Für mein Schweigen ihr gegenüber. Aber das kann ich ihr nicht sagen, ich benenne sie nicht einmal für mich selbst. Senke nur meinen Kopf, mein Blick heftet sich wieder an die Worte auf dem Papier.

»Willst du nicht lieber rausgehen, was mit mir machen? Oder mit deinen friends?«

»Wozu? Ich hab doch Bücher. Bücher sind Welten in meiner Hand.«

»Und wie sind deren Umarmungen? Ihre Küsse? Ein bisschen hölzern, oder?«

Unathi ist *wirklich* komisch. Kurz schaue ich hoch, weil ich nicht weiß, was ich auf so einen Quatsch antworten soll. Aber beim Anblick ihres Lächelns fängt es sofort an, in mir zu kribbeln. Schnell zurück zum Buch. Zurück in die abgeschirmte christliche Gemeinschaft, in der Olamina, die Protagonistin, lebt. Vor ihren Mauern ist die Welt bereits untergegangen und Olamina spürt, ihre einzige Chance zu überleben, ist, sich auf Veränderung einzustellen.

Toilettenpause. Als ich wiederkomme, fällt mein Blick auf Khanyis Tagebuch neben meinem Bett. Ich setze mich wieder hin, nehme den Roman in die Hand, doch ich muss an Rihanna denken, während *Die Parabel vom Sämann* aufgeklappt auf meinen Schenkeln liegt. Sie begegnet mir immer wieder in meinen Träumen, sie blickt mich an und dann wache ich auf. Khanyis beste Freundin und doch hat Rihanna uns nach ihrem Verschwinden nicht mehr besucht, obwohl sie früher fast jeden Tag bei uns rumgehangen hat. Und trotz allem, was sie geteilt haben, hat Rihanna nicht einmal nach Khanyi gefragt.

Es ist, als hätte sie keine Antworten von uns gebraucht, weil sie sie schon kennt. Vielleicht ist es Zeit, alles umzudrehen und Rihanna Fragen zu stellen. Morgen, nach der Schule? Oder jetzt?

Bei dem Gedanken geht mein Atem schneller und ich rappele mich auf, sodass der Roman herunterfällt und mit dem Cover nach oben, neben mir liegen bleibt. Goldener Hintergrund, eine Schwarze Hand, Erde in ihr.

»Ich muss noch mal kurz los«, rufe ich ins Zimmer meiner Eltern hinein, Baba sitzt am Schreibtisch neben dem Bett, schreibt Rechnungen oder bezahlt welche.

»Wohin denn?« Er hält ein Blatt Papier in der Hand, aber schaut jetzt zu mir rüber.

»Hab noch ein Referat vorzubereiten, Gruppenarbeit«, sage ich schnell.

»Worüber?«

»... Porgy und Bess?« Die Frage kriege ich aus meiner Antwort nicht schnell genug heraus und etwas Besseres ist mir gerade auch nicht eingefallen.

Jetzt legt Baba das Papier zur Seite, braucht beide Hände zum Gestikulieren. »Porgy and Bess, really? Hast du ihnen von Neo Muyangas Opern erzählt, und davon, wie in Südafrika westliche Opern neu interpretiert werden? Oder von der wunderbaren Pretty Yende, die mit 16 das erste Mal eine Oper gehört hat und heute die Bühnen der Welt bespielt?«

»Ja, ja, habe ich. Hab's zumindest versucht. Aber Herr Murali traut sich nicht an Stoff, den er nicht kennt.«

»Dann muss er dazulernen«, Baba lacht auf, »ich geb ihm gerne Nachhilfe. Oder Pitso kommt mal vorbei.«

»Werd ich ihm ausrichten.«

»Trotzdem viel Spaß mit Porgy. Nimm dein Handy mit. Und sei um 8 zurück, wie immer.«

Ich drehe mich schon weg, muss raus aus der Wohnung. Doch er ist mal wieder schneller, weil ich ewig brauche, meine Schuhe zuzubinden. »Lindiwe, one more thing.« Seine Stimme laut aus dem Zimmer.

Oh nein, nicht *one more thing*. Es ist nie nur *one more thing*. Es ist immer eine Riesenaufgabe an mich. Aber was kann ich anderes machen, als mit halbgeschnürten Schuhen und schleifenden Senkeln wieder zurück an seine Tür zu schleichen?

»Bring deine Brüder auf dem Weg bitte bei Mama vorbei. Und nimm Unathi mit, wird ihr nicht schaden, ein paar Leute aus deiner Klasse kennenzulernen.«

Im Wald auf der anderen Straßenseite stürzt ein Baum um, und allein ich kann es hören. »Die Zwillinge okay, aber bitte nicht Unathi, Dad.«

»*Dad* mich nicht.«

»Entschuldigung, uBaba, aber ich kann da wirklich nicht mit ihr auftauchen.«

»Warum, bist du zu cool für deine südafrikanische Cousine?«

Meine Antwort ist ein Schnauben. Wenn es dieses Treffen wirklich gäbe, dann wäre das Gegenteil mein Problem. Ich bin nicht zu cool für Unathi, Unathi ist definitiv zu cool für mich. In Berlin hat sie Vintageläden für sich entdeckt. Und Verschenkkisten auf der Straße. Sie rockt alles.

Aber bei Baba gibt es kein Diskutieren, vor allem nicht, wenn es um Gott oder Familie geht. Manchmal denke ich, beides ist so ziemlich das Gleiche für ihn. Heilig. Also nehme ich sie *alle* mit, ohne einen Plan zu haben, wie ich aus dieser Lüge jetzt wieder herauskomme, mit Unathi an meiner Seite.

An der Bushaltestelle spielen die Zwillinge Fangen, sausen um Menschen herum, hinter das Wartehäuschen und wieder nach vorne. Ein paarmal ermahne ich sie, damit sie nicht auf den Fahrradweg rennen. Gegenüber von uns liegt der Wald, blickt uns unentwegt an. Ich kann ihm nicht ausweichen, nicht hinter das Häuschen huschen wie die beiden. Muss hier stehen, neben Unathi, und auf den X10er warten, der fünf Minuten Verspätung hat.

»Guck mal, Sisi!«, ruft mir plötzlich Bongi zu und zeigt auf einen Zettel, der am Glas der Bushaltestelle klebt. Ich muss nicht näher treten, um zu wissen, wer auf dem Foto zu sehen ist oder was unter ihm steht. Ich kenne dieses Bild und den Text, habe geholfen, ihn zu verfassen. Vor drei Jahren. Das Einzige, was sich mit der Zeit geändert hat, ist der Betrag, den meine Eltern für »sachdienliche Hinweise« (haben wir von der Polizei geklaut) ausschreiben. Wir haben mit 1.000 € begonnen, mittlerweile ist er fünfstellig, mehr als die Ersparnisse meiner Eltern zusammen.

Alle paar Wochen melden sich Leute und Mama verbeißt sich in jede einzelne ihrer Aussagen. Aber nie ist etwas dran, wenn jemand meine Schwester an einem Bahnhof in Brandenburg, in einem Supermarkt in Lichtenberg oder einem Späti in Neukölln gesehen hat. Wahrscheinlich war es nur irgendein anderes mixed Mädchen mit langen Locken und langen Beinen.

Meine Brüder kennen Khanyi hauptsächlich von diesen Vermissten-Anzeigen. Ihre Körper halten keine Erinnerungen an sie fest, nicht wie der meine. Sie waren zwei, als sie verschwand, sie kennen nur das Leben mit einem Geist. Vielleicht denken sie, Khanyi ist wie Jesus: Nicht greifbar und doch von allen verehrt und für sie immerzu präsent.

Später in der U-Bahn stelle ich mich zwischen meine Brüder an einem Ende des Waggons und die Blicke eines grau-weißen Ehepaars vor mir. Sie tragen Masken, schon wieder tragen jeden Tag mehr Menschen Masken, aber das Hängen ihrer Mundwinkel zeichnet sich an ihrer Haltung ab, an den verkrampften Händen, den verstopften Schultern und dem periodischen Kopfschütteln.

»Ich kann die nicht mehr ab«, murmel ich Unathi zu, die neben mir steht und sich an einem baumelnden Griff festhält.

Ich spreche über die Masken und die Grauweißen gleichermaßen. Die Pandemie hat uns wenigstens dazu gezwungen, anzuerkennen, dass wir alle die gleiche Luft einatmen, dass der Atem von einem Körper in den anderen übergeht und uns alle – Menschen, Tiere, Pflanzen – verbindet.

Die Zwillinge klettern hinter uns die leuchtend gelben Stangen hoch und hangeln sich durchs Abteil. Ein paar Gummibärchen purzeln aus Bongis Jackentasche zu Boden. Kopfschütteln von den Grauweißen. Und Getuschel, das wir alle hören sollen.

Ich ignoriere sie, stelle mir vor, heute wäre einer meiner Schwarzen Tage. Ein Moment, in dem ich plötzlich nur unter Schwarzen Menschen bin. Das erste Mal bei einer neuen Ärztin und da steht Schwärze vor mir, als sie die Tür öffnet. An der Bushaltestelle mit drei anderen Schwarzen Menschen zu warten, in der Schlange am Supermarkt. Diese zufälligen Begegnungen, in denen das Leben Schwarz in mein Deutschland streut, einen Augenblick lang, genug für einen Schwarzen Tag. In der Nähe der Zwillinge sitzt ein Bruder. Unathi bei mir. Mandla und Bongi, während sie die Welt zu ihrem Spielplatz erklären. Für diesen einen Augenblick sehe ich nur sie. Für diesen einen Augenblick ist alles Schwarze Freude.

In der Tanzschule ist mal wieder viel los. Ein Kurs endet gerade, Kinderballett, ein anderer beginnt, sieht nach Contemporary für Erwachsene aus. Kinder in rosa Trikots rauschen an mir vorbei, ihre Körper werden eine Welle, die über uns hinwegschwappt und uns doch nur bis zum Bauchnabel reicht, egal wie kraftvoll sie aus der Entfernung erscheint.

Eine der lehrenden Personen betritt den Tanzraum 1, den größten der drei Räume hier, mit wunderschönem, glänzendem Parkett, auf dem nach anstrengenden Sessions die Abdrücke der Tanzenden aus Schweiß allein zurückbleiben, bis auch sie im Trocknen verschwinden. Als die Person sich umdreht, um die eintreffenden Leute zu begrüßen, erkenne ich sie sofort: Es ist Felix*, eine*r von Khanyis Lieblingsteachers. In den Wochen vor ihrem Verschwinden hatte sie immer weniger Ballett gemacht, nicht mehr jeden Tag an der Barre verbracht, mehr Stunden zu zeitgenössischem Tanz besucht. Mama und sie haben einen Abend furchtbar darüber gestritten.

»Findet die Freude«, sagt Felix* gerne, hat mir Khanyi mal erzählt. *Findet heraus, wo die Freude in eurem Körper wohnt und welche Bewegungen sie verstärken.* Vielleicht war sie auf der Suche nach Freude, zumindest hat sie endlich wieder gelacht. Vielleicht haben die Stunden Khanyi auch erlaubt, mehr ihres eigenen Körpers zu bewohnen, als sie es sonst tat. Ich weiß es nicht, ich habe sie nie gefragt, weil ich von nichts eine Ahnung hatte. Bis jetzt.

Ich grüße Felix*, wir tauschen einige Worte aus, bevor ich die Zwillinge in Mamas Büro schiebe. Mama unterrichtet nicht nur, sie ist auch für den ganzen Papierkram in der Tanzschule zuständig. Man könnte meinen, ihr gehöre das Studio, aber das Briefpapier auf dem Schreibtisch schmückt ein anderer Name, nicht Dube. Mandla und Bongi ins Büro pflanzen, tiptoi-Buch aus der Schublade. In 'ner Viertelstunde ist Mamas Unterricht ja auch schon vorbei. Mamas wird's überleben, die beiden auch. Mandla kuschelt sich aufs kleine durchgesessene Sofa und ich ziehe ihm schnell die Schuhe aus, bevor er im interaktiven Buch versinkt. Bongs schmiegt sich an seine Schulter und schaut ihm zu. Er hat noch ein paar Gummibärchen, die er sich Stück für Stück in den Mund steckt.

Vor dem Haus bleibe ich stehen, lasse die schwere Holztür hinter Unathi und mir mit einem dumpfen Knall ins Schloss fallen. Ich setze mich auf eine der Stufen, die zum Eingang hochführen, um nachzuschauen, wie wir jetzt am besten fahren.

Unathi steht neben mir, an die niedrige Steinmauer neben den Stufen gelehnt. »Wo wollen wir jetzt hin?«, fragt sie mich.

Autos auf der Straße, ein Kind, das sich Vanilleeis erkreischt, jemand flirtet im Vorbeigehen am Handy, das Kichern ein Versprechen auf mehr. Unathi neben mir, es ist, als könnte ich sie atmen hören auf meiner Haut, egal wie weit entfernt sie ist. Ich schüttle meinen Kopf, um ihn wieder geradezurücken.

»Ich muss kein Referat vorbereiten«, gestehe ich, meinen Blick nach unten, zwischen meine Schuhe gerichtet, das Handy baumelt in meiner Hand.

»Ich weiß.«

»Woher?«, frage ich erstaunt.

»War nur so eine Ahnung, fast als könnte ich es riechen, dass du was anderes vorhast.« Jetzt schaue ich hoch und jetzt ist sie es, die den Kopf schüttelt und zu Boden schaut. »Is' natürlich nur Quatsch.«

Ein paar Mädchen springen die Stufen hoch, wippende Pferdeschwänze, wirbelnde Hoffnung. Sie nicken mir zu, denn mich kennen alle hier, auch wenn ihre Körper und Gesichter für mich über die Jahre verschmelzen, denn da sind immer neue Pferdeschwanzmädchen, die die Stufen hochspringen, Hoffnung mit sich tragend.

»Komm, Sisi.«

Unathi steht nun vor mir, zupft am Halstuch herum und fährt sich mit der Zunge über die Lippen wie in Zeitlupe. Alles steht still, alles rückt in den Hintergrund, wird unscharf. Das schreiende Kind, die Autos und Fahrräder und E-Scooter, die an uns vorbeirasen. Sie kommt auf mich zu, hält mir ihre Hände entgegen.

Mein Puls ist Techno, als würde er nur noch dieser Stadt gehören – und diesem Mädchen vor mir. Ich schlucke, versuche zu lächeln, aber alles an mir hängt schief, das spüre ich auch ohne Spiegel. Trotzdem: Lasse ich meine Hände ihren begegnen, lasse mich von ihr hochziehen, bleibe für einen Moment so stehen. Bis meine Hände wieder das Weite suchen, sich in die Hosentaschen verkriechen und mein Kopf eine Bewegung macht, die von Aufbrechen redet, nicht mehr vom Innehalten. Es ist Zeit, Rihanna zu treffen.

Wir nehmen die Abkürzung über den Friedhof, auch wenn ich die Luft anhalte und hinüberhusche. Ich habe nie verstanden, was Khanyi an Friedhöfen gefällt, warum sie dort heimlich ihre Nachmittage und Abende verbringt. »Es holt mich runter, hier kann ich besser zuhören«, hat sie oft gesagt. Ich habe nie gefragt, wem. Aber jetzt werde ich Fragen stellen und Schweigen als Antwort nicht mehr akzeptieren. Es ist Zeit.

Teil 2

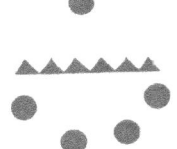

Empfangt die Vielfalt
Mit offenen Armen.
Begrüßt die Vielfalt
Oder geht unter.

— *Octavia E. Butler: Die Parabel vom Sämann*

Die Tür wird nur einen Spalt geöffnet.

Unathi wartet unten im Hof auf mich. Ich habe bei fünf Nachbarn geklingelt, um ins Treppenhaus zu gelangen. Rihanna ist an die Anlage gegangen, aber als ich meinen Namen genannt habe, hat sie einfach aufgelegt. Jetzt stehe ich trotzdem vor ihrer Tür. Und sie lugt durch einen Spalt, so breit wie die Sicherheitskette.

»Komm schon, Rihanna. Wir kennen uns jetzt so lange, lass mich rein, bitte. Ich will bloß reden ...« Rihannas Gesicht ist ein Bruchstück zwischen Tür und Rahmen. »Nur fünf Minuten. Die schuldest du meiner Schwester.«

»Ich schulde ihr *was*?« Ein Ausspucken in Rihannas Worten. »Wofür? Dafür, dass sie all die Jahre zu mir gestanden hat, nur um mich am Ende zu verraten?«

»Khanyi – dich? Das hätte sie niemals getan.«

Khanyi war die Erste, vor der sich Rihanna geoutet hat. Lange vor Rihannas Transition hat sie schon die richtigen Pronomen verwendet, während der Rest der Welt sie weiter als Jungen betrachtet und bezeichnet hat. Khanyi hat sie schon damals als das gesehen, was sie schon immer gewesen ist: ihre Herzensschwester.

»Du wirst mir eh nicht glauben ...«, sagt Rihanna leise.

Sie will die Tür schließen, doch bevor sie ins Schloss fällt, schnellt ein Arm nach vorne, um sie aufzuhalten. Es ist nicht meiner. Sie ist es, steht hinter mir, ihr Körper berührt meinen und durch all die Schichten von Kleidung, Haut und Fleisch spüre ich ihren Herzschlag, er sprießt in mich hinein. Unathi drückt gegen die Tür, jetzt mit beiden Armen und mit einer Kraft, so viel größer als ihr weicher Körper. Sie drückt gegen

Rihanna an und die Tür öffnet sich wieder, anstatt sich zu schließen. Weiter und weiter.

»Okay, okay«, lenkt Rihanna ein, »gebt mir einen Moment.«

Unathi lässt sie die Kette zurückschieben, die Tür öffnen. Rihanna dahinter im dunklen Wohnungsflur. In einem flauschigen burgunderroten Bademantel, sie nimmt gerade einen Teller mit abgesprungenem Blümchenrand in die Hand, ein paar abgenagte Hühnchenknochen drauf. Sie ist schmaler als in meiner Erinnerung. Und größer, viel größer. Obwohl auch ich in den letzten drei Jahren reichlich gewachsen bin, ragt sie einen Kopf über meinen 1,80 m in die Höhe, während ihre nackten Füße im dicken Teppich versinken.

Unathi schließt die Tür hinter uns, wir ziehen die Schuhe aus, stellen sie zu den anderen, genauso ordentlich wie der Rest auf dem Schuhregal. Jede unserer Bewegungen im Kontrast zu der Szene zuvor, zu der sprießenden Gewalt, der unerklärlichen Kraft, zu Unathis und meiner Bestimmtheit. Sie sollte nicht hier sein, sie sollte nicht einmal wissen, warum ich hier bin. Aber hier ist sie.

Still und dunkel liegt die Wohnung hinter Rihanna. »Euer Auftritt ist beschissen, aber euer Timing ist gut. Sie sind alle bei irgendeinem Fußballspiel meines jüngsten Bruders.« Rihanna dreht sich um und geht den Flur hinab auf das Licht am Ende zu, das aus einer halboffenen Tür kommt. »Viel Zeit hab ich aber nicht, gleich kommt meine Freundin.«

Im Halbdunkeln sehe ich die Fotos zu beiden Seiten. Ihre Eltern, jüngere Versionen, wie sie in Hochzeitskleid und Anzug in einer Kirche in Louisiana über einen Besen springen. Rihanna früher mit ihrem Bruder, dem mittleren Kind, beide mit kurzen Haaren und Batman-Pullovern in Blau und Rot. Sie

sehen sich so ähnlich, schauen ernst in die Kamera, Rihannas Arm um die Schulter ihres kleinen Bruders, der heute eine Ausbildung bei der Polizei macht, als wüsste er es nicht besser.

Noch mehr Fotos aus dem Davor. Im Zoo bei den Pinguinen, bei der Einschulung mit großer Tüte, Lastwagen drauf, beim Wasserball in Speedos. Bei ihrer Familie in New Orleans, im Hintergrund eine Blaskapelle, ihre Farben explodieren ineinander, Rihanna in Grau und Blau und Basecap davor. Stören all diese Bilder sie nicht mehr oder hat sie den Kampf aufgegeben, gegen die Übermacht ihrer Vergangenheit und das vollständige Fehlen ihrer Gegenwart und Zukunft? Vielleicht ist der Boykott des Lichtschalters ihre Art, Nein zu sagen.

Falls der Gang durch den Flur ein Protestmarsch war, ist ihr Zimmer eine brennende Fackel. Rosa und Glitzer überall, ein Regal voller Nagellackflaschen, nach Farben sortiert. Allein vier verschiedene Türkistöne mit Schimmereffekt. Ein Schminktisch daneben mit beleuchtetem Spiegel, wie Backstage in einem Theater. Ich kenne Rihanna, seitdem ich 7 bin und sie 10. Zuerst als Khanyis besten Freund, dann als ihre beste Freundin. Ich weiß, dass dieser Schminktisch so viel mehr als nur ein Tisch ist. Er ist ihre Art, Territorium einzunehmen, wo ihr nie welches zugesprochen wurde, sich selbst einzuschreiben, mit schwarzem Kajalstift, in all die Arten, wie wir Weiblichkeit jeden Tag aufs Neue performen. Sie ist in den Krieg gegangen für all das hier. Sie ist in den Krieg gegangen für so viel mehr. Sie ist in den Krieg gegangen mit der ganzen Welt, die ihr vorschreiben wollte, wer sie zu sein hatte.

Rihanna setzt sich auf den Drehhocker vorm Spiegel, stellt den Teller zwischen Lippenstiften und Parfümflaschen ab, dreht sich mit einer langsamen Bewegung zu uns um. Unathi sitzt auf dem Schreibtischstuhl ihr gegenüber, ich bleibe zwischen den beiden stehen. Einen Moment lang sagt niemand von uns etwas. Jetzt wo wir hier sind, weiß ich nicht mehr weiter, weil ich auf so viel Widerstand nicht vorbereitet war.

Doch Rihanna erlöst mich aus meiner Starre, als sie den Mund öffnet und spricht: »Ich habe Kay getroffen.«

»Wann?« Ich ignoriere die Vertrautheit, die im Spitznamen mitschwingt und die nur sie beide geteilt haben.

»Am Tag, als sie verschwand, abends.«

»Im Wald?«

Rihanna nickt. »Kay hatte mich angerufen, wollte mir etwas zeigen, für unser Projekt.« Sie zupft an ihrer Unterlippe herum, löst ein paar abgetrocknete Hautschuppen. Etwas Blut bildet sich dort, wo sie es freilegt. »Ich glaube, sie hatte einfach nur Angst. Angst davor, dabei allein zu sein.«

»Wobei, Rihanna?«

Sie pult immer weiter an ihrer Lippe herum, obwohl bereits Blut in ihren Schoß tropft, neue Muster in den Bademantel hineinschreibt. Ich hocke mich vor sie, führe ihre Hand langsam zur Seite, lasse sie nicht los. Rihanna riecht nach Winter. Mit einem Ruck beugt sie sich nach vorne, mir entgegen, als wäre ihr schlecht. Alles an ihr zieht sich zusammen.

»Wobei wollte sie nicht allein sein?«, wiederhole ich meine Frage, spüre Unathi in meinem Rücken, ihre Hand auf meiner Schulter.

»Bei dem, was der Wald mit ihr vorhatte.«

Rihannas Körper: geschmiedetes, sich biegendes, heißes Metall. Sie beugt sich noch weiter nach vorne, würgt. Ich richte mich schnell auf, mache einen Schritt zurück. Unathi rennt aus dem Zimmer, kommt mit einer roten Plastikschüssel zurück.

Während Rihanna sich übergibt, halte ich ihr die langen, lockigen Haare aus dem Gesicht, entblöße dabei ihren Nacken. Die Säure ihres Erbrochenen schneidet mich und trotzdem rücke ich näher an sie heran. An ihrem Würgen vorbei, näher. An ihren Hals, näher. Um sie richtig zu sehen: die Fichtennadeln, die hinter ihrem Ohr beginnen und ihren ganzen Hals an dieser Seite hinabwachsen.

Auch wenn meine Hände zittern:

Ich lasse Rihanna nicht los, bis sie fertig ist, sich aufgerichtet hat und ins Bad geht. Langsame Schritte, konzentriert und doch unbeholfen. Als müsste sie das Gehen neu erlernen oder würde es langsam, mit jedem Schritt mehr vergessen. Unathi steht beim Schminktisch, ich schaue weg, als sie mich anblickt. Sie hat es auch gesehen, Rihannas Hals, ihre Verwandlung. Ich wünschte, sie wäre nicht hier. Wie soll ich ihr all das jemals erklären, wenn ich es selbst noch immer nicht begreife?

In Unathis Hand ein Fichtenzapfen, sie drückt ihn gedankenverloren in ihre Handfläche. Mehr Zapfen auf dem Tisch. Jetzt erst sehe ich sie, sie erscheinen überall im Zimmer, als wären sie meinem Blick zuvor ausgewichen. Kein Verstecken mehr. Und da ist noch etwas, versammelt sich auf dem Fenstersims, deckt ihn in seiner ganzen Länge ab – Erde, eindeutig aus einem Wald, vertrocknete Nadeln, kleine Blätter und Rindenstücke dazwischen.

Die Fichtenzapfen stoßen sich von den pastellfarbenen Möbeln ab, lauern im Flieder des Bücherregals zwischen Alok Vaid-Menon, Kacen Callender und Toni Morrison, versammeln sich auf dem Apricot des Nachttischs, in einem Kreis um die Salzsteinlampe, umzäunen das Zitronengelb von Rihannas Bett, als könnten sie noch abwehren, was längst in ihr heranwächst. Aber vielleicht sollen sie auch genau das Gegenteil bewirken: es nicht abwehren, sondern beschützen.

Als Rihanna zurückkommt, geht sie an uns vorbei, nimmt einen der Zapfen in die Hand und stellt sich mit verschränkten Armen ans Fenster. »Vertrage kein Fleisch mehr. Sollte das langsam begreifen, aber will es einfach nicht.«

»War bei meiner Schwester genauso«, murmelt Unathi, mehr zu sich selbst.

Unathis Schwester. Sie hat sie schon einmal erwähnt, aber gerade komme ich nicht drauf, warum. Fragen in meinem Kopf, so viele, doch da ist eine, die sich nach vorne drängt, weil ich es von Rihanna hören muss, das, was ich schon längst weiß: »Seit wann hast du ihn, den Ausschlag am Hals?«

Ich spreche von Ausschlag, immer noch, weil es in meiner Sprache, keine Beschreibung gibt, für das, was

> mit ihr
>
> mit mir
>
> mit uns

geschieht, seitdem Khanyi verschwunden ist.

»Kam kurz nach dem Abend im Wald. Vielleicht hat sie mich doch nicht wegen der Angst hingelockt ...« Rihannas Fingerspitzen streichen über die Erde. »So friedlich sah sie aus, selbst in ihrem Schmerz hat sie noch gelächelt. Und während alles aus ihr herausfloss, hat sie gelacht. Du weißt ja, wie sie gelacht hat.«

»Ja«, sage ich.

Und dann wir beide: »Wie Steine, die über Wasser springen.«

Rihanna blickt mich an. »Sie hatte vielleicht keine Angst, aber ich. Weil ich nicht wusste, was da geschah und was noch kommen würde.«

Sie wischt sich mit dem Handrücken über die Lippen. Etwas Blut und etwas Kotze bleiben an ihm zurück. Dann spricht sie leise weiter, mit Kotze und Blut an ihrer einen Hand, dem Zapfen in der anderen. Und jetzt sind es Unathi und ich, wir beide, die sich nach vorne beugen, damit wir sie hören: »Sie hat es an mich weitergegeben. Nur dafür war ich da, ganz sicher. Um fortzusetzen, was sie begonnen hat.«

140

Meine Hände pressen sich auf meine Ohren und am liebsten hätte ich noch zwei mehr, um ebenso Unathis Ohren zu verschließen. Hören will ich nichts davon, was meine Schwester getan haben, wer sie geworden sein soll – oder was. Die Schüssel mit Kotze steht noch immer vor mir auf dem Boden. Halbverdaute Hühnchenstücke schwimmen in der Brühe, der säuerliche Geruch kämpft an gegen die Stärke des Fichtenöls. Es strömt aus Rihannas Poren, beansprucht ihren Körper. Dringt über die Nase auch in uns ein und macht sich in unserem Brustkorb breit.

Rihannas Reden ein Strömen, das gegen meine Hände drückt. Worte quetschen sich an meinen Fingern vorbei durch die Gehörgänge in meinen Kopf hinein: »Könnt ihr das glauben, sie hat es wirklich ein Geschenk genannt, mir das anzutun. Ein verdammtes Geschenk!« Ihr Gesicht schmerzverzerrt. Erneut zieht sich ihr Körper zusammen, Metall zurück im Feuer. Sie krümmt sich und blickt raus zu den Bäumen auf der Straße, zu ihrem wogenden Grün. »Jede Nacht begegne ich ihr, als würde sie überall in mir leben. Sie lässt mir keinen Platz mehr, ist dabei, mich komplett einzunehmen, auszuhöhlen und neu zu schreiben.« Rihannas Finger zupfen wieder an ihrer Lippe, zupfen Haut ab, die dort hingehört. Nach all dem Schweigen kann sie nicht mehr aufhören, der Wahrheit Raum zu schaffen. Wort für Wort. »Selbst meine Träume, Lindi. Jede Nacht sehe ich sie vor mir. Sie öffnet ihre Zöpfe, ihre Locken strömen in alle Richtungen wie Schlangen. Und dann schüttelt sie ihren Kopf, immer wieder hin und her. Und es fliegt, alles fliegt. Überall sie.«

»Was fliegt?«, fragt Unathi, die gerade am Schminktisch steht.

Doch Rihanna hört sie nicht, summt den Bäumen dort draußen etwas vor. Und ich ... ich kenne diesen Traum, ich weiß die Antwort.

Rihanna verstummt plötzlich, schaut jetzt wieder uns an, aber ihr Blick fixiert nur mich. »Dich hat sie doch auch angesteckt«, sagt sie und ihre Stimme wird mit jedem Wort lauter. In zwei Schritten ist sie bei mir, reißt das Pflaster von der Wange.

Meine Hand fährt automatisch hoch, um den Ausschlag zu verbergen, doch Rihanna hält sie fest. Spricht jetzt leiser, Bedauern in ihrer Stimme. »Gott, schau dich doch nur an. Was willst du mir noch erzählen?« Sie lässt mich los, geht zur Zimmertür, öffnet sie, bleibt neben ihr stehen. »Und jetzt verschwindet, ihr Zombies.«

Rihannas Haus im Rücken sitzen Unathi und ich auf einer Bank, doch alles, was Rihanna gesagt hat, quetscht sich zu uns, drängt uns zusammen. Unathis Bein an meinem, ihre Wärme dringt durch die Jeans zu mir. Ich drücke das Pflaster wieder auf meine Wange, hole die Schachtel mit Khanyis Blume aus meinem Rucksack, halte die weiße Papierblüte in meinen Händen, als könnte sie mein Anker sein.

»Ich versteh's alles nicht«, murmele ich vor mich hin.

Unathi blickt mich von der Seite so an, als wolle sie mich auseinandernehmen, um noch tiefer hineinzuschauen. »Du verstehst alles ganz genau«, sagt sie leise.

Das Rauschen der Autos auf der Straße vor uns will sich über ihre Worte legen, doch es gelingt ihm nicht. Unathi wickelt das Tuch ab, das sie immer um den Hals trägt, und lässt mich das

Verborgene sehen: Eine Flechte wächst in ihrer Halskuhle. Die Papierblume in meiner Hand zittert, will ihre Blütenblätter abwerfen.

Ich höre jeden von Unathis Atemzügen zwischen den Worten, als sie langsam fortfährt: »Du verstehst es, willst es aber nicht wahrhaben. Deine Wange, Rihannas Hals, meiner.« Sie zeigt auf die Flechte, bevor sie sich das Tuch schnell wieder umlegt, als sich die Tür im Haus hinter uns öffnet. »Das Verschwinden deiner Schwester. Der Wald. Immer wieder der Wald.«

Meine Wange. Da ist kein Ausschlag. Zu Beginn waren es vereinzelte grüne Spitzen, härchengleich wuchsen sie aus meinen Poren. Zu Beginn genügte es, sie einmal die Woche zu stutzen. Zu Beginn, als Khanyi gerade verschwunden war. In dieser Zeit schaute eh niemand so richtig in mein Gesicht, alle vermieden mich oder sahen nur den leeren Raum neben mir, den Riss an meiner Seite. Und ich dachte, es ist irgendeine allergische Reaktion, probierte heimlich Cremes aus, wollte niemanden damit stören, mit dem bisschen Ausschlag in meinem Gesicht, während neben mir ein ganzer Mensch fehlte.

Ich habe es ausgezupft und mit blutender Wange vor dem Spiegel gestanden. Ich habe es rasiert, einmal sogar Wachs benutzt. Es wächst immer nach, ein jedes Mal nur voller als zuvor. Widerständig. Ein Teil des Waldes, ein Teil von Khanyi, er lebt auf mir fort, sie lebt in mir weiter. Auf meiner Wange wächst Moos, seit Khanyis letztem Kuss, genau an dieser Stelle.

»Wie soll ich etwas verstehen, das es so gar nicht geben kann?«, frage ich Unathi, die noch immer neben mir sitzt.

»Indem du es fühlst.« Sie rückt näher an mich heran, ihre Hand jetzt unter meinem Schlüsselbein. Jeden meiner Herzschläge fängt sie auf. Ich spüre, wie die Berührung mich hier hält und ich mich zugleich aus meinem Körper presse.

Mir wird schwindelig und Unathi muss es spüren, meinen Kampf gegen das Sichtentfernen. Sie löst ihre Hand nicht von meinem Körper, verstärkt den Druck, als könnte ihre Hand allein mich hier halten.

»Ein Satz«, sagt sie und ich will sie fragen, woher sie davon weiß, aber der Satz ist gerade wichtiger. Ein Satz.

Ich zerbreche ich zerbreche ich
zerbreche zu meiner ganzen
Größe.

Da ist er, der Satz, und ich sage ihn vor mich hin, ganz leise, doch Unathi hört mich.

»Und das ist wunderschön mitzuerleben«, flüstert sie in mein Ohr, ganz nah bei mir, lässt mich nicht los, sagt es immer wieder, bis der Schwindel nachlässt und ich in mir erneut Wurzeln fasse.

Zurück zu Hause, zurück beim Wald kann ich mich auf nichts mehr konzentrieren. Da passiert zu viel in meinem Kopf, um mich aufs Lesen mit Mandla zu konzentrieren oder Gogo die Füße zu massieren. Ich verkrieche mich in mein Bett, während Unathi vorne im Wohnzimmer ist. Nehme das Tagebuch mit zu mir unter die Decke, denn vielleicht haben einige meiner Fragen zwischen Khanyis Worten Platz, nur zwischen ihnen.

Hab ich das richtig verstanden:

Wir verbrennen jahrmillionenalte Pflanzen
die sich so tief in der Erde befinden, dass
wir sie nur gewaltsam heraufholen können?
Fossile Brennstoffe, nicht aus
Dinos und den ersten Säugetieren
sondern aus Bäumen und Algen
den Vorfahren all jener, die uns heute
unseren Atem schenken.

Welche Geister wecken wir damit
welchen Zorn ziehen wir da auf uns?

Jahrmillionenalte Pflanzen
die CO_2 gespeichert haben wie sonst was
und dabei denken wir:
Hat zwar noch nie jemand zuvor gemacht
aber wird schon irgendwie gut gehen.
                    Echt jetzt?

Und dann noch das Abholzen der Regenwälder
uralter Ökosysteme.
Weil sie sich vor allem beim Äquator befinden
haben sie sogar die Eiszeiten überdauert.
Wir aber wollen ihr Ende sein.

                Dieses Klimaprojekt zerstört mich komplett.
                        Abriss.

Heute beim Videocall musste ich Gogo

unbedingt von unserem Projekt erzählen
sie hat nur genickt und gelächelt.
»So viele haben es kommen gesehen«, hat sie gesagt
während hinter ihr Hyecollin in der Küche herumflitzte.

Sie erzählt mir von Prophezeiungen
davon, wie Menschen vor Jahrzehnten und Jahrhunderten
das Wasser gesehen haben, das
viele Großstädte der Welt verschlingen wird
die Minen und Erdöllöcher, die
mehr aus dem Bauch der Erde hervorholen
als sie verkraften kann.

»Prophezeiungen sind Warnsysteme«
sagt Gogo, als Baba gerade ins Zimmer kommt
»sie zeigen uns eine Zukunft, die wir verhindern können.«

Baba reißt mir das Handy aus der Hand
spricht mit Gogo in IsiZulu, sodass ich
manche Worte nicht verstehe.
»Ungadidisi intombazane«, sagt Baba
bevor er auf den Bildschirm drückt.
Das zumindest verstehe ich.
»Bring das Mädchen nicht durcheinander.«

Gogo verschwindet, nur ihre Worte bleiben
tanzen um mich herum, versichern mir:
Zukunft ist nichts Starres.

> Wir lassen sie
> durch unsere Taten heute
> morgen Form werden.

Die Prophet*innen sahen noch etwas

in unserer Zukunft:
das Zeitalter der Blumen.
Viele glauben
dass es ein Zeitalter der Frauen ankündigt
doch es wird vielleicht genau das sein:

Eine Zeit, in der die Pflanzen
wieder ihren Platz
in der Welt zurückfordern
ihren Anteil an der Erde.

.

Während ich abends ein paar Origami-Tulpen falte

denke ich wieder über das Telefonat nach
darüber, dass es viele Zukünfte geben muss.
Ich sehe die Bücher auf Lins Seite des Zimmers
mit Schwarzen Astronautinnen und Telepathen vorne drauf
mit Planeten, die zwei Sonnen umgeben und
futuristischen afrikanischen Städten
in denen die Hochhäuser komplett
von essbaren Pflanzen umhüllt sind.

Lindiwe denkt in die Höhe
ich gehe in die Tiefe
hinein in die Erde.

Stimmen streichen über meine nackten Fußsohlen
erinnern mich daran, dass ich nicht
über die Erde reden kann, ohne
von den Spirits zu sprechen, die sie bewohnen
genau wie mich.

Die Stimmen umgeben mich schon immer.
Als ich im Kindergarten war, dachten meine Eltern
ich hätte einen imaginären Freund
wenn ich mit ihnen sprach.

»Süß«, sagten sie. Lachten.
Fragten mich nach seinem Namen
zwinkerten sich dabei zu.

Als ich seinen Namen ausspreche
dieses eine Mal
scheppern ihre Gesichter zu Boden
Scherben sterben zu meinen Füßen.

Aber ich weiß nicht, was ich damit machen soll.
Ich bin fünf Jahre alt und denke
jetzt endlich, kann ich ihnen von allen erzählen.
»Sie haben so viele Namen«, spreche ich leise weiter
in das Nichts, wo zuvor ihre Gesichter gewesen sind.

Da ist Amanda, Mshini genannt, weil sie immer
schnell wie eine Maschine war.
Sie trägt ihren Kopf unter dem Arm
aus Angst, ihn sonst zu verlieren.

Da ist Nomusa, sie spielt immerzu
mit den Schlangen zu ihren Füßen
sie winden sich zwischen ihren kleinen Zehen
hindurch, als wären sie Kieselsteine.
Ihre Füße reden mit den Schlangen
für alles andere fehlt ihr die Zunge.

Da sind Marcus, Jerry und Simon
sie teilen sich keinen Geburts-
aber einen Todestag.
Wenn sie sprechen, kratzen
raue Seile über den Boden.

Ich will fortfahren, meinen Eltern

endlich von ihnen allen erzählen
mein kleiner Körper läuft über
von all den Geschichten in ihm.

Doch Baba bringt mich zum Schweigen.
»Hush, child«, sagt er
seine Stimme voller Donner
der einen Berghang empordrängt.
»Speak no more of that evil.
Speak no more.«

Und das tue ich
spreche nicht mehr spreche nie mehr verstumme
        als er mich am nächsten Tag zu Pastor Joshua bringt
        als der Pastor und sein innerer Kreis für mich beten
        die Dämonen in Zungen und mit Schütteln
        aus mir verscheuchen wollen
        mein Weinen ignorierend.

Spucke fliegt aus dem Mund eines älteren Manns
während er betet. Ich schaue ihn an
doch er verblasst vor meinen Augen
drei Wochen später wird er sterben.
Doch jetzt noch nicht, jetzt
sind da die Gebete und all diese riesigen Körper
Hände, die mich festhalten
strömende Kreuze und Frauen in Trance.

Die ganze Nacht ein Rütteln und Schreien

Kerzen, die auf dem Altar mit dem Tuch verschmelzen
sie ändern ihre Form, bis sie sich ganz auflösen
während ich hier bin, nicht fortkann
von Händen gehalten, in Spucke gebadet
im heiligen Geist, in der Salbung aus des Pastors Hand
im Taufbecken nach Atem ringend, nass, kalt, müde.

Wenn ich vor Erschöpfung umknicke, greifen
ihre Hände nach mir, halten mich aufrecht
bis das Zittern beginnt, bis
das Abendessen aus mir heraus
und der Tag vor mir anbricht
und ich beides nicht mehr
voneinander unterscheiden kann
weil alles zerfällt
um mich herum, in mir

nur die Stimmen, sie bleiben
singen Lullabies in meinen Atem
legen ihre Geschichten
über das Kreischen & Schreien.
»Sprich nicht«, sagen auch sie
»nicht jetzt.«

Erst in der Dunkelheit meines Zimmers

neben Lindiwe, die beim Warten auf mich
in meinem Bett eingeschlafen ist
darf meine Zunge wieder erwachen.
uKhokho erzählt ihre Geschichte weiter.
Sie hat sie im Auto auf dem Rückweg begonnen
während ich mich in Handtücher webte
und meiner Mutter die Vergebung verweigerte
die ihr Arm um meine Schultern suchte.

Die anderen essen die Dunkelheit wie Popcorn
schmatzen dabei und bieten mir
auch eine Handvoll an.

»Noch nicht«, sage ich leise zu ihnen
»Urgroßmutter will mich doch
mit Geschichten füttern
und ich habe nur einen Mund.«

Als uKhokho zu Ende erzählt hat

als ich satt bin, voll mit ihren Worten & Bildern & Erinnerungen
rede ich mit ihnen, nenne sie meine Geheimnisse
sage ihnen, dass sie nur sicher sein können
in mir und um mich herum, wenn ich sie in Schweigen hülle
wenn ich das Sprechen verlerne
damit sie in meiner Stille
Häuser aus ihren Träumen bauen können.

Geheimnisse, ein jedes
ein Samen.
Über die Jahre ist
in mir ein Wald herangewachsen.
Manchmal knackt es im Unterholz.

Ich habe gelernt schweigend

mit ihnen allen an meiner Seite
und in mir zu leben.

Sie lächeln Wisperworte in mich hinein
vor allem, wenn ich tanze.
In jeder Bewegung ein Rauschen
aus Knochen Steinen Stöcken Federn Muscheln und Freude.
Als könnten sie alle dabei vergessen, wie sie
ihren Kopf verloren haben oder ihre Unschuld
ihr ungeborenes Kind, ihren Enkelsohn, die eigene Mutter.

Wenn ich tanze, dann tanze ich für sie.
Ich werde zu einem Schwan für sie
zu einem Schwarm zu Luft zu Fels.
Ich sterbe mit Julia und erwache mit Dornröschen.

Ballett war ihnen nie genug.
Ihre Freude schimmert und summt
wenn ich alles zusammenbringe
jede Grenze überschreite
die meinem Körper gestellt wird
im Tanz, in dieser Welt.

Ein Assemblé fließt in einen Zulu-High Kick
Bodenarbeit folgt meinen besten Bikutsi-Moves
alles fließt ineinander und wird

zu etwas Neuem.

Nur manchmal wird mir alles zu viel.

Wenn sich ihre Stimmen in mir
stapeln, weil sie alle
zu Wort kommen wollen
und sie dabei so laut werden
dass ich mich selbst nicht mehr hören kann.

Wenn sie vergessen, wie viel Schmerz
ein Körper tragen kann, der noch
von Haut zusammengehalten wird.
Ein Körper, der noch Grenzen kennt.
Sie vergessen das, weil sie bereits
alle Grenzen hinter sich gelassen haben.

Es sind diese Momente, in denen ich glaube
verrückt zu werden.
Dann muss ich etwas tun
um mich selbst festzuhalten
um mich nicht zwischen ihnen zu verlieren
um mich daran zu erinnern, dass ich   anders als sie
                                                   noch Fleisch bin.

Dann zerreiße ich meine Haut
mit einem Messer
lasse eine Öffnung entstehen
in mir und damit auch in der Welt
werde zu einem tropfenden Portal
zwischen dem Hier und dem Dahinter.

In den Wald bin ich dafür

früher am liebsten gegangen.
Die Schnitte in meiner Haut
kamen dort nie allein.
Mir war schwindelig und ich fühlte mich ganz
für einen Augenblick, im Bluten.

Ein Wundreinigungstuch auf meinem linken Arm
drehe ich mich jedes Mal nach hinter
stehe aber noch nicht auf.
Ich umfasse den Messergriff mit meiner rechten Hand
halte es so fest, dass meine Haut ausbleicht.

All meine Kraft brauche ich
für einen weiteren Schnitt
nicht in meine Haut, und doch
spüre ich das Eindringen des Messers so deutlich
als wäre es mein eigenes Fleisch
das sich unter ihm öffnet.

Das Messer schneidet
in die Rinde der Kastanie hinter mir
es trennt, was zusammengehört
ergänzt ein Muster, das ich dort erschaffe
auf der Haut meiner Verbündeten
begegnet Zeichen und Formen, welche mir
die Ahn*innen diktieren
Muster aus meinen Träumen.

Der Strich gesellt sich zu weiteren
die wie er sind:
Ein jeder trägt die Erinnerungen
an einen Schnitt in meiner Haut.

       I   I   I   I
 I   I   II I   I   I

Zwei Tage vor unserer Reise nach Südafrika

habe ich zu tief geschnitten.
Ein Sonntag, bin gleich nach der Kirche in den Wald.

Da sind zu viele Stimmen
sie wollen alle
mit mir sprechen & gehört werden
aber ich habe doch beides verlernt.

Ich schneide in mein Fleisch
um meine Ohren zu schließen
und meinen Mund.

An meinem Handgelenk entfaltet sich
die Blüte einer Bougainvillea
als wäre ich warmes Land, kein kalter Stein.
Ich schneide weiter, tiefer
blute und höre nicht mehr auf

zu bluten Schwindel alles
beginnt sich zu drehen
erst langsam, dann immer schneller
ich will mich übergeben, doch falle stattdessen

einfach um.

alles ist eins alles ist.
Bluten Blüten Bluten Blüten

159

In meiner Dunkelheit:

Urgroßmutter erzählt ihre Geschichten
erzählt mir davon, wie man
Dinge findet und wie man sie verschwinden lässt.

Sie hat das Wissen hierüber schon als Kind von der Heilerin
in ihrem Dorf gelernt. Diese Sangoma hatte dafür gesorgt, dass
die ersten Missionare ihr Dorf zwischen den Bergen
jahrelang suchten und es doch nicht fanden.

Als ich aufwache
sehe ich die Missionare noch
zwischen den Bäumen herumirren
bis sie wieder verblassen.

Das Blut an meinem Arm ist verkrustet
vertrocknete Blüten und ein versickerter Fluss
der bis zu meiner Fingerspitze reicht.
Erst sehe ich es nicht, weil überall auf mir
Blätter liegen. Mein ganzer Körper
ist bedeckt von ihnen.

Kein Laub, nicht im Juli
alles frische Blätter
und sogar Blüten zwischen ihnen.

Ich richte mich auf
mein Kopf pocht
und bevor ich richtig zu mir kommen kann
packt mich erneut der Brechreiz, noch stärker dieses Mal.

Ich würge, aber nur Spucke und etwas gelber Schleim
kommen hoch. Doch da ist etwas, ich bin mir ganz sicher
da ist etwas, in meinem Körper, das zuvor
noch nicht so tief in mir war
so wach

     erwacht.

All das war vor Südafrika.

Heute gibt es keine Schnitte mehr in Fleisch oder Rinde.
Jetzt setze ich mich nur noch unter den Baum.
Die Träume die Stimmen die Schlangen uKhokho
sie alle lassen es nicht mehr zu
dass mein Fleisch sich öffnet
unter einer Messerklinge.

Ich lausche dem Wald und
all den Stimmen um mich herum
wir kommen hier zur Ruhe.

Manchmal breche ich einen Dorn ab
oder reiße ein Blatt aus
das farngleich an meinen Armen
die Sonne sucht.
Auch die Narben sehen den neuen Tag.

Ein Spiegel der Baumhaut:
Sie haben sich zu Formen zusammengefunden
die denen auf der Rinde gleichen
als hätten sich meine Ahn*innen
schon in mir eingeschrieben
bevor ich es wusste

als wäre alles verbunden
als würden Gestern, Heute und Morgen
verschmelzen, wenn wir sie nur lassen.

Nachts wache ich auf, in meinen Klamotten vom Abend.

Unathi muss das Licht ausgeschaltet haben. Vor dem Fenster rüttelt der Wind an den Bäumen, kämpft mit ihren Wurzeln. Blätterschatten peitschen über das Foto von Khanyi und mir im selben Kleid, wir falschen Zwillinge. Im Mond aufstehen, Zähne putzen. Auf dem Rückweg neben Unathis Bett einen Moment verweilen. Da unter ihrem Kinn ist sie wirklich, grünlich-graue Flechte, die aussieht, als wäre die Farbe aus ihr entwichen. Unathis Augen huschen unruhig unter den Lidern hin und her, alles andere an ihr ist Stille. Selbst ihren Atem kann ich heute nicht hören, als würde ich mir das Schnarchen immer nur einbilden.

Ich ziehe ihre Decke wieder etwas hoch, über das Schlaftuch und ihre nackte Haut. Meine rechte Hand streckt sich nach ihr aus, möchte die Narbe auf ihrer Schläfe nachfahren, aber ich wende mich ab. Zurück zu meinem Bett, unter meine eigene Decke. Und dort in der Stille der Nacht spüre ich das, wovon Khanyi geschrieben hat: Etwas wächst auch in mir heran, bildet Wurzeln und nennt mich seine Erde. Es hat mich nicht gefragt, und ich wünschte, das hätte es. Hätte darauf vertraut, dass selbst wenn mir die Wahl bliebe – und die Angst –, meine Antwort ein Ja wäre.

Ich lasse Unathi am Morgen zurück, genauso wie ich sie in der Nacht vorgefunden habe. Unruhige Augen und zugleich eine Stille in ihrem schlafenden Gesicht, die meine Finger kribbeln lässt. Vorm Spiegel verraten meine Augenringe, wie schlaflos meine eigene Nacht gewesen ist. Aber wen interessiert's schon, wer bemerkt das überhaupt?

Die Pause verbringe ich mit der *Parabel vom Sämann* in der Bibliothek. Als ich aus dem Fenster blicke, sehe ich Cecilia auf dem Schulhof, mit Ty und einigen anderen bei den Tischtennisplatten. Ty sitzt auf der Platte, Cecilia steht davor, umrahmt von Tys Beinen, gehalten von Tys Armen, die sich von hinten um sie legen. Ihre Clique formt eine schützende Hecke um sie, während sie in Baggy Pants und Crop Tops Hacky Sack spielen, als wären das hier die verfluchten 90er-Jahre, transportiert zurück in die Albtraumjugend unserer Eltern.

Ich dachte immer, dass ich nicht der eifersüchtige Typ bin. Cecilia ist zwei Jahre älter als ich, war schon 14, als wir zusammengekommen sind, nachdem wir bereits zwei Jahre Freundinnen gewesen sind. Manchmal hat sie auf Schulpartys mit anderen rumgeknutscht und ist doch immer mit mir nach Hause gegangen. Damals hatte ich dafür noch keine Worte, aber auch ohne einander gehören zu müssen, gehörten wir zusammen.

Bis ich das alles zerstört habe, indem ich verschwunden bin und doch geblieben. Genau wie Cecilias Mom. Ich lasse das Buch in meinen Schoß fallen, starre noch einen Moment auf den Schulhof, der sich nach dem Klingeln bereits wieder leert. Cecilia und Ty sind nicht mehr zu sehen, aber ihr Abdruck bleibt.

Vor der nächsten Stunde flitze ich noch schnell auf die Toilette. Als ich auf dem Klo sitze, höre ich eine vertraute Stimme vorne bei den Waschbecken: »Shit, hat jemand einen Tampon dabei?«

Verneinendes Gemurmel, ein »Tut mir leid«.

Ich spüle, ziehe mir die Hose hoch, haste aus der Kabine. »Ich hab einen!«

164

Cecilia hat ihre Hände noch immer in ihrem Rucksack, kniet halb, aber als sie mich hört, zuckt sie zusammen, schnellt hoch, dreht sich zugleich um zu mir. Und ich merke plötzlich, was ich hier gerade mache. Die ersten Worte, die ich nach Monaten zu meiner Ex-Freundin sage, drehen sich um einen Tampon!

Cecilia beißt sich auf die Unterlippe, ihre Augen huschen an mir vorbei, hangeln sich an den paar Leuten entlang, die mit uns in der Toilette sind. Ich wasche schnell meine Hände, überspringe das Abtrocknen, damit ich ihr den Tampon reichen kann.

»Hier.« Mehr bringe ich nicht raus.

»Danke.« Mehr bringt sie nicht raus.

Und ich weiß, dass sie bereits Blut schmeckt, so fest halten sich die Zähne an ihrer Lippe. Jetzt gerade ist es wirklich das Beste zu verschwinden, nur heute, nur dieses eine Mal, damit sie wieder entspannen und das Blut von ihrer Lippe lecken kann, ohne dass ich sie dabei betrachte.

»Man sieht sich«, rufe ich ihr über die Schulter zu und husche raus, hoffe, es klingt so locker, wie ich verkrampft bin.

Nach der Schule nur kurz nach Hause (leise, Lindi, leise), die Schuhe aus, auf Socken schleichen, Baba und Gogo mit ihrer Soapie im Wohnzimmer zurücklassen, in die Laufsachen wechseln, mich nicht wundern, wo Unathi ist (nicht jetzt, Lindi, nicht jetzt), wieder raus aus der Tür, bevor irgendjemand mich aufhält.

Der Wald ruft

     und meine Füße

          wollen ihm antworten.

Herbstlauf. Goldblätter

knistern unter meinen Füßen
werden von meinen Schritten hochgewirbelt
tanzen in der Sonne
nachdem die Bäume sie los-
gelassen haben.

Das Laub auf dem Boden
verdeckt alte Wege
und bereitet neue.

Ich folge seiner Weisung, weil
meine eigenen Wege
nicht mehr Bestand haben
in diesem neuen Raum
der hier im Herbst entsteht.

Mir bleibt nichts anderes übrig
als denen zu vertrauen
die schon lange vor mir hier waren:

den Bäumen.

dinge die wir jetzt wieder wissen

es gab eine zeit in der wurden
bäume wachsende leute genannt

menschen teilten
ihre sorgen und freuden
mit den bäumen
ihr essen und ihr wasser
schmückten sie mit tüchern und
legten steine an ihren wurzeln ab

sie lebten zusammen

es gab eine zeit
in der sich die menschen
bei vollmond
zwischen hochwachsenden maispflanzen
auf den feldern versammelten

in kulisela

sie sangen zu jedem kolben
schmeichelten ihm mit ihren worten
gaben ihm einen namen
und die freudvollen bewegungen
ihrer körper im gemeinsamen tanz

mit freude und dankbarkeit als boden
wuchsen die pflanzen schneller
brachten saftige maiskolben hervor

es gab eine zeit
in der die menschen
mit den pflanzen gesprochen haben
weil sie wussten

sie hören ihnen zu

Ich fliege, bis mich

etwas mal wieder zum Stolpern bringt:
Vor mir ragen mächtige Wurzeln aus der Erde
haben eine 90°-Wendung erlebt
sehen die Welt nun nicht mehr
von unten, sondern
auf Augenhöhe mit mir.

Ich streiche über die Verästelung der Wurzeln
welche die Form einer Baumkrone
so wundersam erinnern
wie ein stiller See den Himmel.
Die Enden fransen aus
ihre Feinwurzeln gleichen Haarbüscheln
erzählen von Afro-Puffs und
der Schönheit Schwarzen Haars.

Mit meinen Fingern gehe ich
die Windungen einiger Wurzeln nach
wandere über ihre Haut, fest und vertraut unter der meinen.
Je näher ich den Wurzelenden komme, desto
weicher und biegsamer werden sie.

Meine Finger wohnen der Verwandlung inne
von etwas Hartem und Starren
zu etwas, das flexibel und durchlässig ist
das Grenzen hinter sich lässt, während
es sich seinen Weg durch die Erde bahnt.

170

Die Augen geschlossen
die Geräusche des Waldes
massieren meine Ohren

nur etwas kratzt:
ein Aufschluchzen
menschlich und
ganz in der Nähe.

Er steht beim Baum

den Rücken mir zugewandt
steht dort und weint.
Laut und ohne Pause, sodass sein Atem
sich Lücken suchen muss und
sein Weinen zusammenquetscht.

Als ich mich ihm von hinten nähere
und nur noch ein paar Schritte entfernt bin
meine Füße auf die federnde Erde
nicht das verräterische Laub setzend
da sehe ich es:

Das Moos
auf dem Rand
seines rechten Ohres.

»Du auch!«

entfährt es mir, bevor ich
mich stoppen kann.
Er zuckt zusammen, wirbelt herum
die Augen weit aufgerissen
dunkelbraune Augen, fast schwarz
die Farbe seines Haars
und der Bartstoppeln in seinem Gesicht.

Ich verharre, drei große Schritte
entfernt von ihm
angespannte Muskeln
auf beiden Seiten
bereit zum Kämpfen oder Fliehen
wir wissen es beide noch nicht.

Wir riechen
die Angst des anderen, der Wind
trägt sie in beide Richtungen
als könnte er sich nicht entscheiden
auf wessen Seite er steht.

Unsere Angst davor
entdeckt worden zu sein.

Anstatt wieder abzuhauen

nehme ich langsam meine Hände hoch
führe sie zu meiner Wange
und löse das Pflaster
auf einer Seite.

Sein Duft verändert sich
und ich rieche ihn nicht nur
ich höre die Botenstoffe, die
aus seiner Haut dringen
Erkennen in allem.

Auch meine Angst löst sich auf, denn

ich kann nicht entdeckt werden
wenn ich selbst entscheide
mich ganz zu zeigen.

Sein Name ist Ibo

er ist auch 17 Jahre alt.
Er fühlt so viel, seitdem das Moos
auf seinem Ohr wächst.
Er fühlt alles, sagt er
 jeden Baum, jede Blume
 jeden Grashalm, jeden Menschen.

Er kann nicht mehr U-Bahn fahren
die Masse an Emotionen erschlägt ihn.
Er hat es mit Kopfhörern und Sonnenbrillen versucht
mit Gras und Ohrstöpseln
aber nichts funktioniert.

Er nimmt jetzt das Rad
überallhin in der Stadt
vermeidet Einkaufszentren und Clubs
seine Freundin und seine kleinen Geschwister
erlaubt nur noch dem Wald
ihn ganz zu berühren.
Dem Wald und den anderen, die sind
         wie wir.

Wir lehnen uns an den Stamm
beide die Hände auf seiner Rinde
und sind darüber auch miteinander
verbunden.

Der Schweiß an meinem Körper
ist kalt geworden
lässt mich frösteln, als ich ihn
nach den anderen frage
und er beginnt

ohne zu sprechen
nur über seinen Duft
mir von ihnen zu erzählen
und von ihren Treffen.

Ich rase über die Erde

bin kurz vorm Abheben
muss nach Hause
zurück zu ihr, Unathi
doch egal wie schnell ich bin
ich nehme alles wahr:

die Vielzahl an Botenstoffen, die nun
fortwährend zu mir sprechen.

dinge die wir jetzt wieder wissen

sangomas besitzen noch heute
heilige bäume
für rituale schmücken sie diese
kleiden sie in tüchern und farben

heilige bäume
wachsende leute
körper verbunden mit ihren eigenen
und heimat für all jene ahn*innen
die sich in ihnen niederlassen möchten

in ihrer ausbildung
lernen sangomas
respekt vor den pflanzen
demut

178

sie lernen ehrfurcht vor all jenen
die vorangegangen sind
und sie zugleich
noch immer begleiten
ihnen durch fotosynthese
atem und nahrung schenken

ubuntu
nur weil du bist kann auch ich sein
sangomas lernen erst das zuhören
mit offenen händen
dann später das antworten
und sprechen mit den pflanzen

wir haben schon immer
miteinander gesprochen
wir müssen die fähigkeit
nur wieder neu erlernen
das sprechen und das zuhören
vor allem das zuhören
all jenen die keine münder besitzen
um zu schreien

179

»Es gibt mehr von uns!«

Die Worte platzen aus mir heraus, als ich wieder zu Hause bin und Unathi in unserem Zimmer vorfinde. Sie guckt von ihrem Handy hoch, sitzt mit dem Rücken an der Wand auf ihrem Bett.

»Was ist los?«, fragt sie nur.

»Da draußen sind andere wie wir, so viele.«

»Mach dir erst mal 'n neues Pflaster rauf.« Sie gestikuliert mit einer Wischbewegung in Richtung meiner Wange, dann klebt ihr Blick schon wieder am Bildschirm.

»Hast du mich nicht gehört?«, frage ich verwundert und setze mich zu ihr aufs Bett.

»Girl, du brauchst 'ne Dusche ... Aber klar, hab dich gehört.« Sie greift in eine kleine Schüssel mit Erdnüssen neben sich, wirft sich einige in den Mund. Ihr Tuch ist etwas verrutscht, ihre Flechte schaut hervor. »Mehr von uns, okay.«

»Ja, unglaublich, oder?« Ich springe auf, erzähle ihr, dass ich sie alle riechen kann, die sich Verwandelnden, die Verwandelten, sie alle.

Endlich legt Unathi das Handy weg, schaut mich an. »Riechen? Ernsthaft?«

»Ja, es ist, als ob sie mich rufen. Na ja ..., nicht mich persönlich, aber sie senden unbewusst Signale aus, versichern einander: *Hier bin ich.*« Ich gehe zur Tür.

»Wo willst du jetzt hin?«, fragt Unathi.

»Duschen, hast du doch selbst gesagt.«

Sie rappelt sich auf. »Warte, warte – ich komme mit. Das musst du mir erklären.«

Im Bad dreht sie sich weg von mir, gibt mir das Nichtgesehen-werden, während ich mich ausziehe, aber auch ihre Neugier braucht Luft: »Also, wie riechst du sie? Und was riechst du überhaupt? Und woher weißt du –«

»Warte, Unathi, ich brauch einen Moment.«

Ich stelle mich in die Badewanne, ziehe die milchig-transparenten Duschtüren vor mir zusammen. Warte, bis das Wasser warm genug, aber nicht zu heiß ist. Unathi betrachtet sich im Spiegel, klaubt winzige gelbe Blüten aus ihren Braids. Über die Türen hinweg kann ich es sehen. Auch, wie ihr Blick langsam wandert, weg vom eigenen Gesicht hin zur verschwommenen Silhouette meines Körpers.

Nur kurz, ein sich streckendes Blinzeln lang, als würde sie sich selbst nicht mehr erlauben. Dabei war ich schon oft nackt in ihrer Nähe, ein Thema war es noch nie. Aber wie sie mich jetzt anschaut durch den Spiegel, als hätte dieser Blick nur hier Platz, im Abstand und mit dem Brechen des Spiegels. Dieser Blick trägt keine Unschuld mehr, er trägt etwas anderes in sich. Ich wage nicht, es beim Namen zu nennen, zu vertraut ist es mir selbst.

Das warme Wasser fließt über mich, tränkt meine Haare, aber nicht meinen Durst. Als sich unsere Blicke im Spiegel begegnen, wendet sie sich schnell ab, dreht den Hahn auf, hält ihre Hände unter den Strahl. Der Wasserdruck unter der Dusche lässt etwas nach, nimmt erst wieder Fahrt auf, als sie vom Waschbecken wegtritt und sich die Hände am Handtuch daneben trocknet.

»Ich warte doch lieber im Zimmer auf dich« sagt sie in das Strömen hinein und huscht hinaus, ohne mir einen letzten Blick zu schenken.

Alles teile ich mit ihr oder versuche es zumindest. Frisch geduscht und angezogen, mit Lagen aus Kleidung und Luft zwischen uns, Sedimente und Jahrmillionen schichten sich zwischen uns auf. Wir sitzen auf meinem Bett einander gegenüber, ein Glas mit Sheabutter zwischen uns. Ich massiere die Butter in meine Haare ein, während wir sprechen. Das Nachrasieren habe ich in den letzten Tagen aufgegeben, eine Krone wächst auf meinem Kopf heran.

Wie soll ich etwas erklären, das nun einfach da ist, sich mir als Wahrheit präsentiert und doch für die meisten undenkbar bleibt? Die Duftstoffe sind wie eine Sprache, die ich plötzlich verstehe, die sich von etwas Ungreifbarem für mich in Worte und Sätze verwandeln. Ich rieche und verarbeite sie zugleich zu Informationen, so wie der Geruch von Zuckerwatte in mir andere Dinge pflanzt als der von Gas oder Schimmel.

Unathi nickt immer wieder. »Das macht so viel Sinn«, murmelt sie vor sich hin, erzählt mir, dass sie so etwas Ähnliches gespürt hat, aber nicht benennen konnte.

»Wie lange hast du es schon?«, frage ich sie zum ersten Mal und zeige mit einer Kopfbewegung auf ihren Hals.

»Schon eine ganze Weile. Bin froh, dass sie mich überhaupt aus Südafrika rausgelassen haben. Bribes halt.«

»Und dann in Deutschland am Flughafen?«

»Da hat Gogo so eine Szene gemacht, als sie bei mir die Temperatur messen wollten, irgendwann haben sie uns nur noch durchgewunken.«

Ich muss kichern, das ist Gogo.

»Außerdem gibt es Methoden«, fährt sie fort, »um die Temperatur kurzfristig wieder hochzubringen. Ein paar Jumping Jacks und Burpees auf der Toilette helfen schon mal. Mit mehr Zeit geht natürlich mehr. Intravenös ist viel möglich.«

»Woher weißt du all das?«

Unathi kratzt sich am Bein entlang, schaut aus dem Fenster. »In Südafrika gibt es schon viel länger Fälle als hier. Und deshalb halt auch schon mehr Erfahrungen, die unter der Hand weitergegeben werden.«

»Aha«, sage ich nur und rücke etwas von ihr ab, ihr Duft verrät sie. Etwas auslassen kann auch eine Lüge sein, sie teilen sich einen Vornamen.

»Willst du mitkommen?«, frage ich sie, anstatt es auszusprechen.

»Zum Treffen?«

»Ja, morgen Abend schon.«

Unathi antwortet nicht sofort. Sie greift in das Glas mit Sheabutter, massiert ihre Füße damit, ein Bein an ihren Körper seitlich herangezogen. Sie schaut nicht auf, als sie endlich spricht: »Ich lass dich doch nicht allein gehen. Und mit mir als Touristin lassen dich deine Eltern abends eher noch raus.«

Ihre Aufmerksamkeit noch immer bei ihrem Fuß massiert sie jeden einzelnen ihrer Zehen. Einen Rest Sheabutter schmiert sie an ihrem Arm ab, cremt sich damit ein. Dann stupst sie mich von der Seite aus an.

»Komm, lass mich deine Haare flechten, hab das schon lange nicht mehr gemacht.« Ich schaue sie fragend an. »Rutsch einfach nach unten auf den Boden, vertrau mir.«

Ich auf dem Teppich vorm Bett, Unathis Shea-Zehen an meinen Seiten. Die letzte Strähne entknote ich mit meinen Fingern, dann übernimmt sie, zerteilt mein Haar (& Herz) in Partien, flicht sich Strähne für Strähne meine Kopfhaut entlang. Während purpurne Blüten um mich herum zu Boden fallen, davon flüsternd, dass auch ich erblühe, spricht Unathi leise von ihrer Schwester.

»Hyecollin war wunderschön. Und weich, bei ihr konntest du nach Hause kommen. Sie hatte langes Haar und schon früh aufgehört, es zu glätten. Ein paarmal hatten sich Frauen beim Flechten darüber lustig gemacht, irgendwann entschied sie, dass ich es von nun an machen würde, da war ich 10. Ich liebte es, wie sich ihr Haar in meinen Händen anfühlte. Es konnte hundert Formen annehmen und blieb doch immer weich und fest zugleich. Bis ganz zum Ende.«

»Am Ende wovon?«

Sie zieht stärker an meinen Haaren, zum ersten Mal ziept es. »Nicht so wichtig ... Wie war deine Schwester so?«

Sie spricht von Khanyi in der Vergangenheit, genau wie von ihrer eigenen Schwester.

»Meine Schwester ist auch eine Lichtgestalt, immer schon gewesen, der Name passt so gut zu ihr. Nokukhanya.« Ich drehe meinen Kopf ein wenig, sodass Unathi besser an die Seite herankommt. »Alle wollten mit ihr befreundet sein, Menschen wurden zu Motten um sie herum. Aber sie hat niemanden so nah an sich herangelassen wie mich.«

Und mich trotzdem immer noch auf Distanz gehalten, denke ich, aber spreche es nicht aus. Wie wenig ich von ihr wusste, bevor sie verschwunden ist. Vielleicht hat sie auch mich geblendet mit all ihrem Licht.

Später, ein Blick in den Spiegel: Da auf meinem Kopf ziehen nicht einfach Cornrows ihre geordneten Bahnen. Da auf meinem Kopf begegnen sich Spiralen und Halbkreise an immer neuen Verbindungsstellen. Ich blicke mich im Spiegel an und sehe so viele Frauen vor mir, die in ihren Haaren Botschaften einflochten. So viele vor mir, deren Haare mehr als nur Haare waren, eine Zierde, ein Erbe, Kunst, Sprache, Widerstand.

Als ich am nächsten Tag aus der Schule komme, ist die Wohnung vollkommen leer und doppelt verschlossen. Niemand da, außer Jesus an der Wand natürlich. Ein seltener Moment, ein kostbarer. Ich rufe für alle Fälle einmal durch die ganze Wohnung, schaue in jedes Zimmer, bevor ich in mein eigenes gehe, die Tür hinter mir schließe und mich aufs Bett lege. Ich stehe noch einmal auf, nehme mir Unathis gelbes Schlaftuch rüber auf meine Seite, in mein Bett, auf mein Gesicht. Eine Hand zwischen meinen Beinen, in meiner eigenen Feuchtigkeit versinkend und wieder auftauchend, die andere Hand auf ihrem Tuch, es gegen mein Gesicht pressend, ihren Geruch in mich aufnehmend.

Mein Atem wird schneller, meine Hand auch, ich schließe die Augen, sehe sie vor mir, sie zwischen den Bäumen, wie sie Erde aufsammelt und der Wind ihr Kleid zum Tanzen bringt, mir von ihren Kurven flüstert, dem Fluss ihrer Hüften, den Seen ihres Pos. Ich komme in dieses Bild hinein, renne auf es zu, laut aufstöhnend, stopfe mir das Tuch in den geöffneten Mund. Mein ganzer Körper zieht sich zusammen, um das Bild herum, in das Bild hinein, in sie hinein, in sie. Nur für diesen Moment will ich nicht daran denken, dass sie meine Cousine ist. Nur für diesen Moment darf alles sein. Zumindest in meinem Kopf.

185

Als ich das Tuch wieder auf ihr Bett lege, genau so wie ich es gefunden habe, sehe ich den feuchten Abdruck meines Mundes auf ihm und hoffe, er trocknet, bevor sie zurückkommen. Mit Khanyis Tagebuch lenke ich mich ab, davon, wie noch immer ein Kribbeln durch mich spaziert, wenn ich an Unathi denke. Und davon, was mich heute Abend erwarten könnte. Ich schicke Rihanna eine schnelle Nachricht, lade sie zum Treffen ein, dann öffne ich Khanyis Tagebuch und verliere mich in den Worten meiner Schwester, finde mich in ihnen.

Ich vertrage kein Fleisch mehr.

Die letzten Male habe ich mich immer übergeben
dachte, es ist wegen der Aufführungen und Prüfungen
aber ohne Fleisch auch kein Übergeben.

Ich kaue Blätter und esse Früchte kiloweise.
Heute nach der Kirche habe ich
drei reife Ananas allein gegessen
während die anderen alle noch
zu einer Schwester aus der Gemeinde wollten.

Ich saß in der Herbstsonne auf unserem Balkon
und es war, als würde mir
eine doppelte Portion geschenkt werden:
die Sonne auf meiner Haut
die Ananas in meinem Mund.

Was ich über mich zu wissen glaubte
weiß ich nicht mehr.

Während ich mich dehne, spüre ich

die Struktur meiner Knochen
die Muskeln auf ihnen
meine Gelenke, Verbindungsstellen
zwischen zwei Knochen
Leerstellen, die keine Leerstellen sind
sondern das Potenzial zur Bewegung.

Erst diese Zwischenräume erlauben es
Teile unseres Körpers zu kreisen und beugen
sie ermöglichen das Gehen, Kriechen, Hocken
und Wiederhochkommen.
Sie eröffnen uns den Tanz.

Auch Pflanzen tanzen.
Hab ich während unserer Recherchen
gelernt, haut mich um.
Es gibt Untersuchungen zu den Bewegungen von Pflanzen
bei denen sie alle paar Minuten fotografiert wurden.

Sie tanzen in Spiralen
über Minuten oder Stunden hinweg
formen sie einen Kreis, der in einen Kreis übergeht in einen Kreis, der in einen Kreis, der in einen Kreis übergeht.

188

Wir müssen nur geduldig sein, uns
eine andere Geschwindigkeit erlauben
von den Pflanzen lernen und

                    ent schleu ni gen.

Nach dem Training heute

bin ich schnell aus dem Studio raus
bevor Mama mich aufhalten konnte
wollte noch einmal zum Friedhof.

Mein Geburtstag rückt näher
nicht mal mehr drei Wochen
und ich spüre das
in meinen Knochen, in meinen Blättern
sie alle müssen sich zwischendurch mal ausruhen
ihr Zittern weckt mich sonst wieder mitten in der Nacht
lässt mich wandern, wenn ich schlafen soll.

Während ich an einer Ampel warte
noch etwa fünf Minuten vom Friedhof entfernt
passiert etwas Merkwürdiges.
Nicht der Typ, der mich die ganze Zeit
von der Seite aus mustert
das bin ich gewöhnt
ich habe gelernt, wie ich ihn ignoriere
ohne dass ich über seine Zunge stolpere
ausgerollt vor mir wie ein feuchter Teppich.

Nein, ich meine <u>wirklich</u> etwas Merkwürdiges.
Statt den Typen anzuschauen habe ich
konzentriert nach vorne geguckt
so als würde ich dort jemanden suchen, der auf mich wartet
weil das oft hilft, nicht immer, aber oft genug.

190

Vor mir ein altes Mietshaus, bereits geräumt
Bulldozer und ein Zaun
trennen das Haus vom Rest der Welt.
Das hier ist sein Ende, bald
wird es Eigentumswohnungen weichen
gefüllt mit dem Versprechen eines guten Lebens
für all jene, die es sich leisten können.

Doch während ich es betrachte, streckt sich im vierten Stock
ein Ast aus einem zerbrochenen Fenster heraus
langsam, tastend, bis die schwache Herbstsonne ihn berührt
dann gibt es kein Halten mehr:

Der Ast drängt weiter
strebt nach mehr Sonne auf seiner hölzernen Haut
Knacken und Brechen dringen durch die Luft zu mir
alle anderen Geräusche verstecken sich im Hintergrund.
Die Ampel wird grün, wird rot, ich bleibe reglos stehen.

Hier vor mir bricht das bröckelnde Dach auseinander
dreckig-rote Ziegel fliegen in alle Richtungen
landen scheppernd und scherbend
auf Autos, Menschen, der asphaltierten Erde.

Niemand dreht sich nach ihnen um
niemand sieht, was durch die gewaltvoll geborene Lücke
dem Himmel entgegenstrebt:
ein Laubbaum wächst dort in die Höhe
direkt vor meinen Augen.

Menschen gehen weiter, eilig ihrer Wege, ein Hund

ersetzt den Typen neben mir, pinkelt an die Ampel, eine Taube
pickt Fetzen aus einem Stück angebissenem Croissant.
Als die Ampel ein weiteres Mal grün wird
überquere ich die Straße

ignoriere das Rauschen der Blätter über mir
den ächzenden Boden hinter der Fassade
in den sich Wurzeln krallen wollen.
Schließe meine Ohren, lasse meine Augen nicht ausatmen
bis ich am Friedhof angekommen bin.

Hier sitze ich jetzt
einen Werner Rehmann im Rücken
und in der Erde unter mir.
Da hinten verblasst langsam der Baum
sehe ich die Wolken wieder, den Himmel
ohne meinen Blick an ihm vorbeizwängen zu müssen.

Jetzt ist er nur noch eine Silhouette
ein paar letzte Geisteräste und Blätter
werden vom Wind ergriffen
bis auch sie ganz verschwunden sind.

Mein Herz kommt wieder zur Ruhe
denn wie jedes Mal, wenn ich solche Momente habe
in denen sich die Zukunft über meine Gegenwart legt
verliert es seinen Rhythmus, schlägt zu schnell
als wolle es vor all dem hier davonrennen.

Mein letzter Besuch bei Mamas Pflegemutter:

Ich frisch in der Schule, gut darin, den Stimmen nur noch
mit meinem Körper zu antworten, nicht mehr mit meiner Zunge.
Als sie die Tür öffnet und uns begrüßt
verblasst sie augenblicklich vor mir.

Es ist ein Prozess, der von ihrem Bauch ausgeht
ihren Körper in beide Richtungen einfordert
und nur ihre Silhouette zurücklässt.
Ich kann die Anrichte im Flur sehen
durch ihren Kopf hindurch
den Topf mit Chrysanthemen auf ihm
die bereits ihre violetten Köpfe hängen lassen
weil ihnen hier die Sonne fehlt.

Als ich es ihr auf dem Sofa im Wohnzimmer sage
während sie immer wieder zu fester Form wird und sie
einen Moment später erneut verliert
lacht sie. Als zwei Wochen später
Magenkrebs bei ihr diagnostiziert wird
lacht sie nicht mehr.

Bis zu ihrem letzten Atemzug
verbietet sie Mama, mich zu Besuchen mitzubringen
und sagt ihr nie, warum.

Früher habe ich nur gesehen, was nicht mehr sein wird
jetzt sehe ich zum ersten Mal, was neu entsteht.

193

Ich habe keine Angst vor dem Tod

er ist mein ständiger Begleiter.
Aber jetzt

fordert mich das Leben
das noch auf uns alle wartet.

194

Ich stehe nackt vorm Spiegel

Lindiwe ist bei ihrer Freundin
Lindiwe ist sie selbst, immer
sie weiß gar nicht, wie sehr ich sie dafür feiere
ein Coming-out mit 12!

Die anderen sind in der Kirche
ich habe gesagt, dass ich Migräne habe.
Mein erster Sonntag ohne Kirche, seit Ewigkeiten.
Das letzte Mal hatte ich Borkenflechte
wie die Hälfte der Kinder in der Kita.

Gestern als die erste Gruppe ihr Klimaprojekt
kurz vor der Klasse vorgestellt hat, um zu zeigen
wo sie gerade stehen, da sind zweien von ihnen
beim Sprechen Blumen aus dem Schlüsselbein gewachsen
haben sich am Ausschnitt ihrer Shirts vorbeigedrängt
um mir gelb und rot entgegenzuleuchten.

Niemand hat es bemerkt, nicht einmal sie selbst
nur ich. Gegenwart und Zukunft
kann ich nicht mehr auseinanderhalten.

Und da sind so viele Fragen in mir
Löcher, in die ich
zu fallen drohe, wenn ich ihnen nahe komme.

Und doch stehe ich hier, nackt

sehe die Löcher
sehe den Farn
über meinen Hüftknochen
sehe mich selbst.

Ich ziehe eine Boxershorts an
die ich letztens bei H&M gekauft habe.
>>Da wird sich dein Freund aber drüber freuen<<
hat die Verkäuferin gesagt
und mich angelächelt.

Ich ziehe den Binder an
den ich letzte Woche online bestellt habe.
Seit der Bestellung bin ich jeden Tag
gleich nach Hause, um den Paketboten abzufangen.

Freitag nach der Schule
habe ich mit Rihanna geübt
was gut war, weil ich stecken geblieben bin
und etwas Panik bekam.

Sie hat mir wieder rausgeholfen
und mich dabei daran erinnert, dass
ich nicht allein bin.

196

Hier ist er.

Schwarz, eng, die kleinste Größe, die sie hatten.
Er drückt ein bisschen
aber er macht aus meinen Brüsten
eine Brust.

Ich ziehe ein weißes T-Shirt drüber
lege ein Tuch über die Schultern, das
Gogo mir in Südafrika geschenkt hat
hole ein Haargummi und
binde meine Haare streng nach hinten.
»Er wird sich dir zeigen«, hat uKhokho gesagt.

Und hier ist er, hier

                             bin ich.
Kein Junge, aber auch   mehr als ein Mädchen
das zur Frau wird, ganz automatisch
als wäre dies eine Sackgasse.

Auf mir: sein Lächeln
er braucht diesen Moment
sein tiefer Atem auch meiner
mein Körper für einen Augenblick
mehr als zuvor — unserer.

        Der Binder schläft jetzt
in der untersten Schublade meines Nachtschranks.
      Flüstert mir im Dunkeln zu:
           Es wird Zeit.

Die Zwillinge rufen mich zum zweiten Mal zum Essen.

Im Wohnzimmer findet Geschirr seinen Platz auf dem Tisch, Körper finden ihren davor. Alle sind wieder da, Jazz voller Klavier und Percussions streut sich zwischen sie, lädt dazu ein, in Bewegung zu bleiben, auch im Stillstand.

Ich kann noch nicht dazukommen. Auf den Knien sitze ich vor Khanyis Nachttisch, schmeiße Bücher, Hefte, lose Zettel, Müsliriegel, Haargummis und ausgedrückte Lipglosstuben aus der untersten Schublade.

»Die anderen fangen schon mit Essen an.«

Unathi hinter mir, doch ich schüttle nur eine schnelle Handbewegung in ihre Richtung, ohne mich umzudrehen. Wühle weiter, entleere die protestierende Schublade, die sich mir nur mit einem starken Ruck ganz öffnet. Da ist das T-Shirt, von dem Khanyi gesprochen hat. Alles raus, alles, bis sie ganz leer ist.

»Was ist los, Lindi?«

Unathi hockt jetzt hinter mir, ich spüre ihre Hände an meinem Rücken und auf meiner Schulter. Wir beide zwischen dem Chaos, das ich geschaffen habe.

»Da ist …, da ist keiner …«, stammle ich nur.

»Kein was?«

»Kein Binder.« Ich schließe die Augen, lasse mich etwas nach hinten sacken, bis Unathis Körper meinen Fall bremst, mich auffängt, mich hält.

Gogo lacht im Wohnzimmer und ich höre Khanyis Lachen kräuselnd in ihrem. Bongi kichert, bestimmt wird er gerade von Mama oder Baba gekitzelt. Besteck trifft auf Porzellan, scheppernd wie im Tanz.

»Oh doch!«, ruft Unathi plötzlich. »Hier, eingeklemmt zwischen den Heften.«

Sie beugt sich vor, an mir vorbei. Ihr Atem an meinem Hals, ihre Wange an meiner, Haut an Haut, Wärme breitet sich aus. Ein Lauffeuer. Ich öffne meine Augen und sehe den Binder. Unathi hält ihn zwischen ihren Fingern vor mir in die Höhe.

»Woher weißt du, wie ein Binder aussieht?«

»Warum sollte ich es nicht wissen? Bist du die Queerness-Polizei?«

Unathi hilft mir dabei, die Sachen wieder in die Schubladen zu räumen. Hilft mir dabei, tief durchzuatmen, bevor ich den anderen begegne. Als schenke sie mir ihren Atem, weil mein eigener gerade nicht ausreicht. Sie stellt keine Fragen, zum Binder oder meiner Suche. Und ich bin ihr dankbar für das Verstehen ohne Worte. Mama ist das Gegenteil. Ein Blick in mein Gesicht und sofort schießt die Frage aus ihr heraus, ob alles bei mir okay sei. Meine neue Frisur lenkt sie anscheinend nicht genug ab.

»Das Mädchen muss einfach nur was essen«, schiebt Gogo dazwischen und füllt für mich einen leeren Teller, noch bevor ich sitze.

Unathi nimmt neben mir Platz. Sie häuft sich Pap und Spinat sowie Mamas Möhrensalat auf ihren Teller. Oxtail gibt es auch noch, Papas Spezialität. Das Fleisch braucht einen ganzen Tag, dann fällt es von den Knochen, butterweich, in deinen Mund. Aber nicht für Unathi und mich, nicht heute, nicht mehr.

»In der Kita haben sie gesagt, wir müssen alle wachsam sein«, sagt Bongi mit vollem Mund, nachdem wir alle gebetet haben.

»Wie meinst du das, Schatz?«, fragt Mama ihn und legt ein weiteres Stück Fleisch auf Babas Teller.

»Erschöpfung kann ein Symptom für das neue Virus sein«, sagt er, die Worte anderer wiederholend.

»Niedrige Temperatur unter 37° auch«, ergänzt Mandla. »Und wenn man sich in der Stadt nicht mehr gut fühlt und immer raus will, in die Natur. Bis es ein Gegenmittel gibt, sollen wir alle gut aufpassen.«

»Wisst ihr noch, wie wir in der Kirche gebetet haben, immer wieder wegen Corona?« Babas Gabel mit einem aufgespießten Stück Oxtail, an dem eine dicke Fettschicht klebt, wirbelt durch die Luft. »Der Virus hat niemanden aus unserer Gemeinschaft mit sich genommen, wir haben es alle überstanden.«

Baba hat recht. Dass einige wegen Long Covid den Predigten aber nicht mehr richtig folgen können, verschweigt er.

»Wir werden also auch dieses Mal wieder unsere größte Waffe einsetzen. Wisst ihr, welche das ist?«

Er schaut die Zwillinge an und sie antworten im Chor: »Das Gebet.«

»Wirklich alles okay?«, fragt Mama mich etwas später ein zweites Mal.

Die Zwillinge sind schon beim Nachtisch, Vanillepudding tropft ihnen vom Kinn auf die bunt bestickte Tischdecke.

»Du hast dich bestimmt verausgabt«, meint Baba zwischen zwei Bissen, »warst ziemlich lange laufen gestern. Welche Strecke war es diesmal?«

»Nur die Clayallee hoch«, sage ich, ohne aufzublicken.

»Hast du es bis zum Fehrbelliner geschafft?«, fragt Mama und füllt Pudding für Gogo und Baba in kleine Schalen.

Ich nicke nur, ohne zu wissen, wie weit die Laufstrecke ist, die ich ihnen gerade vorschwindele.

»Respekt, Lindi!« Papa schon wieder. »Da bist du schon mitten in der Stadt ...«

Er sagt es, als würden wir auf dem Dorf leben, obwohl zehn Minuten entfernt die U-Bahn fährt. »Nimm nächstes Mal dein Handy mit, ja? Wir wollen nicht, dass dir auch was passiert. Und so können wir dich im Notfall orten. Nicht wie bei deiner Schwester ...«

Er verstummt, Mama verharrt beim Befüllen der Schalen, die Hände in der Luft. Selbst die Zwillinge erstarren, kein Kichern und Kleckern und Kitzeln mehr.

Standbild:
Meine Familie besessen
von einem Geist, den
allein die Erwähnung von   Khanyi
jedes Mal erweckt wie ein Fluch
dabei dachte ich früher immer
meine Schwester wäre ein Segen.

Gogo beendet den Moment, holt uns alle wieder zurück ins Leben. Mit lautem Scheppern stapelt sie die dreckigen Teller. »Ich habe nie daran geglaubt, dass nur Mädchen kochen lernen müssen. Viele haben über uns gelacht, damals. Weißt du noch, Andile? Wenn sie dein Oxtail heute probiert hätten – haibo! – das Lachen wäre ihnen vergangen.«

Unathi hilft unserer Großmutter, Platz zu machen, räumt die Teller in die Küche. Ich trage ein paar fast leere Schüsseln hinterher, nur noch etwas Pap und Salat sind übrig geblieben.

»Danke für vorhin, im Zimmer«, sage ich zu ihr, als wir alles auf den Küchenanrichten abstellen.

»Kein Ding«, antwortet sie nur und drückt meine Hand kurz, doch ich lasse ihre nicht wieder gehen, halte sie fest, sodass meine Cousine innehält, sich mir zuwendet. Unsere Hände ein Band zwischen uns.

»Für dich war es vielleicht nicht viel, aber ich war dabei zu versinken.«

Mama kommt in die Küche und instinktiv rücke ich etwas von Unathi ab, beginne, das dreckige Geschirr in die Spülmaschine zu räumen.

»Hat es dir geschmeckt, Unathi?«

»Ja, sehr gut, vielen Dank.« Sie wäscht die übrigen Teller grob ab und reicht sie mir einzeln. »Ich wollte heute Abend auch noch raus, ein Theaterstück anschauen.«

»Oh, das ist eine schöne Idee.« Mama beginnt, in das freie Waschbecken neben uns Wasser für die Töpfe einlaufen zu lassen. Ich schaue Unathi fragend an, während sie mir einen weiteren Teller reicht. Durch Khanyis Tagebuch habe ich total vergessen, dass wir noch eine gute Geschichte brauchen, um nachher zum Treffen zu gehen. Unathi grinst nur zurück, *Wait* formen ihre Lippen wortlos.

Und wirklich – beim Abwaschen wendet sich Mama noch mal Unathi zu, die jetzt die Töpfe abtrocknet: »Aber verstehst du im Theater denn genug, wenn alles auf Deutsch ist?«

»Gute Frage ... Vielleicht kann Lindiwe ja mitkommen und mir aushelfen, wenn ich Schwierigkeiten habe?«

»Das ist natürlich viel besser«, freut sich Mama, so als wäre sie da selbst draufgekommen.

Durch das geöffnete Fenster, zurück im Zimmer, höre ich so viele andere, die sind wie wir. Der Wind trägt sie zu mir, der Wind wird mich auch zu ihnen tragen, heute Nacht. Draußen ist es schon lange dunkel, Herbst hält, die Nacht greift sich mehr und mehr vom Tag, bis sie droht, ihn ganz zu verschlingen. Auch wenn es ihr nie gelingt, die Drohung reicht. Louis Quatorze knabbert an ein paar frischen Kohlrabiblättern. Ich lege mich noch mal mit Khanyis Notizbuch aufs Bett, ein paar letzte Seiten, bevor sie beginnt, meine Nacht dort draußen, zusammen mit Unathi.

»Kann ich mich zu dir legen? Nur einen Augenblick?« Unathi ist aus dem Wohnzimmer herübergekommen, steht noch an der Tür mit einer Stimme so klein, dass ich sie fast nicht bemerke.

»Klar, komm her.«

Unathi eng an meiner Seite, meinen Arm um sie gelegt, in der freien Hand Khanyis Notizbuch. Und dazwischen: mein pochendes Herz. Ich, mal wieder im Dazwischen, nur diesmal so gerne.

»Ich hab Angst davor, was wir heute Nacht erfahren …«, beginnt Unathi stockend.

Ich lege das Notizbuch auf meinem Bauch ab, fahre ihr mit der Hand über die Braids, warte auf ihre nächsten Worte, voller Angst, dass jede Bewegung sie gerade aufschrecken könnte.

»Dachte, ich weiß schon ziemlich viel über all das, was mit uns passiert«, fährt sie fort, »aber als du mit den Duftstoffen kamst … Was wartet noch da draußen auf uns, Lindi?«

Ich schlucke, mein Hals ist ganz trocken. »Die Wahrheit«, antworte ich dann, »und sie ist nichts, wovor wir uns fürchten müssen.«

Ein Blick auf mein Handy. Keine Antwort von Rihanna, auch wenn sie meine Nachricht gelesen hat. Nicht alle wollen sie, die Wahrheit. Ich lasse den Bildschirm dunkel werden, lege das Phone mit einer vorsichtigen Bewegung auf dem Bett ab, nehme das Tagebuch wieder in die Hand und lese weiter, meine andere Hand fest auf Unathis Körper verwurzelt.

Die Recherchen fürs Klimaprojekt

nehmen immer mehr Zeit in Anspruch
aber es ist auch wirklich schwierig, Quellen zu finden
die nicht den Globalen Norden zentrieren oder von der
»Selbstverantwortung Afrikas« sprechen, was den Schutz
afrikanischer Wälder angeht.

Als würden Bäume keinen Wald bilden & nicht alles
eine Verknüpfung zum Kolonialismus aufweisen
zur Hierarchisierung und Kartografierung der Welt
zum Einteilen von Gebieten und Lebewesen
in wertvoll und wertlos.

Zu lange wurde indigenes Wissen unterdrückt und herabgesetzt.
Leben im Einklang mit den Ahn*innen und den Kräften der Natur
wurde von jenen zerstört, die ihre eigenen Hexen verbrannt haben
und mit ihnen die Weisheit der Pflanzen.

Wir müssen uns alle einfach nur erinnern.

Bäume geben ihre Erinnerungen weiter
sie legen sie in jeden ihrer Samen
ihr Wissen über Dürrezeiten oder Wasserfluten
über Kälteperioden oder Hitzesommer.

Sie erlauben ihren Nachkommen
von ihren Erfahrungen zu lernen
gewappnet für eine neue Zeit.

Eine neue queere Highschool-Romanze haben Ri und ich

nach der Arbeit am Projekt heute gesehen.
Sie liebt diese Schnulzen
und als ich ihr am Ende
die Tränen weggewischt habe
hat sie mich gefragt, was los ist.
Ich muss nicht mit den Augen rollen
damit Ri weiß, irgendwas stimmt nicht.

»Für Menschen wie uns
gibt es kein Happy End«, habe ich gesagt
»nicht in der echten Welt.
In der gibt es Nireah Johnson und Brandie Coleman
gibt es Patronen und Feuer
für eine Freundschaft wie unsere.«

»Aber es gibt auch uns zwei«
hat sie entgegnet und sich aufgesetzt
»und eine Zukunft, die uns gehören wird.«

Ich habe gelächelt, aber in mir hat sich alles geschüttelt.
Ich sehe, wie weit Rihanna schon gekommen ist
trotz des Steins, den sie unter ihrer Zunge trägt.
Sie lebt auf dem Friedhof des verlorenen Sohnes
geht barfuß durch die Nacht, zündet keine Kerze an
und stürzt doch nie zu Boden.

206

Sie ist eine Superheldin.
Aber wer bin ich schon?
Wer bin ich?

Ich muss es herausfinden
viel Zeit bleibt mir nicht mehr
nächste Woche habe ich Geburtstag.

Gestern waren alle in der Kirche

an einem Samstag, Prayer Week
United in God's Glory — John 17 vibes.
Ich habe mal wieder Migräne vorgespielt, denn
samstags ist die Tanzschule leer
nur manchmal wird ein Studio vermietet
für Workshops oder als Probenraum.

Ich komme dann oft und fülle sie
mit lautem Amapiano und hartem Gqom.
Das Land schlummert im Beat
unsere Rhythmen im neuen Gewand
aber gerade zieht es mich zu Maskandi
und den traditionelleren Klängen.

Zurück zu den Anfängen
voran zu ihnen.

Spirits tanzen mit mir
ich bin alleine und doch ist der Raum
bis unter die Decke voll mit ihnen.
Die dicken Sachen habe ich ausgezogen
trage nur noch ein weißes T-Shirt und ein paar Shorts
Gogos Tuch hängt über meinen Schultern wie ein Umhang.

Ein Chor aus Großmüttern singt
während mein Bein immer wieder in die Höhe fliegt
und auf festem Lehmboden landet.

Bis meine wunden Zehen
anfangen zu bluten
und mich zurückholen

zwischen die vier Wände
wo ich nichts aufwirbeln kann als
etwas Staub in der Ecke.

Während ich auf dem kühlen PVC-Boden sitze
und das Blut wegwische, streichen mir
die Ahn*innen über die Fußsohlen
um mich zu trösten.

Es ist ihre Art, mich zu halten.

Ich habe Angst

vor all dieser Veränderung
davor, etwas zu werden, für das ich keine Worte habe
aber da ist der Baum
da ist uKhokho
sie lassen mich beide nicht mehr gehen
sie rufen mich zu sich
jede Nacht, jeden Tag, immerzu.

> Baumgeist
> Tanzmädchen
> Blutende Blüte
> Spirit Seed

Mit meinem Blut
zeichne ich auf den Boden
Spiralen und Formen, so wie
ich sie auch im Wald hinterlassen habe
auf der Rinde meines Baums.

> Es wird Zeit
> das Warten kommt
> zu einem Ende.

Baum, Junge

Baum, Kind
der Ahn*innen.

Wir waren alle so aufgeregt.
Ein riesiger Baum im Township, über Nacht
ein echter Baobab auf der Ramonotsi Street
direkt neben Credo Mutwas Kulturstätte
auf dem kleinen Stück freier Erde
zwischen aufgerissenen Plastiktüten und wilden Kräutern.
Schatten spendend, selbst jetzt im Winter, plötzlich da
und doch Jahrhunderte alt, seiner Größe nach.

Ich bin mit Hyecollin hingerannt
unsere kleinen Schwestern haben wir zurückgelassen
wir müssen diesen Baum sehen.

Eine Traube hat sich schon um ihn gebildet, die ersten Kinder
klettern in seiner Krone, als würden sie
sich durch Wurzeln entlanghangeln.
Ich höre ihn lächeln, wenn ihre Füße ihn kitzeln
zwischen all den aufgeregten Stimmen
und denjenigen, die ihn schon als ein Zeichen Gottes
für ihre jeweilige Religion verbuchen wollen.

Ich werde langsamer, aber Hyecollin
zieht mich vorwärts, passt eine Lücke
zwischen den Autos ab und rennt
mit mir über die Straße.

211

Um besser auf den Baum klettern zu können

hat jemand eine Leiter am Stamm abgestellt.
Ich spüre seine feste Haut unter mir
bei jedem meiner Schritte kichert er.

Von hier oben
kann ich über die Grenzen des Townships hinaussehen
sehe die Stadt in der Ferne
                    Johannesburg, City of Gold
an vielen Stellen ähnelt sie
                    eher einem Wald.

In meinen Träumen in der folgenden Nacht
nimmt Urgroßmutter mich an die Hand.
Anstatt auf die Krone zu steigen
öffnet sich die Erde vor uns und wir klettern
zu den Wurzeln hinab
tiefer und tiefer
bis alles Dunkelheit ist
außer seinem Atem
sein Kichern echot überall.

Wenn Wasser und Erde sie berühren

erwachen Samen.

Das muss nicht gleich geschehen
es dürfen Monate und Jahre vergehen.
Die Samen einiger Dattelpalmen haben in der Wüste
mehr als 2.000 Jahre darauf gewartet
zu keimen und ein neues Leben zu beginnen.

Bäume haben so viel mehr Geduld als wir
Vertrauen in eine Zukunft
die ihnen gehören wird.

Vielleicht lebt auch der Baumgeist
schon sehr lange in mir.
Ein Samen, der nur auf die richtige Berührung
seine ganz eigene Erde, sein eigenes Wasser
gewartet hat
um zu erwachen.

Nach dieser Nacht im Baum

beginnt Urgroßmutter in meinen Träumen
wieder mit mir zu sprechen.

Sie sitzt an einem Feuer
über uns der Himmel, sternenschwer
und ich begebe mich zu ihr
Nacht für Nacht
lerne das Zuhören, von Neuem.

Noch in Südafrika bringt sie mich zu den Gräbern
Gogo ist auch da, mein Onkel Xola
und andere in ihrem Schatten.
Sie opfern einen Hahn und eine Henne
später schlachten sie noch eine Ziege.

Am Morgen wache ich
mit dem Armband aus Ziegenfell
an meinem Arm auf:
Isiphandla.

Eine Nacht später streut uKhokho Kräuter
in die Wunden an meinem Arm
so wie sie es in der Nacht vor den Initiationszeremonien
bei angehenden Sangomas machen.

Wenn Sangomas in Fleisch schneiden
ist jeder Schnitt Teil eines Gesprächs, eine Möglichkeit
zu sprechen, im Dahinter, wo die Worte nicht hinreichen.

214

Ich wünschte, ich hätte früher damit begonnen

ihnen wieder richtig zuzuhören
sie sehnen sich so sehr nach mir.

Und ich wünschte, ich hätte auch gelernt
ihnen anders zu antworten
nicht durch mein sich öffnendes Fleisch
als würde ich ihnen die Knochen
schenken wollen, die in ihm leben.

Noch immer sitze ich mit blutenden Zehen

in der Tanzschule, auf dem kühlen Boden.
Noch immer ist Samstag, der 15. Oktober
egal wie weit zurück und voraus
meine Seele reist.

Alles beginnt zu vibrieren
     der Boden unter mir
     die Wisperfüße um mich herum
     mein Herz.

Ein Trommelschlag, dann noch einer
aber diese sind hier, nicht
in der Zukunft oder Vergangenheit verortet.

Ich stehe auf, wische mir etwas Schweiß
von meiner Stirn, Blut von meinen Fingern, gehe
hinaus in den Flur der Tanzschule.
Ein Blatt wächst hinter meinem Ohr heran, es
kitzelt mich bei jedem meiner Schritte.

Ich reiße es nicht aus.

Studio 1 gegenüber ist beleuchtet

zwei Frauen unterhalten sich leise vor der offenen Tür
eine legt ihre Hand auf die Schulter der anderen
ein Braunton läuft in den anderen über
ihre Köpfe beugen sich einander zu wie Glockenblumen.

Ich gehe an ihnen vorbei, störe ihre Nähe nicht
will sie nicht aufbrechen, weil sie
so kostbar und gefährdet ist
nur an wenigen Orten darf sie gedeihen.

Drinnen sitzen drei Männer an Trommeln
ein weiterer hat sich eine kleinere umgehängt
und schlägt sie mit einem hölzernen Stock an.

Einige Tanzende bilden einen Kreis vor hnen
eine junge Frau mit fliegenden Locs
befindet sich in der Mitte
ihre Arme sind weit wie Flügel
ihre Beine machen große Ausfallschritte
ihr Kopf schnellt im Rhythmus
nach hinten und wieder zurück nach vorne.

Ein älterer Mann mit vor Schweiß glänzenden Armen
bemerkt mich und macht Platz im Kre s.
Er bewegt sich als Nächstes in die Mitte
die Tanzende nimmt den Platz neben mir ein.

Ihr Atem noch immer
        ein Rauschen von der Anstrengung
                        aber alles an ihr ist Energie
                ihre Bewegungen
        tänzeln weiter um sie herum
die Ahn*innen legen Cowries
                auf ihre perlende Stirn.

Als mein Arm ihren streift, sehe ich
einen Mangobaum voll Hunderter von Knospen
die sich alle zeitgleich öffnen und Schmetterlinge gebären.
Mein Schritt fällt aus dem des Kreises
für einen Moment erkenne ich nichts, weil sie überall sind
die Schmetterlinge.

Ich mache ein paar Schritte nach vorne, um nicht zu fallen
während sie langsam wieder verschwinden
doch jetzt stehe ich hier
in der Mitte des Kreises.

Der Mann gibt den Tanz an mich ab

indem er mit flatternden Händen und ausholenden Beinen
auf mich zu und dann an mir vorbeitarzt.
Mein Körper nimmt das Flattern auf, das Ausholen
führt die Bewegung erst fort, dann weiter:

Das Tuch bewegt sich mit mir, ich lasse es fliegen und
    erde es zugleich an meinen Schultern.
        Die Trommeln bilden einen Kreis um mich
           er legt sich vor die Woge aus Körpern
              blendet alles aus, schafft einen dritten Raum

            in dem das Auftreten, das Stampfen meiner Füße
          Staub aufwirbelt und Jahrhunderte.
        Jede Bewegung besteht aus Sedimenten
      Schichten aus Schmerz, Schichten aus Freude
      Schichten aus Atemzügen und Sternpartikeln.

Die Trommeln fordern alles von mir
ein Zusammenführen all meiner Muskeln
    die Bewegung meines kleinen Zehs als
        Antwort auf die Drehung meines Arms.

                  Alles ist
                  verbunden.

Zehn Minuten vor den anderen bin ich zurück

liege im Bett, die Augenlider zugepresst
als sie von der Kirche hereinkommen.
Schweiß bildet einen Bach auf meiner Schläfe
und ich höre, wie Mama Lindiwe ermahnt, leise zu sein
damit ich mich ausruhen kann.

Mama ist in Pflegefamilien und Kinderheimen groß geworden
sie schreckt noch immer zusammen, wenn eine Tür laut
zugeschlagen wird.
Baba hat das Township überlebt und
die ersten Jahre in Deutschland auf Baustellen gearbeitet
die Affengeräusche der anderen ignoriert, wenn er vorbeilief
die Bananen, die sie in seinen Fahrradkorb legten.

Sie sind einander in Babas Kirche begegnet
in Pimville, Soweto, während Mama für ein Jahr
in der Gemeinde dort mitgeholfen hat.
Sie haben aus Nichts ein Zuhause in Berlin
für uns alle geschaffen
ihre eigene Art von Magie kreiert
auf keiner anderen Hoffnung aufbauend
als auf Jesus Christus.

Nichts, was wir haben, wäre ohne Ihn denkbar
und ohne Gott. Neben ihnen ist nur noch Platz
für einen Geist, den Heiligen Geist
nicht für Hunderte von ihnen.

220

Und doch sind sie hier.

Die lebenden Toten begleiten mich
während meine Eltern mich nur mit Schweigen füttern.

Ich lebe in einem Haus, das aus Liebe gebaut wurde
und zugleich voller Leere ist
Wüsten in ihm anstelle von Zimmern.

Die Stimmen meiner Familie dort draußen
hier drin nur die anderen Stimmen
sie tanzen über meine geschlossenen Lider
das Echo der Trommeln strömt aus meinen Fingerspitzen.

Mein Körper wird ein Haus
mit Wäldern statt Zimmern
Und jetzt wächst einer in ihnen heran
der mich Wind essen und Düfte sehen lässt.
Ich höre, wie seine Wurzeln wachsen
wie sein Wachsen wurzelt in mir.

Ich spüre das Gewicht der Schlangen
auf jedem meiner Arme.
Jetzt habe ich noch Hände, lassen sie mich wissen
und Füße, um der Wahrheit entgegenzugehen
sie festzuhalten, wenn ich sie finde.

Mein Körper wird ein Haus
das Platz haben wird
für die ganze Welt.

Unathi ist neben mir eingeschlafen.

Winzige Blüten klaube ich aus ihren Haaren, sehe den Mangobaum aus Khanyis Tagebuch. Schmetterlinge überall in mir. Ich stupse meine Cousine an, um sie zu wecken.

»Noch nicht«, murmelt sie, »lass mich noch schlafen, Sisi.«

»Unathi«, flüstere ich, »es wird Zeit ...«

»Gleich.«

Sie dreht sich zur anderen Seite, so nah an die Bettkante, dass ich sie leicht zu mir ziehe, nur damit sie nicht rausfällt. Meine Hand an ihrer Hüfte, ihr Rücken an meinem Bauch und meinen Brüsten. Nichts zwischen uns. Alles zwischen uns. Ich will nicht weg, will hier liegen, genau so, für immer. Und nicht darüber nachdenken, dass dieser Wunsch schon verrottet, während ich ihn denke. Er hat keine Zukunft, egal was sie sonst für uns bereithält. Humus, Erde, am Ende alles.

Ich schließe die Augen, bewege mich nicht, nur mein Herz kann ich nicht stoppen, atme ihren Duft ein. *Hier bin ich*, sagt auch er und ich wünschte, es wäre anders gemeint, ich wäre gemeint, nicht alle sich Wandelnden da draußen.

Ein Geräusch vom Ende des Zimmers, ein Luftstoß, ein Kichern. Ich reiße die Augen auf und sehe die Zwillinge auf Zehenspitzen, Hände vor ihren Mündern, auf uns zutapsen.

»Raus! Raus mit euch!«

Unathi zuckt neben mir zusammen. Ich will sie noch ein letztes Mal an mich drücken, doch sie dreht sich schon aus meiner Umarmung, setzt einen Fuß auf den Boden.

Als wir etwas später aus dem Zimmer kommen, höre ich Gogo weiter vorne im Flur und halte Unathi zurück. Unsere Großmutter diskutiert mit Baba, er will uns nicht gehen lassen, glaubt, Mama und Gogo überblicken den *Ernst der Lage* nicht.

»Du warst auch mal jung, Andile. Lass sie gehen.«

»Aber ...«, setzt Baba an, doch Gogos Zungenschnalzen wirft sich über den Rest seines Satzes.

»Lass sie einfach gehen, bevor es alles schwierig wird, bevor wir unsere Kinder wieder in den Häusern einschließen müssen wegen der Angst der Erwachsenen.«

Babas Antwort kann ich nicht verstehen, nur noch, wie er Gogo eine gute Nacht wünscht, sie fragt, ob sie noch etwas brauche. Dann öffnet sich die Tür zum Schlafzimmer, dramatische Soapie-Musik dringt nach außen, bevor Baba die Tür hinter sich schließt.

»Let's go!«, sage ich zu Unathi und lächle.

Beim Schlafzimmer bleibe ich noch mal stehen, während sie sich schon ihre Schuhe anzieht. Ich öffne die Tür nur einen Spalt. »Wir gehen jetzt los!«, rufe ich hinein.

»Aber seid vor Mitternacht zurück und nimm dein Handy mit, damit wir dich notfalls tracken können«, kommt als Antwort von Baba und ich schiebe schnell »Yebo, lalani kahle« hinterher, bevor ich die Tür wieder schließe.

Unathi steht fertig vor mir, grinst mich an. »Bereit?«

Ich nicke, strahle auch. Mit meinem ganzen Körper und allen Duftstoffen, die ich habe.

Da ist er, der Vollmond, beleuchtet unseren Weg und unsere Gesichter, stärker als jedes Straßenlicht. Graublauschimmernd ergießt er sich über alles.

»Schau nur«, sagt Unathi, hält direkt vor unserer Haustür inne und hakt sich bei mir unter.

223

Der Wind weht uns entgegen, eine Einladung, ich nehme sie an.

»Komm«, sage ich. Zu niemandem, zu allen, zu ihr. Wendepunkte.

Ich baue ein Haus, das Platz haben wird für die ganze Welt.

Khanyi begleitet uns, all ihre Worte, die ich gelesen habe, die mich einer Schwester nähergebracht haben, die ich nicht kannte. Einer Schwester und mir selbst. Wendepunkte.

Die Vermisstenanzeige reiße ich beim Warten im Bushäuschen ab, Unathi stellt keine Fragen. Im Dunkeln hält der Bus vor uns, wir sind die Einzigen, die einsteigen. Hinein in unser neues Leben. Die Tür knallt hinter uns zu, jetzt gibt es kein Zurück mehr für mich. Wendepunkte.

Unter einer alten Eiche sitzen sie, Kerzen erhellen ihre Gesichter und werfen Schatten gegen den Stamm und die niedrig hängenden Äste des Baumes. Da hinten an der Straße ist ein grelles Licht, aber es erreicht sie nicht. Wir sind im Tegeler Forst, ich bin von einem Wald in den anderen gewandert. Einige der Leute hier unterhalten sich leise miteinander, andere sitzen einfach nur da, schauen zum Baum oder in eine der Kerzen, scheinen zu träumen – oder befinden sich vielleicht bereits in der Zukunft.

Zwischen ihnen sitzt auch Ibo, er schaut auf, als wir kommen, winkt uns zu. »Schön, dass ihr da seid«, sagt er in einer Stimme, die in der feuchten Abendluft des Waldes flirrt. Zwei andere rücken etwas zusammen, um Platz für uns zu machen. Da ist ein Mädchen mit rosa Bob, Efeu schlängelt sich ihren

Arm hoch. Da die Schwester hat kleine Blätter, die ihre Augenbrauen überdecken. Hier ist einer, mit Moos auf der Wange, genau wie ich, aber es wächst hoch bis zu seiner Stirn.

Meine Hand sucht Unathis, während ich voller Wunder um mich blicke. Sie rückt etwas näher an mich heran, lässt ihre Finger einen Ort zwischen meinen finden, an dem sie ankern können. Mein Atem ist zu schnell, ich versuche tiefer zu atmen, aber das hier ist alles so viel. Andere, die sind wie wir. Ich bin nicht alleine. Wir alle sind es nicht. Und Unathi neben mir, mein Moos wächst ihrer Flechte entgegen. Sehnsucht entfaltet sich in mir, wie eine Blüte. Sehnsucht und Freude. Darüber, genau hier zu sein. Jetzt gerade brauche ich keinen Satz, der mich zusammenhält. Ich halte mich selbst, halte aus, was es bedeutet, vieles zugleich zu sein.

Ibo beginnt das Treffen, indem er anfängt zu singen. Alle Augen richten sich auf ihn, auch meine. Doch bei mir ist es nicht nur seine Stimme, die mich überrascht, klar, schwebend, wirbelnd in der Luft zwischen uns. Nein, es sind auch seine Worte. Worte, die zuvor nur meine waren, ein Teil meines Lieds.

Stamm an Hand
Haar und Ast verwoben
Wurzeln tief in uns
hier werden wir erhoben.

Da stehen die Bäume
sie stehen in der Höh'
sie wollen einfach weitergehen
doch sie bleiben stehen.

Die anderen stimmen mit ein und als wir die Worte ein drittes Mal wiederholen, tritt auch meine Stimme hinzu.

In der satten Ruhe nach dem Lied wendet sich Ibo uns zu: »Wir begrüßen zwei neue Gesichter hier in unserer Mitte. Wollt ihr euch kurz vorstellen?«

»Klar«, beginne ich, »ich bin –«

»Nein«, unterbricht er mich, »nicht so, dass wir es hören können, wir wollen es erriechen.«

»Ich mach's euch vor«, wirft die Schwester mit den blättrigen Augenbrauen ein und plötzlich ist sie da, ihre Botenstoffe erzählen von ihr, Isioma, der Straße, in der sie im Wedding wohnt, ihren zwei Brüdern, die beide schon studieren, Erziehungswissenschaften und Psychologie, und der Erinnerung daran, wie sie ihren Freund in den Wald begleitet hat und ohne ihn zurückgekehrt ist. Sie lässt uns ihre Trauer riechen und ihre Freude darüber, ihn bald wiederzusehen. Sie besitzt eine Überzeugung, die ich nicht habe, wenn ich an Khanyi denke.

Als sie fertig ist, schauen Unathi und ich uns an, die Hände immer noch ineinander verwoben. »Soll ich?«, frage ich sie. Ein Nicken, dann dieses Lächeln, bei dem alles an ihr leuchtet und alles an mir schweben möchte.

Ich drücke ihre Hand erneut, lasse sie nicht los. Spüre ihre Haut an meiner, warm, feucht an manchen Stellen. Tief einatmen, und mit dem Ausatmen, beginne ich zu sprechen, ohne meinen Mund zu öffnen, ohne meine Hände zu bewegen, ein Sprechen in der Stille. Im Wissen, sie alle können mich verstehen.

Wir reden stundenlang, mit Worten und mit Düften, mit Händen und mit Körpern. Wir reden stundenlang darüber, was es heißt, *wir* zu sein. Viele der anderen kommen schon länger hier zusammen, an der Dicken Marie, dem mit etwa 600 Jahren ältesten Baum Berlins, wie ich auf einem Infoschild lese. Einige leben mittlerweile im Wald, weil für sie kein anderer Ort mehr sicher ist.

Von den anderen erfahre ich, dass nächste Woche Testzentren aufmachen werden, nur für Menschen unter 26. Freiwillig, noch – aber wir wissen alle, wo es hingeht. Mit Untersuchungen an Schulen durch die Polizei beginnen sie schon in den nächsten Tagen. Morgen gibt es ein weiteres Treffen, um zu schauen, wie wir damit umgehen können. Sie sprechen auch davon, dass immer mehr positiv getestete Jugendliche abgeholt werden und nicht zurückkehren. Bei diesen Worten zuckt Unathi zusammen und ich nehme ihre Hand in meinen Schoß, weil das Zucken sie nicht verlässt, als Zittern in ihrem Körper weiterlebt.

»Alles okay?«, frage ich sie leise, während die anderen weiterreden.

»Mhm, ich musste nur an jemanden denken ...«

An wen, will ich sie fragen, doch eine andere Person beginnt zu sprechen, laut und mit einem tiefen Bass, der mich aufhorchen lässt. »Manu, Arash und Sibel wurden letzte Woche bei ihren Familien abgeholt und seitdem nicht mehr gesehen. Es kann jede Person von uns als Nächstes treffen. Das hier sind unsere letzten Tage, auf die eine oder andere Weise. Wir müssen uns alle die Frage stellen: Wie wollen wir sie verbringen?«

Das hier sind also meine letzten Tage.

Den ganzen Tag in der Schule hibbele ich, mein rechtes Bein will nicht aufhören zu zappeln. Endlich klingelt es nach der letzten Stunde, Musik – Porgy und Bess ist wirklich so stereotyp, wie Baba es beschrieben hat. Ich habe noch eine halbe Stunde zu überbrücken, denn heute beginne ich damit, die Frage vom Treffen zu beantworten.

Ich schließe die Bibliothek auf, setze mich mit der *Parabel vom Sämann* auf einen Sitzsack am Fenster, schlage das Buch im letzten Drittel auf, beim getrockneten Blatt aus Khanyis Tagebuch, das mir gerade als Lesezeichen dient. Als Olamina jemanden erschießt, um andere in ihrer Gruppe zu beschützen, fällt eine Stimme in meinen Lesefluss: »Danke für den Support auf der Toilette letzte Woche.«

Ich blicke vom Buch hoch und da steht sie. Cecilia, ein halbes Lächeln im Gesicht, der Rest ihrer Lippe gefangen zwischen ihren Zähnen. Ich muss vergessen haben, die Bibliothek von innen wieder abzuschließen. Zum Glück.

»Kein Ding«, sage ich und klemme einen Finger in die offene Stelle des Buches, rücke ein wenig auf dem Sitzsack zur Seite, nehme all meinen Mut zusammen, den Mut der letzten Tage. »Willst du dich kurz zu mir setzen?«

Cecilia trägt ihre Haare in einem Bauernzopf ihren breiten, schönen Rücken hinab, den ich immer so gerne geküsst habe. Cecilia Chowdhury. Der Stein in ihrem Unterlippenpiercing funkelt wie ihre braunen Augen. Und noch immer will etwas in mir zu ihr fliegen, wenn ich sie sehe, aber nicht jetzt, nicht hier. Sie ist kein Berg, der nur darauf wartet, dass ich auf ihm lande. Sie ist ihr eigenes Universum.

»Ich vermisse dich«, sage ich leise, »dich und unsere Freundschaft.« In der Bibliothek ist niemand außer uns und so stehen meine Worte laut im Raum, mit nichts um sie herum, hinter dem sie sich verstecken könnten.

Cecilia schaut mich erst von der Seite aus an, dann lässt sie ihren Kopf zwischen ihre Arme sinken. Spricht, ohne hochzublicken. »Ich dich doch auch, aber ich habe so lange versucht, für dich stark zu sein, dich zu tragen, all deine Trauer und Verwirrung. Du warst so verloren, als hätte Khanyi deine Wurzeln mit sich genommen. Und ich kann nicht mehr immer nur stark sein, nicht für dich oder irgendwen sonst.«

Ich streiche ihr über den Rücken, meine Hand erinnert jede Kurve und Wölbung, als wäre es ihr Zuhause. Cecilia schleppt schon so viel im Leben. Ihre Mom ist die halbe Zeit in der Psychiatrie und wenn sie wieder zu Hause ist, warten alle nur auf den nächsten Zusammenbruch. Cecilia sollte mich nicht auch noch tragen müssen, ihr schöner Rücken, stark und weich zugleich, sollte geküsst werden, nicht gekrümmt von all unserem Gewicht.

Und dann, immer noch leicht nach vorne gebeugt, erzählt sie mir davon, dass ihre Mutter sich wieder eingewiesen und die Frau vom Jugendamt ihr einen Platz in einer betreuten WG angeboten hat.

»Ich glaube, ich will den nehmen, Lin. Muss mich auch auf die Abiprüfungen nächstes Jahr konzentrieren. Die Zehnte zu wiederholen hat weniger gebracht, als ich gehofft habe.«

Ich streiche ihr weiter mit einer Hand über den Rücken, atme den Duft von Pfirsich und Ingwer ein, der immer in ihren Haaren sitzt.

»Mit Ty ist es einfach, weißt du, nicht so wie es zwischen uns schon so lange war.«

»Du musst nichts erklären, Cici.«

Ich wünsche ihr nur das Beste und sage es ihr auch. Will, dass sie in unserer Freundschaft Kraft tanken kann, statt sie nur abzugeben. »Ty ist großartig – wenn's mich mal schmerzt, euch zu sehen, muss ich damit klarkommen, nicht ihr. Du solltest dir alles erlauben, was dir guttut.«

Ich schaue auf die Uhr an der Wand vor uns, kurz nach zwei – die AG hat gerade begonnen. »Muss los«, sage ich zu Cecilia, stehe auf und halte ihr meine Hand hin, um ihr hochzuhelfen. »Aber vielleicht willst du mich die Tage mal besuchen? Einfach vorbeikommen wie früher immer. Meine Großmutter ist gerade auch da, bei ihrem letzten Besuch habt ihr euch ja stundenlang unterhalten.«

»Wird es Amagwinya geben?«

»Ganz bestimmt«, sage ich lachend, während wir zusammen zur Tür gehen.

Die anderen im Raum schauen mich an, aber sagen nichts. Zumindest nicht zu mir. Dahinten in der Ecke wird getuschelt, aber ich ignoriere es. Der Mut der letzten Tage ... Hier bin ich. Bei meiner ersten Chorprobe. Mein Atem hält mich hier und ich lasse ihn nicht gehen, lasse mich nicht gehen, auch wenn meine Hände kribbeln und all das hier an mir zieht. Frau Önder schenkt mir ein Lächeln und ein Kopfnicken vom Klavier aus. Ich hatte ihr heute Morgen kurz geschrieben, dass ich kommen will.

Alle tragen weiße Shirts und blaue Jeans, nur ich nicht. Unschlüssig bleibe ich bei der Tür stehen. Während sie sich mit aufsteigenden Tonleitern einsingen, ruft Larissa aus meiner Klasse laut aus: »Was macht Zebragirl denn hier?«

Und alle schauen zu mir, auch all jene, die mich noch nicht kannten. Zebragirl. Früher war ich Zebramädchen. Zebramädchen in der Kita, eine Erfindung von Robert, der den Namen mit in unsere gemeinsame erste Klasse trug, vom Waldorfkindergarten in die Waldorfschule, wo er sich mit der Zeit verwandelte, aus dem Mädchen ein Girl wurde. Treffen tut mich der Name noch immer auf die gleiche Weise. Sagt, dass ich nicht dazugehöre, dass ich noch nicht mal ganz Mensch bin in ihren Augen. Auch wenn es ein Scherz für sie ist, etwas, worüber sie lachen können und sich verbinden, mich schneidet es bis in die Knochen.

Ein Mädchen löst sich aus der Gruppe, kommt mit Zetteln in der Hand auf mich zu. Sie ist sehr groß und schlank, trägt einen cremefarbenen Hijab und eine metallene Goldbrille. »Kümmer dich nicht um die«, sagt sie zu mir.

Zeyneb ist ihr Name, sie ist eine Klasse über mir und erklärt mir, welche Lieder sie gerade proben und dass sie bald eine Aufführung haben, deshalb der Einheitslook.

»Zebragirl, was willst du hier?« Larissas Frage, jetzt direkt an mich gerichtet, während sie ihre Hände in die Seiten stemmt. »Wie willst du singen, wenn du nicht mal richtig sprechen kannst?«

Und auch wenn ich gleich wieder verschwinden will, von hier, von ihren Blicken, von meinem Körper, bleibe ich. Frau Önder schaut mich fragend an, pausiert mit ihrem Klavierspiel, will aufstehen. Doch ich lege meinen Rucksack und meine Jacke ab, gehe auf sie alle zu, atme tief ein und sage: »Mein Name ist Lindiwe.«

Meine Stimme ist groß, viel größer als ich mir zugetraut hätte, mein Blick trifft Larissas, bis sie ihren abwendet. Und auch wenn wahrscheinlich niemand von ihnen weiß, was mein Name bedeutet, ist es nun so: Hier bin ich.

Die Wohnzimmertür muss etwas offen stehen, denn durch einen Spalt sickern Unathis Lachen und Gogos raue Stimme in den Flur. Ein Klatschen und vor mir sehe ich, wie Gogo sich auf die Schenkel klopft, während sie eine ihrer Geschichten erzählt. Ich lasse meinen Rucksack neben die Schuhe bei der Garderobe fallen, wische mir ein paar Regentropfen von der Stirn. Etwas später gehe ich zu ihnen, bleibe im Türrahmen stehen, am Rande von allem.

Sie sehen so glücklich aus, Gogo zwischen Unathi und Baba auf dem Sofa, die Zwillinge auf dem Teppich zu ihren Füßen, Mama auf dem Sessel neben Baba, ihre Arme eine Brücke, ihre Hände Knotenpunkte. Platz vor Mandla, dort wo Khanyi jetzt tanzen würde, wenn sie da wäre. Sie würde für uns alle tanzen. Baba würde Busi Mhlongos Urbanzulu auflegen und während ich noch einen Witz über seine Plattenliebe mache, kommt Mam'Busis erster Ruf.

Khanyi nimmt Position ein. Jeder Muskel erwacht und ist bereit, um zusammen mit dem neben ihm ein Kunstwerk zu erschaffen, ein lebendiges, sich bewegendes Kunstwerk, das ein Lied lang vor unseren Augen entsteht und danach auf ewig in uns weiterlebt.

Statt Busi läuft Abdullah Ibrahim, ruhigere Klänge. Statt Khanyis festem, muskelösen Körper schwappt mein Stammsein ins Zimmer und plumpst genau dort nieder, wo Khanyi sonst getanzt hätte, nimmt ihren Platz ein, so gut es kann.

»Ihr Kinder und eure Sprüche ...« Gogos erste Worte an mich vom Sofa herab.

Africa is the Future steht in weißer Schrift auf meinem schwarzen T-Shirt. Was gibt's daran auszusetzen?, frage ich mich, aber sage nichts. Sie wird es mir sicher eh gleich erklären.

»Hab ich ihr geschenkt«, sagt Baba stolz, bemerkt nicht Gogos hochgezogene Augenbraue, weil er aufspringt, um die Platte umzudrehen.

»Ah, wena ...« Sie zieht laut schnalzend Luft zwischen Zunge und Zähnen hindurch. »Wenn Afrika nur die Zukunft ist, wiederholen wir alle das, was sie uns Jahrhunderte lang eingeredet haben: dass wir keine Vergangenheit hätten, und unsere Gegenwart nicht zählen würde. Aber, Dear, wir sind nicht bloß die Zukunft, wir sind alles. Der Anfang, das Heute, und wir werden auch das Morgen sein.«

Gogo beugt sich runter zu mir, streicht mir mit ihren schwieligen Fingern über die Wange und es fühlt sich an wie die Berührung eines Schmetterlingsflügels.

»Was hat Gogo gesagt?«, fragt mich Mandla auf Deutsch und daran, wie laut er spricht, merke ich, dass er nicht nur wegen der Sprache nachfragt, wegen der Mischung aus Englisch und IsiZulu, in der Gogo und ich immer schwimmen.

»Schalte mal dein Hörgerät an«, sage ich und gestikuliere mit kreisenden Bewegungen bei meinen Ohren.

Er lächelt sein Mandla-Lächeln, das an seinen Augen beginnt und dann erst seinen Mund erreicht. »Manchmal mag ich einfach die Stille.« Trotzdem greift er mit der rechten Hand hinter sein Ohr.

»Ich auch«, antworte ich, aber da landet schon Gogos Hand auf meiner Schulter und sie bittet mich, ihre Füße zu massieren.

»Natürlich«, sage ich und wende mich von Mandla ab. Mein Blick streift Unathi, die gerade auf dem Teppich Platz nimmt, um mit Bongi Jenga zu spielen. Sie bauen wackelige Türme, die doch nichts zum Einstürzen bringt als die eigenen Hände. Bei ihrem Anblick knospt etwas in mir und ich muss mich schnell Gogo zuwenden, um es nicht aus meinem Mund hinauswachsen zu lassen.

Beim Massieren summe ich vor mich hin, bis Gogo sagt: »Sing für mich, MaLindi.«

Im Hintergrund läuft leise noch immer Abdullah Ibrahim, aber in meinem Kopf ist eine andere Melodie, sie bringt ihre eigenen Worte mit sich und als ich beginne, zu singen, merke ich, dass sie sich in die Musik vom Plattenspieler schmiegt, als sollte all dies genau so geschehen.

> Da stehen die Leute
> sie stehen in der Höh'
> sie wollen einfach weitergehen
> doch sie bleiben stehen.

> Da stehen sie zusammen
> zusammen in der Höh'
> ich seh keinen Unterschied
> sie sind wunderschön.

> Ekhaya bayang'memeza
> Bathi mangibuye, bathi mangibuye
> ekhaya manje.

Nach einer Weile, als mein Singen wieder ein Summen geworden ist und die Platte ebenso verklungen, höre ich ein Echo von der anderen Ecke: Das Lied lebt auf Unathis Lippen noch etwas weiter und ich kann nicht anders, als zu lächeln, in Gogos verlebte Füße hinein.

Baba geht mit Mandla in die Küche, sie wollen aus Ananas und Äpfeln Herzen und Sterne ausstechen. Vor Unathi bricht der Turm zusammen und Bongi setzt sich ans Klavier, als er die Holzklötze mit ihr weggeräumt hat.

Ich konzentriere mich wieder auf Gogos Füße, aber als hinter mir die ersten Töne auf dem Klavier erklingen, erstarre ich und meine Hände können nichts mehr halten, alles entgleitet mir. Meine Knie zittern, ich muss weg von hier, denn
da ist sie
      überall sie.
            Da ist die Melodie.
                        Da ist der Käfer.
Mein Atem geht schneller, verrennt sich, doch plötzlich: Unathi in meinem Rücken, ihr Mund an meinem Ohr. »Bleib hier«, sagt sie, »bei mir.«

Ihre Hände an meinen Schultern, ein fester Griff, der mich wieder zusammensetzt. Scheppern hinter mir, doch ich nehme es nur halb wahr.

»Wo hast du die Melodie her, Bongs?«, platzt es aus mir heraus.

Er hat schon aufgehört zu spielen, sitzt noch am Klavier und schaut erst mich an, dann unseren Vater. Baba steht wie erstarrt bei der Tür, ein zerbrochener Teller auf dem Boden vor ihm, Scherben überall, Sterne und Herzen zwischen ihnen. Mandla klammert sich ans Hosenbein unseres Vaters.

»Vielleicht, vielleicht … hat er sich an sie erinnert oder sie irgendwo aufgeschnappt«, versucht Baba es mit erstickter Stimme.

Er hat die Melodie also auch erkannt, natürlich. Bei uns zu Hause ist sie seit Khanyis Verschwinden verboten und nur unter der Dusche entweicht sie mir manchmal nach den Waldläufen. Jetzt hat sie auch ihn fortgeführt von hier, das sehe ich.

Bongi blickt uns verwirrt an, mich, Baba, mich. »Ich durfte heute mit in den Wald.«

»Aber … Wir haben in der Kita doch mehrmals gesagt, dass ihr nicht bei den Waldtagen mitmacht.«

»Da ist eine neue Erzieherin, sie wusste es vielleicht noch nicht, Baba.« Seine Stimme ist klein, seine Finger halten sich am Rand des Klaviers fest.

Schnell stehe ich auf, löse mich von Unathi, gehe zu ihm, lege meinen Arm um ihn. »Alles gut, Bongi. Es ist nur … Khanyi mochte dieses Lied, weißt du.«

Und zum ersten Mal in drei Jahren spreche ich den Namen vor ihm aus. Es fühlt sich an, als würde ich Geister beschwören, Babas Blick durchdringt mich. Aber ich kann ihn nicht mehr zurücknehmen, will es nicht. Wenn das hier meine letzten Tage sind, verbringe ich sie nicht länger im Schweigen.

Wir kommen.

Mein Handy blinkt auf, während ich mich im Bad für den Abend fertig mache. Als Baba die Zwillinge vorhin beruhigt hat, habe ich Rihanna erneut geschrieben, sie zum Treffen heute Abend eingeladen. *Du schuldest es nicht meiner Schwester,* habe ich hinzugefügt, *nur dir selbst. Ein Baum ist kein Wald, wir aber sind viele.*

Unathi erzählt meinen Eltern vorne, dass wir ins Kino wollen, und ich schreibe Rihanna schnell, wo wir uns treffen können, weil wir den Ort nicht übers Phone weitergeben sollen. Ich frage nicht nach, wer ihr Wir ist, in ein paar Stunden werde ich es sowieso herausfinden.

Als ich zurück in unser Zimmer komme, zieht Unathi gerade ein Kleid an, mit blauem Shweshwestoff an den Ärmeln und vielen Wolken überall sonst. Sie sollte schweben, statt zu gehen. Ein Hauch von Sandelholz hängt an ihr, eine Spur von Khanyi, auch hier.

»Du siehst toll aus«, sage ich über das Regal in der Mitte des Zimmers hinweg. Mir fällt etwas ein, und ich flitze zu meiner Kommode, öffne die große Schublade mit all meinen Stickprojekten. Etwas Suchen und schon finde ich es, komme damit rüber zu Unathi. Sie zieht sich gerade Ohrringe an, zwei kleine Herzstecker, die mich erröten lassen.

»Hier, das passt gut dazu.« Ich reiche ihr den Stickrahmen, auf dem viele kleine Wolken sind und ganz oben links in der Ecke in kleiner Schrift hingestickt und mit Flügeln versehen:

these new night
babies flying on ivory wings
dig the beginning

»Oh, das kenne ich!«

»Freut mich«, sage ich und versuche, meinen Blick von ihr abzuwenden, aber ich kann mich nicht wegbewegen, kann auch den Stickrahmen nicht loslassen, weil ihre Finger hier meine berühren und ich es nicht mehr Zufall nennen will. Keorapetse Kgositsiles Worte stehen zwischen uns, tanzen in uns, legen sich über unsere Finger.

»Das Gedicht ist so stark, du könntest es bestimmt singen«, sagt sie leise und hört nicht auf, mich dabei anzuschauen. Ich mache einen Schritt auf sie zu, meine Finger immer noch am Stickrahmen, bei ihren. Ein Klopfen, und diesmal ist es nicht mein Herzschlag. Nicht nur.

»Wenn ihr noch rauswollt, müsst ihr euch langsam beeilen, sonst verpasst ihr den Film.« Baba an der Tür, öffnen wird er sie nicht, aber seine Stimme hat sich schon zu unseren Fingern auf dem Stickrahmen gesetzt, auch in diesem körperlosen Zustand bringt sie alles aus dem Gleichgewicht.

Ich lasse los, greife nach meiner Jacke auf dem Schreibtischstuhl. Schaue Unathi dabei zu, wie sie den Stickrahmen an die Flasche voll Salzwasser neben ihrem Bett lehnt, sodass sie ihn als Erstes sieht, ein jedes Mal, wenn sie erwacht. Mein jüngeres Ich, Khanyis falscher Zwilling, blickt von der Wand auf sie herab und lächelt.

Gleich wird es aufhören, zu regnen, gleich werden die Wolken sich wieder verschließen, gleich wird Baba seinen Mund öffnen und Jesus wird aus ihm herausrieseln, nieder auf uns, während seine Hände mit festem Griff unsere Schultern an Ort und Stelle halten. Gleich. Nicht jetzt. Jetzt sind da nur Unathis sanfte Hände, die den Stickrahmen noch einmal zurechtrücken. Und wir: new night babies digging the beginning.

Rihanna wartet bereits am U-Bahngleis, als unsere Bahn einfährt. Nicht alleine, da steht jemand neben ihr, sie bilden ein Wir, mit Händen, die ineinander verwoben sind.

»Das ist –«, setzt Rihanna zur Vorstellung an, als wir alle zueinandergefunden haben.

Doch ich unterbreche sie: »Zeyneb, ich weiß.«

Backstand auf der einen Seite, das Bahnhäuschen mit immerfeuchten Ecken auf der anderen begegnen wir uns. Nennen einander beim Namen, so wie es nur diejenigen können, die ihre Namen für andere immer wiederholen, buchstabieren, verwandeln müssen. Statt mir ihre Hand zu reichen, umarmt Zeyneb mich und ich spüre dabei die Blätter und feinen Äste auf ihrem Rücken durch den Stoff ihres Trenchcoats. Wir sind viele.

Eine halbe Stunde mit dem Bus Richtung Norden, dann begrüßt uns ein harter Wind, als wir zu viert aussteigen. Er zieht durch die Häuserschluchten, begleitet uns zum Wald. Zeyneb und Rihanna gehen hinter uns, unterhalten sich über eine Serie, die sie gerade schauen. Irgendwas mit Aliens und Shapeshiftern und Highschool-Drama. Ich drehe mich um, frage Rihanna, wie das Klimaprojekt am Ende gelaufen ist.

»Khanyi hat mir ihre Notizen hinterlassen, war dann nicht mehr viel Arbeit.«

»Und was hat die Lehrerin gesagt?«

»*Zu radikal*, wieder nur eine 3+.«

Wegen der Kälte knöpfe ich meine Jacke zu, schlinge die Arme um mich. »Hier.« Unathi reicht mir den bunten Stoff, den sie immer um ihren Hals trägt. Ich schaue sie fragend an,

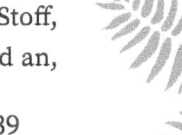

während ich mit einer Hand im Gehen nach ihm greife. »Nimm ihn, ich brauche ihn heute Abend nicht.«

Die Flechte unter ihrem Kinn wird von einer Straßenlaterne angeleuchtet, ihr mattes Grün so weich, ich möchte meine Finger nach ihm ausstrecken und es endlich berühren. Sie endlich berühren. Stattdessen schlinge ich das Tuch um meinen Hals, wickle mich selbst in ihrem Duft ein. Das Türkis des Tuchs begegnet dem Schwarz meiner Kleidung, berührt es.

»Steht dir«, sagt sie, während wir bei der alten Eiche einbiegen.

Rihanna und Zeyneb hinter uns verstummen, als sie die vielen Menschen vor uns erblicken, Ibo lächelnd zwischen ihnen. Wir setzen uns zu den anderen auf den Boden.

»Wie der dich immer anguckt«, flüstert Unathi und lacht kurz auf. Und da merke ich, dass Ibo nicht uns anlächelt, sondern nur mich. Hitze steigt in mir auf, lässt sich auf meinen Wangen nieder. Unathi schaut mich an, legt einen Arm um mich. »Ist doch schön. Mehr Liebe ist immer mehr Liebe.«

Ihr Arm bleibt um meine Schulter gelegt, ihre Hand streichelt über meinen Oberarm. Und ich höre, wie jemand mein Baumlied anstimmt, höre mich selbst miteinstimmen, höre die Stille, nachdem die letzten Worte verklungen sind, höre, wie ich erneut ansetze, in diese Stille hinein die Worte gebe, die im Wohnzimmer bei Gogo zu mir gekommen sind, sie strömen aus mir hinaus, in unsere Mitte, tänzeln vor den Augen aller, werfen die Arme in die Höhe, drehen Pirouetten, stampfen mit Felskraft auf die Erde und bringen selbst die Wolken dazu, sich weit zu öffnen. *Ekhaya bayang'memeza.* Komm nach Hause, rufen die Ahn*innen mir zu.

Wir werden alle nass und dort, wo das Wasser uns beim Singen berührt, blühen wir auf, wachsen neue Äste, öffnen sich Blüten, raschelt Moos. Wir alle sind am Wachsen, wir alle. Hier sind wir.

dinge die wir jetzt wieder wissen

uns verbindet
mehr als uns trennt
nicht nur als menschen
sondern als lebewesen
die diesen planeten
ihre gemeinsame heimat
nennen dürfen

selbst in unserer dna
gibt es gemeinsame gengruppen
bei uns menschen tieren pflanzen

wir sprechen miteinander
fühlen die berührungen der anderen
spüren hitze und kälte
haben durst und haben hunger
bewegen uns und wachsen
wir tun all diese dinge
auf unterschiedliche weise
in unterschiedlicher geschwindigkeit
aber wir tun all diese dinge
wir menschen tiere pflanzen

es geht nicht darum zu behaupten
dass wir alle gleich sind
es geht darum anzuerkennen
dass wir alle gleichwertig sind
wir menschen tiere pflanzen

auf diese weise könnten wir
gemeinsam
in ein neues zeitalter eintreten
eins in dem wir alle uns
auf dieser erde verwurzeln
in den leuchtendsten farben erblühen
und in ruhe
mit ihr heilen
im zeitalter der blumen

Isioma, das Mädchen mit den blättrigen Augenbrauen.

Sie kommt angerannt, als wir gerade über das neue Quarantänezentrum in Mecklenburg-Vorpommern sprechen, einige wollen am Wochenende dort hinfahren und es auskundschaften.

»Ryan«, ruft sie, »es ist Ryan!«

»Was ist mit ihm?«, fragt ein Junge rechts von mir, mit Birkenrinde an seinem Unterarm.

»Er verwandelt sich und ... seine Eltern haben ihn eingesperrt! Sie lassen ihn nicht mehr gehen.«

Ein Rauschen macht sich im Kreis breit, Blätter und Stimmen verästeln sich. Fragen werden aufgeworfen, die Erde unter uns aufgewühlt von Wurzeln, die sich aus Hosenbeinen schlängeln.

»Wir müssen sofort zu ihm«, ruft ein Mädchen mit vielen Piercings und sieht sich zwischen uns um. Einige stehen bereits auf, stellen sich zu ihr.

»Wir sind nicht vorbereitet«, sagt Ibo, geht auf das Mädchen zu.

Eine andere tritt einen Schritt vor, feine Braids wirbeln um ihren Kopf, der Wind hat sie gefunden. »Wir müssen einfach. Schon wieder hat es einen von uns getroffen. Und dieses eine Mal haben wir eine Chance, etwas dagegen zu tun. Es ist noch nicht zu spät. Diesmal nicht, Ibo.«

»Was meint sie damit?«, flüstere ich der Person neben mir zu.

»Wir haben schon einige Geschwister verloren. An die Angst ihrer Eltern«, sagt sie leise mit einem persischen Akzent. Und dann lauter, nicht mehr nur zu mir, sondern zu uns allen: »Wir

244

haben miterlebt, was passiert, wenn wir zu spät kommen. Wenn einer von uns sich verwandeln will und keine Erde findet, die ihn tragen kann.«

Bilder tauchen vor mir auf. Bäume, deren Kronen durch Fußböden brechen und daran zugrunde gehen. Äste, die Mauern einreißen und ihre eigene Haut dabei. Wurzeln, die suchen, immerzu suchen und nie ankommen dürfen. Khanyis Visionen werden Wirklichkeit.

Auch ich stehe jetzt auf, blicke Unathi an, die noch auf dem Boden sitzt. »Kommst du mit?«

Wendepunkte. Bruchstücke. Atempause. Nollendorfplatz. U-Bahngleise über den Köpfen Obdachloser. Eine Buchhandlung mit Akwaeke Emezi und Ocean Vuong im Schaufenster. Wir ziehen alle weiter, immer weiter. Wir sind viele. Unathi ist bei mir, aber auch Rihanna und Zeyneb. Ibo, Isioma und sie alle. Manche von uns haben noch immer ein Summen auf den Lippen, das Lied zwischen unseren Zähnen, all unsere Blätter rauschen. Weitergehen. Nicht Unathis Hand nehmen und doch ihre Nähe spüren. Weitergehen. Ryans Hilferufe in Form von Duftstoffen werden immer stärker. Aus der belebten Straße hinaus, an einer Tankstelle vorbei. Weitergehen. Über die Straße, hinter uns das laute Leben, die Lichter, vor uns die Dunkelheit. Wir gleiten hinein in sie, dem Duft folgend, vorwärts in eine unbekannte Zeit.

Das Licht im Treppenhaus geht mit einem Klick aus, doch Mondlicht fällt noch durch die großen Fenster. Wir haben bereits vergeblich geklingelt, doch die Duftstoffe sagen uns, er ist hier. Unathi strebt nach vorne. Zwei andere stellen sich zu ihr. Sie nickt ihnen zu, Stärke begegnet Stärke. Der Gleichklang ihrer Schritte, das Wumm, wenn ihre Schultern auf die harte Holztür treffen. Zwei Anläufe und das Holz der Tür bricht, eine Öffnung entsteht. Unathi greift hinein, drückt die Türklinke nach unten und lässt uns alle eintreten. Durch den langen Flur, bis ganz nach hinten, zu ihm.

Meine Augen müssen sich an die Dunkelheit gewöhnen, nur ein paar Streifen Mond fallen ins Zimmer. Niemand schaltet das Licht an, wir haben mehr, mit dem wir sehen, so viel mehr. Da sind Wurzeln, die den Boden absuchen, da sind Äste, die den Raum abtasten. Wir hören mit unseren Mündern, riechen mit unseren Armen. Da in der Ecke, neben der Tür, weit weg von den Fenstern. Von dort kommt der Duftstoff.

Helft mir, sagt er. *Helft mir hier raus.*

Der Wind lädt zum Tanz ein, denn jemand hat die Jalousie hochgezogen und einer der Äste ist bereits durch das Fenster gebrochen. Nun flutet eine Bahn Mondlicht das Zimmer. Und ich, ich stehe vor ihm. Ryan. Oder das, was aus ihm geworden ist. Was er im Werden ist.

> Vielleicht tanzt Khanyi
> noch immer
> irgendwo da draußen
> tanzt mit dem Wind.

Aber in mir ist kein Tanz. Ich bin nicht meine Schwester, ich bin nur ich selbst und gerade bin ich ein Zittern. Raschelndes Laub, trocken und ängstlich. Alles kann mich fortwehen, auch dieser Anblick hier. Der Wind aber tanzt unbeirrt immer weiter. Mit Blättern an Ästen, die aus Schultern und Armen, Bauch und Beinen, selbst aus den Wangen und dem Hinterkopf emporstreben. Dazwischen Schmerz dort, wo Äste wuchsen und jetzt nur noch Stümpfe sind, Bruchstellen und Markierungen einer Holzsäge. Die Stempel der Gewalt, die ein Körper einem anderen antut. Der Schmerz pulsiert aus den Wunden, strömt aus Ryans Mund, mir entgegen, will mich mit sich reißen, aber ich bleibe stehen – bin doch mehr als Laub. Baum auch in mir, meine Wirbelsäule wurzelt in die Welt hinaus.

Sie wollten mich nur schützen, spricht Ryan wortlos, weil er unsere Blicke und unser Entsetzen auf sich spürt.

Sie wollten ihn nur schützen, vor dem Werden und Entwerden. Jetzt ist Ryan eine Ruine. Angst ist ein Monster. Es beißt sich fest, sobald es die Augen öffnet und lässt nicht mehr los.

Harz und Blut, getrocknete Flüsse auf Haut und Rinde. Alles geht auf Ryans Körper ineinander über. Tränen tropfen mein Gesicht herab, meine Hand hält den Mund vom Schreien ab. Ich bestehe nur noch aus Einzelteilen, mein Atem verliert sich zwischen ihnen, mein Bruch spiegelt seine Bruchstellen. So viel wurde gebrochen, indem Äste zerstört, Rinde abgekratzt und Blätter ausgerissen wurden.

Doch überall streben neue Äste empor, die biegsamen, dünnen Äste einer Weide. Und auch wenn jetzt Herbst ist, nicht Frühling, finden bereits einige weiche, hellgraue Palmkätzchen ihren Weg aus den harten Samenhülsen, als könnte dieser Baum, dieser Mensch nicht damit warten, sich schon im Verändern weiter auszustreuen und zu vermehren. Wir lösen die dicken Eisenketten um seine Mitte. Gemeinsam schaffen wir ihn aus der Wohnung, in Decken gehüllt, jeder Schritt eine Herausforderung.

Etwas Gutes hat die Anonymität in der Großstadt: Die paar Leute, denen wir in den dunklen Straßen begegnen, schauen uns zwar fragend an, wenn sie von ihrem Smartphone hochgucken, aber gehen weiter, ihren Blick wie einen unwilligen Hund an der Leine hinter sich herschleifend. Ryans Wurzeln suchen fortwährend nach Erde, nach etwas zum Festhalten, winden sich um Straßenlampen und Ampelmaste, um sich irgendwo zu verankern. Wir drücken und reißen und zerren, Ryan vorwärts vorwärts vorwärts, fort von hier.

Doch Ryans Wurzeln wollen nicht mehr warten, sie haben Platz gefunden, ein Schlagloch zwischen lockeren Pflastersteinen. Sie schieben die Steine beiseite, um zur Erde zu gelangen.

Ein langer Atemzug entfährt Ryan, ein Raunen, das zu Wind wird, zu einer Antwort aus Duftstoffen: *Lasst mich einfach hier zurück, ich kann nicht mehr.*

»Doch«, sage ich und spreche es aus. Laut, ohne von seiner Seite zu weichen, auch wenn junge Äste genau bei mir hervorsprießen, um mich wegzudrücken. »Doch, du schaffst das. Es sind *deine* Wurzeln. Sag ihnen, dass sie geduldig sein müssen, nur noch ein kleines bisschen. Was sind Minuten für einen Baum? Du hast Jahrhunderte vor dir. Du wirst all die Erde kennenlernen und jeden Wurm in ihr. Du wirst zu ihr sprechen und mit ihr singen und deine Wurzeln werden tanzen in ihr und deine Äste werden tanzen fernab von ihr. Und du wirst den anderen begegnen, sie werden dich lehren, was es heißt ein Baum zu sein.«

Einen Moment lang ist da nur Stille, doch dann bäumen sich seine Wurzeln aus der Erde empor, peitschen um ihn herum, während er unter Gebrüll und unter Schmerz vorwärts-schwankt, während wir alle eine lebendige Mauer um ihn bilden, auf der Efeu wächst, Moos und Flechte. Das Plätschern von Wasser dringt durch den fleckigen Teppich aus Geräuschen der nächtlichen Stadt. Auch Ryan muss es gehört haben, seine Schritte werden größer, drei von unseren passen nun in einen der seinen. Vorwärts, bis wir das Wasser nicht nur hören, sondern auch riechen, bis wir die anderen sehen, ihre Düfte ihnen genau zuordnen können.

Hier bin ich hier bin ich hier bin ich.

Aufregung unter der Erde, Wurzeln geben die Neuigkeit weiter, Pilznetzwerke tragen sie über alle Artengrenzen hinweg in die Breite und Weite.

Da ist er, endlich.

Er hat es geschafft.

Geschafft, sagt auch alles an Ryan. Er sackt zusammen, als wir am Ufer ankommen und er mit letzter Kraft seine Schuhe abstreift. Zwischen durchgeweichten Taschentüchern und leeren Sterniflaschen findet er einen Ort für sich, der seiner sein wird, für eine lange, lange Zeit. Ibo stellt Ryans Schuhe neben eine Parkbank, sie werden ein neues Leben führen, auch ohne ihn. Wir verabschieden uns alle und ich schmiege mich an seinen Stamm, schließe die Augen.

»Wachse gut in diese neue Zeit hinein«, flüstere ich ihm zu.

Seine biegsamen Äste streichen mir als Antwort über den Rücken. Fetzen seiner Kleidung wirbeln um mich herum, mit der Rinde verwachsen, doch die Zeit wird sie forttragen. Unathi lehnt sich neben mich an den Stamm. Selbst mit geschlossenen Augen spüre ich ihre Nähe, spricht ihr Duft zu mir. Ich strecke meine Hand aus und sie ergreift sie, verwurzelt sie in der ihren und legt sie dann auf ihren Bauch.

»Hamba kahle«, sagt sie zu Ryan.

Als ich die Augen öffne, meinen Kopf ihr zugewandt, sehe ich sie: Neben mir, den Rücken am Stamm ruhend, meine Hand auf ihrer Mitte, die Augen selbst geschlossen. Wie gerne würde ich sie küssen, alles an mir sehnt sich nach ihr, will ihr entgegenwachsen. Ich rücke etwas näher an sie heran, bis unsere Schultern sich berühren und ihr Atem seinen Weg in mich hineinfindet. Mit ihr an meiner Seite lehne ich mich gegen das Ende der Welt und lächle.

ein baum alleine
ist kein wald

in unseren träumen
stehen wir zusammen
entflechten unsere haare
und samen lösen sich aus ihnen
schweben fliegen fallen zur erde
sie werden zu einer wolke
zu einem sturm

sie werden zu unserem gebet

bogogo nabo mkhulu
vulani indlela

großmütter und großväter
ebnet uns den weg
damit wir euch
ein neues zuhause
errichten können

in uns allen

Meine Lider niedergedrückt von Kieselsteinen und Felsbrocken:

Worte, die von Unathis Seite zu mir hinüberströmen, ohne dass sie ihren Mund öffnet.

Ich habe Angst.

Wovor?, frage ich mit meinen Duftstoffen zurück.

Nicht vor dem, was wir sind. Nur vor dem, was sie mit uns machen werden.

Und dann Worte, aus ihrem Mund, leise, aber laut genug, dass ich sie höre: »Kann ich zu dir rüberkommen?«

Hier sind wir wieder. Unter einer Decke. Mein rechtes Bein hat ein neues Zuhause gefunden – zwischen der weichen Wärme der ihren. Mondlicht fällt durchs Fenster und ich stehle Blicke auf sie, so nah bei mir. *Wenn das hier mein letzter Tag wäre, ich würde ihn mit dir verbringen wollen.* Denke ich, sage es nicht. Meine Hand streicht nicht über ihr Gesicht, folgt nicht der Landschaft aus Stirn, Schläfen, Wangen, Lippen. Ich stehle nur Blicke, trinke das Mondlicht von ihrer Haut, vergrabe mich in ihrem Lächeln, wenn sie mir eins schenkt.

Auch wenn wir von Angst reden, vor dem, was noch kommen wird, so ist hier auch Freude. Darüber, dieses Dazwischen zum ersten Mal wirklich zu teilen. Es Heimat zu nennen, unser eigenes Land. Nicht zu wenig von diesem oder zu viel von jenem zu sein, sondern genau richtig.

»Erzähl es mir«, flüstere ich.

»Was?«

»Alles.«

Stille, in der ich meine eigenen Blätter wachsen höre. Dann spricht sie:

»Ich habe gesehen, was sie mit Menschen wie uns machen. Meine Schwester. Sie haben Hyecollin abgeholt. Haben ein ganzes Panzerauto voller Männer geschickt, um sie zu holen. Ihre schmale Gestalt zwischen ihnen, ihr langes Haar, das gegen die Helme peitschte. Und ich dachte noch, wer wird ihr jetzt die Haare flechten? Wer wird die Blätter und Blüten sanft herausholen und fliegen lassen? Wer?

Ich bin ihnen gefolgt, meine Füße noch in Schlappen, die bei jedem Schritt auf den Asphalt klatschten. Mütter hielten ihre Kinder am Straßenrand fest, beide Arme um ihre Körper geschlungen wie Seile. Hielten sie davon ab, mit mir mitzurennen. Sie kennen Monster, sie wissen ob ihres Hungers. Sie haben schon so viele verloren, nicht dieses Kind noch, nicht jenes.

Ich rannte, nicht weit. Aber ich rannte. Und auch als ich nicht mehr konnte, auch als der Horizont sie alle verschluckt hat, bin ich weitergerannt, bis Gogo mich in der Abenddämmerung aufsammelte, Onkel Xola fuhr sie. Aber in mir rannte es weiter, hier begann meine Suche. Meine Suche nach der Wahrheit und nach meiner Schwester.

Es hat zwei Jahre gedauert, bis ich sie fand. Ich hatte andere getroffen, deren Geschwister, deren Söhne und Töchter verschwunden waren. Gemeinsam fanden wir sie. Fernab der Stadt, hinter dem Cradle of Humankind, an Rustenberg vorbei in Richtung der Grenze zu Botswana. Sie wollten sie verstecken, begraben, hatten eine zwanzig Meter hohe Wand um sie alle gezogen, mit einer Kuppel versehen. Alles aus Glas, weil Licht reinkommen musste, soviel hatten sie zumindest verstanden. Doch du kannst Samen nicht begraben, du kannst sie nur säen.

Wir mussten fünf Wachen bestechen, damit sie uns durch

das Tor ließen. Militärisches Sperrgebiet, kilometerweit, eine illegale Ansiedlung hatten sie hierfür plattgemacht, nur so erfuhren wir auch davon. Wir rauschten durch das Tor und dann erblickten wir sie: City of Trees. Sie waren ein Wald geworden. Sie waren eine Stadt. Ich hörte sie alle flüstern, lauschte ihren Gesprächen, meine Hände gegen das dicke Glas gepresst. Damals konnte ich es noch nicht genau benennen, hatte nicht das Wissen und die Sprache, um von Duftstoffen zu reden und davon, dass auch in mir lange schon etwas heranwuchs und ich sie nur deshalb verstand. Aber eins wusste ich bereits: Wenn ihre Worte entkommen können, dann werden es ebenso ihre Samen.«

Unruhig ist mein Schlaf, Traumfetzen bleiben kleben. Ein Kind mit meterlangen Braids auf einem Baum.

»Hilf mir runter«, ruft es mir zu, aber meine Arme werden zu Flüssen, fließen von mir davon, ich bin in der Schule, letzte Reihe.

»Heute sezieren wir einen Fisch«, sagt die Lehrerin und alle drehen sich zu mir um, ich renne vor etwas weg, muss schnell sein, schneller. Renne und renne, springe und anstatt zu landen, hebe ich ab. Meine Schritte führen mich in die Höhe, die Straße unter mir. Tentakel greifen nach mir, doch kriegen mich nicht zu fassen. Meergrüne Wolken, ich fliege in sie hinein und nicht mehr heraus.

Verschwitzt wache ich auf, Unathi neben mir, meine Hand noch immer auf ihrem Arm, mein Gesicht nun ihrem ganz nah. Es braucht nur den Hauch einer Bewegung, und meine

Lippen würden ihre Wange streifen. Die Wange meiner Cousine.

Über Unathis Schulter ziehe ich die Decke ein wenig hoch, bevor ich nach vorne in die Küche gehe. Ich wasche etwas Feldsalat, schneide eine Banane und einen Apfel klein, breche ein Stück Ingwer ab und gebe alles in den Mixer. Die Wohnung ist ruhig, gähnt um mich herum.

»Alles okay?«, fragt Baba von der Tür aus und ich zucke zusammen. Er kommt in die Küche, schaltet den Wasserkocher an, während ich den Smoothie in zwei große Gläser fülle.

»Ja, war nur ein langer Abend«, murmele ich und verschlucke mich zugleich an meinen Worten. Wir hätten um Mitternacht zurück sein sollen, wenn die Wohnung tief schläft, nicht Stunden später, kurz vor ihrem Erwachen.

»Lange Nacht, alles klar ...«, sagt Baba und verkneift sich ein Lächeln. »War euch nicht kalt?«

»Nein, wieso?«

»Ihr wart so lange in Schöneberg im Park.« Er streut losen Rooibostee in eine Kanne, gießt das kochende Wasser hinein.

Das Handytracking, na klar ...

»Passiert manchmal, wenn man verliebt ist«, fährt er fort, »da vergisst man die Welt um sich herum ... Mit eurer Mama habe ich auch nach 20 Jahren noch immer solche Momente.«

»Sies, erspar mir die Details!«

Ich stütze mich an der Anrichte ab, weil mir schwindelig wird und erst als sich die Welt nicht mehr dreht, verstehe ich, was er gerade gesagt hat.

»Ich bin nicht verliebt, Baba! Auf jeden Fall nicht in Unathi.«

Er dreht sich noch mal zu mir um. »Was wäre so schlecht daran? Deine Brüder haben erzählt, dass sie euch gesehen haben ... Was ich denke und die Bibel sagt, weißt du ja, aber am Ende musst du das mit Cecilia ausmachen – ihr habt ja eure eigene Art von Beziehung.«

Ich stammele etwas auf Englisch. Davon, dass ich nicht mehr mit Cecilia zusammen bin. Davon, dass Unathi und ich uns an dem Tag nur ausgeruht haben. Davon, dass es nichts bedeutet hat. Davon, dass ich sie nicht mag, wirklich nicht mag, zumindest nicht auf diese Weise. Und davon, dass das ja auch besser so ist, immerhin ist sie meine Cousine.

Baba lacht, stellt die Kanne noch mal auf der Anrichte ab und kommt zu mir. »Familie hat nicht immer mit Blut zu tun, sondern ganz oft mit dem Herzen. Am Geburtstag deiner Schwester zünde ich ja immer Kerzen an ...«

»Ja, drei Kerzen. Für deinen Bruder Ndumi und seinen Sohn Themba, weil sie am Tag von Khanyis Geburt gestorben sind.«

Drei Kerzen für zwei Menschen. Jetzt vier, aber das sage ich nicht. Babas linkes Auge zuckt, er überspielt es.

»Themba war Unathis Bruder, Halbbruder, wenn du es genau nimmst, ihre Mutter Ndumis Frau. Sie war gerade schwanger mit Unathis großer Schwester und musste sich schonen, sonst hätte sie vielleicht auch in diesem Auto gesessen und ich würde heute noch mehr Kerzen brennen lassen.«

Ich versuche, diese Informationen zu verarbeiten, meine Hände wischen Krümel von der Anrichte. »Das heißt ... Unathi hat einen anderen Vater ...«

»Ja, aber es war nicht von Dauer. Und als ihre Mutter gestorben ist, sind Unathi und Hyecollin zu Gogo gezogen, denn sie waren schon immer ein Teil unserer Familie.«

»Aber Baba, dann ist sie nicht meine Cousine?«, denke ich, frage ich, versuche ich zu begreifen, beiße mir vor Aufregung auf die Innenseite meiner Wange. In das weiche Fleisch dort, als könnte ich mich selbst am Schmerz festhalten.

»Du hast ihn gehört.«

Eine Stimme hinter uns. Ihre Stimme, vertraut und wunderschön, nur jetzt gerade lässt sie mich vor Schreck zu fest in die Wange beißen, als ich sie höre.

»Ich bin nicht deine Cousine«, sagt Unathi, »nicht in dem Sinne. Nur eines der vielen Kinder von Gogo. Aber was schert dich das schon, du magst mich ja sowieso nicht. Nicht auf diese Weise, stimmt's?«

Baba steht zwischen uns, zieht seine Schultern zu einer Entschuldigung hoch, bevor er mit der Kanne aus der Küche verschwindet. Unathi nimmt sich eine Banane, ignoriert mich und das volle Glas neben mir, ignoriert ihre zitternden Hände und geht einfach wieder. Ich schmecke Blut. Es rinnt langsam aus der Wunde in meiner Wange, füllt meinen Mund, als wolle es mich ertränken.

Zurück im Zimmer liegt Unathi schon wieder im Bett, den Rücken mir zugewandt, die Augen geschlossen.

»Nathi ...«, beginne ich, doch verstumme dann wieder.

So viele Worte in mir, die keinen Platz haben, die ihr sagen wollen: Die einzige Art, wie ich sie mag, ist genau diese. Ist so groß und allumfassend, dass sie mir Angst macht. Sie war da, noch bevor wir uns begegnet sind, und sie wird weiter da sein, wenn wir wieder auseinandergehen. Ich dachte die ganze Zeit, dass die einzige Art, wie ich sie mag, zum Schweigen gebracht werden muss, weil es für sie keinen Platz gibt. Ich habe mich geirrt, in so vielem, auch darin.

Ich setze mich zu Unathi aufs Bett, an ihren Rücken, lege

meine Hände vorsichtig auf ihre Schultern. Sie zuckt nicht zurück, lässt mich gewähren. Dann spreche ich, drei Worte nur, sie müssen alles mit sich tragen: »Ich mag dich.«

Sie dreht sich um und da sehe ich die Flüsse aus Tränen auf ihren Wangen. Ich versuche, sie wegzuwischen, doch Unathi legt ihre Hände über meine. *Ich mag dich*, sage ich noch einmal, nun ohne zu sprechen.

»Weißt du, dass du meine Erste warst?«, fragt sie mich, flüsternd, ohne meine Hände loszulassen, ihr Gesicht immer noch zwischen ihnen. »Ich bin nur mitgekommen, um dich wiederzusehen. Wenn das hier mein letzter Tag wäre und so ... Du warst das erste Mädchen, in das ich mich verliebt habe. Und du erinnerst dich noch nicht einmal mehr an mich, stimmt's?«

Ein versickerndes Lachen, mehr Verzweiflung als Freude. Aber meine linke Hand wandert, mein Blick folgt ihr. Sie wandert zur Narbe auf Unathis rechter Schläfe, zeichnet sie nach, erinnert sich.

»Ich war dabei«, flüstere ich ungläubig. »Diese Narbe ... Ich war dabei.«

Unathi vor mir, ihr Gesicht in meinen Händen. Aber jetzt legt sich diese eine Erinnerung darüber wie ein transparentes Tuch. Unathis Gesicht in meinen Händen, Sommerferien vor drei Jahren, sie liegt auf der Straße vor Gogos Haus. Schmaler, alles an ihr ist so winzig, überall drücken Knochen gegen die Haut und Blut rinnt jetzt aus der frischen Wunde. Ich wische es weg, damit es nicht in ihre Augen läuft. Rufe nach Gogo. Unathi ist über eine hervorstehende Wurzel auf dem Weg gestolpert. Wir wollten schnell sein, schneller als die anderen Kinder.

»Geh, schau dir den Baum an«, sagt sie zu mir. Dort in der Erinnerung und ich höre es doch jetzt, im Hier. Der Baum. Wir wollten zu dem Baum, von dem überall gesprochen wurde, meine Schwester war schon dort, meine und ihre, zusammen. Ich lasse ihr Gesicht los, rücke weg von ihr.

»Danach war Khanyi anders, nach dieser Reise. Deine Schwester, Hyecollin ... im Tagebuch ...« Ich springe auf, mache einen Schritt nach hinten. Das Moos auf meiner Wange raschelt.

»Deine Schwester muss meine infiziert haben. Nur so kann es gewesen sein. Ohne euch wäre Khanyi jetzt noch hier – und alles so wie früher!«

Der Raum wird kleiner.

»Lindiwe, so läuft es nicht«, sagt Unathi leise, aber ich höre sie gar nicht mehr richtig. »Der Samen war von Anfang an da, die Träume auch, frag nur deine Mutter.«

Der Raum zieht sich zusammen, dann explodiert er und reißt mich auseinander. Ich verliere jeglichen Halt, kann mich an nichts mehr klammern, weil da nichts mehr ist, was noch Sinn macht.

»Atme, Lindi.«

Und ich atme. Suche nach einem Satz in mir, der noch nicht zersplittert ist. Da. Da ist er.

Ich bin ein Haus in das Wolken
einziehen um zu sterben.

Unathi steht vor mir, hält mich (zusammen), aber ich will ihre Hilfe nicht.

»Lass mich los«, zische ich und schüttle sie ab. An der Tür klopft es. »Was ist?«, rufe ich.

»Du hast Besuch.« Babas Stimme.

Und dann fliegt plötzlich die Tür auf: »Überraschung!«

So wie in den alten Zeiten, tada und alles. Cecilia steht da, mit Bruno im Arm, ihrem einäugigen kahlgeliebten Teddy. Unathi zwischen uns, ihr Mund offen, meiner bestimmt auch.

»Du hattest doch gesagt, wir wollen unserer Freundschaft eine Chance geben«, sagt Cecilia, »da wieder weitermachen und so. Früher hab ich doch immer sonntags bei dir ... aber wenn's gerade nicht passt ...«

Ihr Blick huscht zwischen Unathi und mir hin und her.

»Nein, nein, alles gut.« Obwohl nichts gut ist, obwohl Unathi nach ihrem Rucksack greift, obwohl nicht nur Wut in mir ist, sondern auch ihre Worte: *Du warst die Erste.* Alles vermischt sich, mir wird schwindelig, mir ist schlecht. Ich schließe die Augen, halte meinen Kopf mit den Händen. Und als ich die Augen wieder öffne, ist Unathi schon verschwunden.

»Wer war das denn?«, fragt Cecilia.

»Lange Geschichte.«

»Wir haben ja den ganzen Abend Zeit«, sagt sie und nimmt mich in den Arm. Sie riecht wie immer nach Pfirsich und Ingwer, nach Ankommen und Zuhausesein.

Von einer Cousine, die nicht meine Cousine ist, erzähle ich Cecilia, während wir Chips essen und unsere gemeinsame Playlist entstauben, ihr neue Lieblingslieder hinzufügen. 328 Songs über sieben Jahre. Ein Leben zusammen in Musik, erst unsere Freundschaft, dann unsere Beziehung, jetzt ein neues Wir, noch formlos und doch greifbar.

Ich spiele ihr auf meiner Gitarre das Lied vor, das mich begleitet. Von den Bäumen und all jenen, die mit mir im Dazwischen leben, sage ich nichts. Auch nicht von der Verbindung zwischen dem Verschwinden unserer Schwestern, Unathis und meiner. Von den Vorwürfen, die ich ihr gerade gemacht habe, gleich nachdem sie mir gestanden hat, dass sie in mich verliebt ist. Was bin ich nur für eine Vollidiotin?

Beim Erzählen lege ich dabei das Tuch um, das Unathi mir geschenkt hat und Cecilia lacht über die Farbe an meinem Körper, sagt: »Du musst mit ihr reden. Ihr steht euch beide gerade nur im Weg.«

Ich helfe Baba beim Abendessen, scharfes Chakalaka und Pap, während Cecilia den Salat zubereitet. Eine Szene voll vom Echo der unzähligen gemeinsamen Sonntagabende zuvor, bevor Khanyi verschwunden ist. Gogo isst mit den Fingern und ich tue es ihr gleich. Sie redet mit Cecilia auf Englisch, lässt die Worte in IsiZulu und Vernacular vor der Tür, die sonst immer ihre Sätze bewohnen. Beide Zungen stolpern über eine Sprache, die scharfe Kanten besitzt und Narben in ihrer Geschichte hinterlassen hat. Dennoch können sie nicht anders, als voranzugehen, um sich auf ihr zu treffen.

Während Gogo später Impepho an ihrem kleinen Schrein neben dem Sofa anzündet, wo etwas Wasser, Erde, Samen, Steine und eine Kerze sich begegnen, fülle ich eine Plastikwanne mit warmem Wasser, gebe Meersalz, Thymian, Rosmarin und Lavendel hinzu, dann knie ich mich vor sie.

»Lass mich das heute wieder machen«, sage ich zu Baba, als er ins Zimmer kommt.

Er küsst mich auf die Wange, neben das Pflaster. Der Geruch der Kräuter hängt in seinem Bart. »Bis morgen früh dann«, sagt er zu mir auf Deutsch und wünscht Gogo auf IsiZulu eine gesegnete Nacht.

Cecilia ist auch schon mit einem Buch und ein paar Amagwinya in meinem Zimmer verschwunden, nur Gogo und ich bleiben zurück. Sie lehnt sich nach hinten, während ich ihre Füße aus den Kompressionsstrümpfen zwänge. Sie atmet tief aus, als beide in das warme Wasser sinken. Mit etwas Mandelöl massiere ich ihre Beine, während ihre Füße einweichen, so wie es einige Abende Baba getan hat. Wir beide wissen, wie weit diese Beine für uns gegangen sind, wie weit sie uns alle getragen haben. Die Beine meiner Großmutter sind unsere Beine, ohne sie könnte niemand von uns vorankommen.

»Sing wieder ein Lied für mich, MaLindi«, sagt Gogo mit geschlossenen Augen.

Also singe ich, die Worte, die mich jetzt eine Weile schon begleiten, erzähle von Menschen und Bäumen, Ästen und Händen.

Meine Handflächen pulsieren noch immer vom Massieren, als ich Louis Quatorze sein Futter in den Käfig stelle und mich etwas später zu Cecilia und Bruno ins Bett lege. Cecilia nimmt im Halbschlaf meine Hände, schmiegt sich an mich, legt meinen Arm um ihre Hüfte.

Brunos Fell an meinem Unterarm. Cecilias Wärme unter meinen Fingerspitzen, meine eine Hand wandert mit ihrer, unter das T-Shirt auf ihren warmen, weichen Bauch, dort wo er sich überschlägt, als würde die Welt um sie herum nicht genug Platz machen.

»Ist das okay so?«, frage ich leise.

»Mhmm. Deine Finger sind ein bisschen kalt, aber ich wärme sie dir auf.«

Ich küsse sie von hinten in den Nacken. Widerstehe dem Wunsch, weiterzuküssen, bei ihrem Nacken nicht aufzuhören, sondern erst zu beginnen. Zugleich aber: Ich bin nicht ganz hier. Hier bei ihr. Mein Ohr sitzt an der Tür, auf dem Schuhregal, in zwei faltige Regenmäntel gehüllt, die sich vom Kleiderhaken hinab ergießen. Wartet auf eine, die mein Mund vergrault hat. Trottel, denke ich nur, und kann es dennoch nicht zurückrufen.

Kein Schlaf für mich. Cecilia murmelt etwas im Traum, immer wieder, etwas mit Mama und Wasser. Sie kratzt sich über das Brustbein und hört damit nicht auf. Vorsichtig lege ich meine Hand auf ihre, führe sie langsam zurück an ihre Seite. Manchmal ist sie früher mit getrocknetem Blut unter ihren Fingernägeln aufgewacht. Dreckige Ränder, die davon erzählten, wie viel ihr Körper im Schlaf zu verarbeiten versucht.

Als ihr Atem ruhiger wird, das Murmeln aufhört und sich ihre Hände entspannen, stehe ich auf, gehe auf nackten Zehenspitzen zum Schreibtisch, hole das Stickbild von Khanyi aus der Schublade, betrachte es eine Weile, dann öffne ich Khanyis Notizbuch. Hoffe, in ihren Worten den Mut zu finden, um gleich in den Flur zu gehen. Mein Ohr aufzusammeln und mich auf die Suche zu machen. Nach ihr, Unathi.

Noch vier Tage bis zu meinem Geburtstag.

Die Träume lassen mich nicht mehr schlafen
Lindi weckt mich auf.
»Du hast dich so doll hin und her gewälzt«
sagt sie im Dunkeln, nur ihr Handy
wirft ein Strahlen zwischen uns.

Sie klaubt eine Blüte aus meinen Haaren, die mich
an blühenden Löwenzahn erinnert
aber fester ist, leuchtender.

Nokukhanya zu sein
genügt mir nicht mehr.
Ich werde zu Umkhanyakude
dem Baum, der weithin leuchtet.

»Hatte Angst, du fällst gleich aus dem Bett.«
Ihre Augen so rund wie ihr Gesicht
Babyspeck noch in all ihren Zukunftsfalten.

Ich habe meinen Kopf geschüttelt
ein wenig für sie, zur Beruhigung
aber viel mehr noch für mich selbst
damit auch meine Samen fliegen können.

Rihanna hat mir von den Samen erzählt

und während sie sprach, verbanden sich
ihre Worte mit meinem immer wiederkehrenden
Traum, verschmolzen mit ihm:

Westafrikanische Frauen, die
versklavt und verschleppt wurden
flochten Samen in ihre Haare ein und in die ihrer Kinder.
Wassermelonensamen und Reis
Samen von Okraschoten und Erdnüssen.

Sie wussten, egal, wo sie hinkamen, sie mussten sich
in die Zukunft einschreiben
mit Samen, die Früchte tragen würden.

Sie waren vielleicht die ersten Afrofuturistinnen.
Aber wahrscheinlich wussten wir schon immer:
Unser Überleben ist etwas, was wir
am Körper tragen müssen
weil es uns sonst entrissen wird.

Die Geschichte dieser Frauen ist nicht meine Geschichte
aber sie ist eine Geschichte Schwarzen Überlebens.
Sie schenkt uns eine Vision davon, was
wir ernten können, wenn wir Hoffnung säen.

Ich will nur noch in den Wald

Ri meint, ich konzentriere mich
nicht mehr aufs Projekt.
        Ich bin wirklich das Projekt geworden.

Ich stutze meine Äste jeden Tag
und auch weiße Dornen wachsen
ein jedes Mal nach, wenn ich sie abbreche
meine Arme darf niemand mehr sehen.

Rihanna weiß nicht, wie es sich anfühlt
mit den Pilzen verbunden zu sein
und mit den Vögeln zu sprechen
die Nester in deine Haare bauen werden.

Who feels it knows it.
Vielleicht wird auch Rihanna
bald darüber nachdenken
welche Samen wir
mit in die Zukunft nehmen
in diese neue Zeit.

Wenn versklavte Frauen das Leben gewählt haben
obwohl ihnen jede Wahl, jede eigene Entscheidung ab-
                        gesprochen worden war
dann können auch wir entscheiden
welche Zukunft wir erblühen lassen wollen.

268

Da wachsen Blätter

in meiner Kehle, kratzen mich
beim Sprechen, kitzeln mich
beim Atmen.

Mein Happy End ist kein Ende.
Es ist nur ein Anfang.
Doch sterben Zukünfte, damit
andere entstehen können.
Die Schlangen haben mich das
in meinen Träumen gelehrt.

Und Hyecollin, auch sie sehe ich dort
verwandelt, sie lässt mich wissen:
Ich brauche keine Angst zu haben
wir stehen hier zusammen.

Ich kaufe Samen im Afroshop

Ogbono, Egusi, getrocknete Schoten
ignoriere dabei den wunderschönen tiefblauen
Boubou im Schaufenster
nehme sie auf einem meiner Waldläufe mit und
s.. t. r... ... eu.. e sie beim Laufen
meine Wege entlang auf die Erde.

Den Rest überlasse ich ihr
vertrauend.

Ich spreche mit den Bäumen
ich schlafe bei den Blumen
bepflanze Friedhöfe mit meinem Atem
ich tanze und sie wirbeln alle um mich herum
voller Aufregung, voller Vorfreude.

Ich schmiere Vertrauen
auf meine Ellbogen und meine Knie
auf die Stellen an meinem Körper, an denen
meine Knochen hervorstehen, als wollten sie
die Haut durchdringen, um ans Licht zu kommen.
Wartet nur, wartet.

Übermorgen ist mein Geburtstag.

Ich kann nicht mehr schlafen, nicht essen
sie rauschen alle um mich herum
Flügelflattern ihrer Seelen.

Zurück beim Afroshop, der Boubou
hängt noch immer im Schaufenster.
Ich bleibe bei ihm stehen
betrachte seinen festen, glänzenden Stoff
die cremefarbenen Verzierungen am Ausschnitt
hebe einen Ärmel hoch, lasse ihn
in der Sonne tanzen, die durch das Fenster kommt.

»Wunderschön, oder?«
Der Shopbesitzer, ein Nigerianer mit Potbelly und Zahnlücke.
»Ist für meinen Bruder«, stammle ich schnell
»hat eine ähnliche Figur wie ich.«
»Dann probier ihn doch mal an«, sagt er
und hat den Boubou schon aus dem Schaufenster genommen
geht mit ihm nach hinten, wartet nicht darauf
dass ich ihm folge.

Der Boubou ist wunderschön.
»Lass dich mal sehen, Schwester«
ruft der Besitzer durch die geschlossene Tür.
Ich stehe zwischen Reissäcken und abgepacktem Fufu-Mehl
zwischen Kartons voller Plastikhaar und Palmöl.

Streiche den Stoff mit meinen Fingern
glatt, betrachte mich
im kleinen Spiegel an der Wand
kann immer nur einen Teil
von mir sehen, aber zum ersten Mal
ist jeder Teil von mir wirklich schön.

Als ich heraustrete, halte ich die Luft an
der Binder drückt gegen meinen Brustkorb
jetzt noch mehr als zuvor, aber ich weiß
niemand kann ihn sehen.

»Bruder hin oder her, du solltest ihn nehmen
er ist wie gemacht für dich.«
Ein paar Männer sitzen auf Plastikstühlen bei der Kasse
tuscheln, aber ein Blick von ihm und sie verstummen.
»Nimm ihn, ich mache dir
einen guten Preis.«

Rihanna findet meine Vorschläge fürs Projekt:

»Zu spiri.«
»Aber wie wollen wir über die Erde reden«
versuche ich ihr zu erklären
»über das, was wir ihr und damit uns selbst antun
ohne über Verbindungen zu sprechen
über Freude und Schmerz?«

Ich glaube, der ganze Scheiß hat angefangen
als Menschen aka weiße Männer entschieden, sie
befänden sich außerhalb der Natur und
dass genau diese Entfernung zu allem anderen, was lebt
und nicht Mensch, weiß, männlich ist
das Menschsein an sich auszeichnete.

Bacon, Locke, Descartes: Die Denker des Westens
lösen sich aus der Natur heraus, um sich über sie zu erheben
und damit auch über alle, die in ihr verwurzelt sind
Schwarze Menschen, indigene, Sinti*zze und Rom*nja, sie alle
und mehr.

Watts Dampfmaschine ist mit ihrem Hunger nach Energie
nicht von der Versklavung zu trennen
die Opferzonen dieser Erde
nicht vom Kohle- und Mineralabbau.
Es ist alles verbunden.

Wenn wir etwas ändern wollen, müssen wir uns
wieder hineinschreiben in die Natur
uns fühlen erlauben, mit allen
mit jeder Blume, jedem Grashalm
jedem Menschen auf dem Planeten
egal, wie entfernt er ist
egal, wo er auf der weißen
Einteilung des Lebens steht.

Wir müssen uns erlauben
miteinander zu trauern
einander zu fühlen
über die Grenzen hinaus
die Körper setzen und Artenzugehörigkeit
die Hierarchien diktieren
und in unserer Haut einschreiben.

Wir müssen genau diese Hierarchie
jede Hierarchie aus unserem Kopf entfernen
um Raum für eine Anarchie alles Lebenden zu schaffen.

»Eindeutig zu spiri«, sagt Rihanna nur

kaut nach meinem Monolog
weiter ihr Kaugummi und
schaut nicht mal vom Handy hoch.

Mein Geburtstag, es ist so weit.

Noch bevor die anderen erwachen, ziehe ich
den Boubou an und gehe
in den Wald.

Der Himmel wird Honig
Ich schmiere ihn über mein Gesicht
Lasse ihn tropfen
           zäh
           zäh
           zäh
in meinen Mund hinein.

Meine Schritte sinken tiefer
in den feuchten Boden
als wolle er mich
willkommen heißen, umschließen.

Der Wald saugt die Zeit

aus dir heraus
er macht keinen Unterschied.
Es reicht ihm nicht mehr, dass du
in ihm spazieren gehst
er will genauso in dich hineingehen
und nie wieder hinauswandern.

Alles verrottet, alles wächst.
Alles stirbt, alles lebt.
                              Alles
                                ist.

Und dann ist da Erde an deinen Füßen
und dann ist da Matsch zwischen deinen Zehen
und dann sind da Dornen, doch sie dringen nicht mehr
in dich hinein

und dann ist da Laub
und es legt sich über deine Füße
einen Schritt lang, nur einen Schritt.

Als ich mich unter meinen Baum setze

und die Ritze auf seiner Haut
ein weiteres Mal nachfahre
legt er Äste über meine Schulter
wie in einer Umarmung.

Später, auf dem Rückweg
gehe ich durch das kleine Stück Wald
und zugleich auch durch all seine Geschwister
die Sterbenden, die Wachsenden
die Trockenen, die Feuchten.
Schicht über Schicht Wald
zu meinen Füßen
vor mir hinter mir in mir
                    wir alle
                    verbunden.

Kurz bevor ich wieder hinaustrete
hocke ich mich neben einen moosigen Baumstumpf
greife mit meinen Händen
ein letztes Mal tief in die Erde
fülle beide Handflächen mit ihr.

So kehre ich zurück
sie mit mir nehmend
nach Hause.

Da ist sie wieder, Khanyi.

Und da ist die Erde, die noch immer auf ihrem Nachttisch liegt. Nokukhanya. Umkhanyakude. *Warte nur, warte,* flüstert sie mit geschlossenen Lippen, zwischen ausgewaschenen Grabsteinen stehend, öffnet ihre Haare, lächelt auf mich herab aus ihren höchsten Höhen wie eine echte Gelbrindenakazie und dann …

Das Klicken der sich schließenden Tür lässt mich zurück- kommen. Ich höre, wie jemand im Flur die Schuhe auszieht und ins Bad geht. Lichtschalter, Tür, klick, klack. Wasser, schhhhhhhhh. Stille. Mein Herzschlag, viel zu laut und zu schnell. Ich warte. Tür, Lichtschalter, klack, klick. Schritte, schubb, schubb, schubb. Doch meine Tür geht nicht auf. Nie- mand fällt ins Bett mir gegenüber. Stattdessen öffnet und schließt sich eine andere Tür, lässt mich mit nichts zurück als der nächtlichen Stille. Doch ich folge ihr, Unathi.

Dunkelheit empfängt mich im Wohnzimmer wie eine lang vermisste Geliebte. Die Jalousien sind runtergelassen. Ich brauche einen Moment, um mich daran zu gewöhnen. Obwohl auf dem ausgebreiteten Schlafsofa neben Gogo noch Platz ist, liegt Unathi auf dem Teppich davor, vielleicht wollte sie Gogo nicht wecken. In zwei Decken hat sie sich gewickelt. Sie liegt zur Seite, der Tür zugewandt, einen Arm trotz Kissen unter dem Kopf.

Ihr Anblick lässt alles in mir erstarren und fließen zugleich, macht mich zittern atemlos pulsierend. Meine Äste strecken sich nach ihr aus. Alles an mir lebt, alles in mir lebt, wenn ich sie sehe. Ich schleiche zu ihr, knie mich neben sie und da sind keine Zweifel an meiner Seite, nur Gewissheiten.

»Unathi«, flüstere ich und als sie sich nicht rührt, streichle

279

ich ihr über den Arm, sage noch mal ihren Namen. Jede einzelne Silbe schillert in der Luft: »U na thi.«

Bewegung. Sie reibt sich die Augen, streckt sich.

»Komm ins Bett«, flüstere ich.

Jetzt erst schaut sie mich richtig an, greift nach meinem Arm. »Aber deine Freundin ...?«

Gogo dreht sich auf dem Sofa hinter uns. Und trotzdem muss ich ihr jetzt sagen, auf welche Art ich sie mag. Mein Duft spricht für mich, weil hier gerade nur Stille Platz hat. Er sagt: *Meine Wurzeln wollen sich um deine legen und sie nicht mehr loslassen. Mein Mund sucht dich, als wärst du Wasser. Ich dürste nach dir.*

»Meinst du das wirklich so?«

Wieder eine Drehung von Gogo.

Komm, sage ich, erneut ohne Worte, *komm zu mir.*

Ich helfe ihr hoch, hinaus aus dem Zimmer, hinein in den Flur. Hinter uns, eine sich öffnende Tür.

»Lindiwe?« Cecilias suchende Stimme, Schlaf in ihr, meterweise.

»Wir sind gleich da«, sage ich und lächle Unathi vor mir an.

Ich nehme ihre Hand, gehe mit ihr zurück zum Zimmer. Cecilia steht noch an der Tür, ein frischer Kratzer leuchtet unter ihrem Schlüsselbein. Ich halte ihr meine freie Hand hin und sie ergreift sie.

»Wollen wir einfach alle drei zusammen ...«, fragt sie mit ihrer nächtlichen Raspelstimme.

Ich nicke, Unathi auch. Wir quetschen die beiden Matratzen erst auf meiner Seite des Zimmers zwischen Bett und Regal, doch dann habe ich eine andere Idee.

»Helft mir mal kurz«, bitte ich die anderen, räume schnell alles vom Regal ab, was herunterfallen könnte, dann heben wir es zusammen hoch, tragen es zur freien Wand an der Tür, machen Platz für unser Bettenlager, für ein Leben ohne Grenzen.

Drei Körper, drei Erden, die ineinander wurzeln, mit mir in ihrer Mitte. Cecilia streicht über das Moos auf meiner Wange, stellt keine Fragen, schaut nur ganz laut. Unathi kuschelt sich an meinen Rücken, ihre Hand um meine Hüfte gelegt, ihr Atem an meinem Hals. Ich spüre, wie winzige Blätter ihr entgegensprießen, als wäre sie die Sonne.

Teil 3

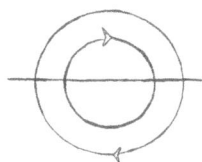

Gott ist Veränderung –
Aus Samen Bäume,
Aus Bäumen Wälder;
Aus Tropfen Flüsse,
Aus Flüssen Meere,
Aus Larven Bienen,
Aus Bienen Schwärme.
Aus einem viele;
Aus vielen: Eins.

— *Octavia E. Butler: Die Parabel vom Sämann*

Am Morgen schäle ich mich von Unathis Körper.

Ich schaffe Platz zwischen uns, auch wenn Kälte dort einzieht, wo zuvor ihre Wärme wohnte. Schnell sammle ich meine Sachen zusammen und nehme den Stapel an Klamotten von gestern mit meinem Rucksack raus in den Flur.

Frische Unterhose vom Wäscheständer im Bad. Zähne putzen, Sachen an. Als ich in den Spiegel schaue, bemerke ich meinen Fehler: Mal wieder alles schwarz, doch heute ist Chorprobe. Ich zehenspitze ins Zimmer, hole mir das weiße T-Shirt aus Khanyis Nachttisch und eine Jeans aus Unathis Kleiderschrank. Später kriegt sie sie wieder. Noch eine meiner schwarzen Sweatjacken drüber, Unathis Tuch in den Rucksack gestopft, falls es heute kalt wird, und schon stehe ich angezogen vor Cecilia. Sie sitzt mit Milchkaffee in der Küche, während Mama das Frühstück für die Zwillinge zubereitet und an ihrem Grinsen erkenne ich: Sie schreibt Ty bestimmt gerade zuckersüße Morgenmessages.

»Bereit?«, frage ich und zupfe am T-Shirt herum.

Cecilia schaut hoch, grinst weiter, als sie meine Klamotten sieht, aber sie sagt nichts dazu, schiebt nur ihr Handy in die Hosentasche und springt auf. »Klar, los geht's!«

Mama drückt mir noch einen Knutscher auf die Wange und einen Apfel in die Hand, dann sind wir raus aus der Tür.

»Deine Oma ist großartig«, sagt Cecilia, als wir im Bus sitzen. Sie legt mit einer Lobeshymne auf Gogo los, die beiden haben sich am Morgen noch unterhalten.

»Du willst wirklich über Gogo reden?«, unterbreche ich sie. »Nicht über letzte Nacht?«

»Dass ich mit deinem Arm um meine Hüfte eingeschlafen bin und aufgewacht mit ihm um Unathis ist mir schon bewusst«, sagt sie und lacht.

In der Sitzreihe vor uns dreht sich ein Aktenkofferträger um, wir ignorieren ihn. Cecilia umarmt mich von der Seite einmal kurz. »Letzte Nacht war schön. Und besonders. Ich habe die Nähe mit dir vermisst. Hab dich vermisst. Und anscheinend auch viel verpasst, was bei dir los gewesen ist.«

Ihr Blick streift kurz das frische Pflaster auf meiner Wange, dann spricht sie weiter. »Du kannst mir noch den ganzen Tag von deiner Neuen vorschwärmen, Süße. Gib mir nur etwas Zeit, mich daran zu gewöhnen. Früher hattest du nie etwas mit anderen, im Gegensatz zu mir ... Jetzt weiß ich, wie sich das anfühlt.«

Der Typ vor uns dreht sich noch mal um und am liebsten würde ich Cecilia jetzt ganz übertrieben abknutschen, nur damit er vom Sitz rutscht, aber so viel Aufmerksamkeit hat der gar nicht verdient.

»Du hast alle Zeit dieser Erde«, sage ich. »Aber dein Herz sieht von hier aus reichlich okay aus – und da ist zumindest noch Platz für Ty.«

»Ja, für Ty und einige mehr, aber das ändert nichts daran, wie viel du mir bedeutest.«

Leiser die letzten Worte, ernster. Und ich denke, vielleicht kann es das alles geben: meine Gefühle für Cecilia und die für Unathi – selbst Ibos Lächeln und das, was es mit mir macht. Vielleicht ist auch mein Herz groß genug. Vielleicht ist es ein Wald, in dem nicht gerodet wird.

Als ich Cecilia gerade von meinen Gedanken erzählen will, ruckelt der Bus und ich klammere mich an die Stange vor mir.

Mein Blick fällt dabei auf einen der Bildschirme, auf dem gerade die morgendlichen Headlines stehen, mit einem kurzen Text versehen.

Erste Quarantänezentren für junge Erwachsene eröffnet

Die Frau neben uns rückt etwas von uns ab, drängt in Richtung Tür. Ich überfliege schnell den Text, bevor er wieder verschwindet.

Beginn von großflächigen Tests in Schulen ... Infektion frühzeitig erkennen ... höchste Heilungschancen ... Jugendliche mit Symptomen melden oder zu Zentren begleiten

Die Liste von Symptomen steht auf dem Bildschirm links daneben. Eine niedrige Körpertemperatur, häufiger Aufenthalt in Parks und Wäldern, verminderte Schmerzempfindlichkeit, plötzliche Wachstumssprünge, ein verlangsamter Ruhepuls, unter 55. Jugendliche mit Symptomen. Die Stange eingeklemmt in meiner Armbeuge messe ich mit meinen Fingern den Puls an meiner linken Hand.

»Alles okay bei dir?«, fragt Cecilia, die es bemerkt.

Ich nicke nur, zähle weiter, Herzschlag für Herzschlag. Herzschlag. Für. Herzschlag. Komme auf 40 in einer Minute. Und selbst wenn ich mich verzählt habe, das reicht nicht. Es wird früher oder später auffallen, bestimmt ist meine Temperatur auch am Arsch. Doch keine Zeit mehr, da ist unser Stopp, die Türen öffnen sich, ein Pulk an Leuten drängt heraus und wir mit ihnen.

Im Unterricht kann ich mich null konzentrieren, aber zur Chorprobe will ich trotzdem, lasse mich dafür auch in den Fluren anstarren, ohne den Blicken länger auszuweichen. »Neuer Look, Zebragirl?«, ist einer der Sprüche wegen des Shirts und der Jeans. Ich antworte nur: »Mein Name ist Lindiwe Dube.«

Was ich nicht sage: Ja, ich bin ein Zebramädchen, auf meine eigene Art und Weise, nicht so, wie sie es meinen. Denn Dube ist das Zebra und es balanciert Gegensätze auf seiner Haut, hält alles im Gleichgewicht.

Wir üben beim Chor heute *July Tree* von Nina Simone, mehrstimmig, Frau Önder hat es extra für uns arrangiert und begleitet uns dabei auf dem Klavier. Ich muss die ganze Zeit an Unathi denken, während meine Stimme laut und klar denen anderer begegnet, daran wie Mangobäume erblühen, und die Liebe – bis mein Handy vibriert: eine Nachricht von Rihanna. Ich will das Phone wieder wegpacken, doch sehe die ersten Worte der Nachricht und klicke schnell drauf: *Pass auf dich auf! Hab's von meinem Bruder gehört, sie führen heute Temperaturtests in den Schulen durch. Auch in deiner!*

Ein schneller Blick raus in den Hof, während ich weitersinge. Da sind schon Polizist*innen auf dem Schulgelände, mit Fieberthermometern in den Händen. Zeyneb ist heute zum Glück nicht da und ich sollte es auch nicht sein. Bis das Lied zu Ende ist, kann ich nicht mehr warten, also schnappe ich mir meinen Rucksack, murmele Frau Önder eine Entschuldigung zu und stürze hinaus.

Die Türen öffnen sich und ich trete ein. Sie schließen sich hinter mir, mit einem lauten Geräusch. Bus statt Schule. Grelles Licht an beiden Orten. Vor mir wieder der Seitenausgang der

Schule, so nah schon, Cecilia kommt gerade mit anderen die Treppe herunter, ruft mir etwas zu, doch aus dem Augenwinkel sehe ich den Polizisten. Er hat mich entdeckt, ich wende den Kopf und unsere Blicke begegnen sich, er geht mit dem Fieberthermometer in der Hand langsam auf die großen Türen zu.

Ich bin erstarrt, das Thermometer wird zu einer Waffe in seiner Hand. Gleich wird er sie auf mich richten, gleich. Atme, Lindiwe, atme. Ein Satz, schnell. Doch bevor ich ihn habe, stellt sich Cecilia dem Polizisten in den Weg und ich warte nicht länger, ich renne los. Jemand versucht mich festzuhalten, aber es gelingt ihm nicht. Renne weiter, öffne die Tür, die Kraft des Waldes in meinen Beinen, ich laufe nicht mehr, ich fliege.

Jetzt lasse ich mich auf einen leeren Sitz fallen, der Plastikbezug quietscht unter mir wie im Protest, aber er trägt mich, wirft mich nicht ab.

Danke, schreibe ich an Rihanna zurück. *Das war so knapp.*
Kein Ding. Wo bist du jetzt?

Im Bus.

Du kannst nicht nach Hause. Sie werden dich suchen. Du musst irgendwo hin, wo du sicher bist.

In den Wald.

Noch vier Stationen, dann muss ich in eine andere Linie wechseln, damit ich nicht zu Hause vorbeifahre. Rihanna tippt weiter.

Ich hab dich gesehen, damals in der Nacht, im Wald

Ich starre auf den Bildschirm, will mich nicht erinnern, nicht an diese Nacht. Es hat sie nie gegeben. Aber in mir nichts als die Wahrheit. Sie wandelt zwischen Trümmern. Rihanna ist auch dort gewesen, es war kein Traum. Khanyis letzte Nacht.

Nicht daran denken, Lindiwe. Denn wenn du dran denkst,

zerbricht es dich nur. Denn wenn du dran denkst, nimmt es dir jeden Sinn und das hilft keinem. Lieber Rucksack auf und Headphones auch. Umsteigen. Mein Handy vibriert, während ich aus dem Bus komme und als ich bei der Haltestelle wieder raufgucke, habe ich zwei Anrufe von Mama verpasst und drei Nachrichten von Baba.

Sie wissen Bescheid.

Sie wissen jetzt alle Bescheid.

Der zweite Bus ist klein, keine lange Raupe oder ein hoher Doppeldecker. Nur drei andere Menschen sind in ihm, verteilt wie Popcorn zwischen Kinosesseln. Ein Jugendlicher, mein Alter, eine Frau mit Jumbo-Braids, die nur auf ihr Handy schaut, eine ältere Frau, deren Weite mich an Gogo erinnert. Sie sind alle Schwarz.

Ich setze mich, muss lachen und weinen zugleich. Ein Schwarzer Tag, ausgerechnet heute.

Die ältere Frau schaut mich fragend an. »Alles in Ordnung, Liebes?«

Ich nicke, wische mir die Tränen weg, lächle sie an. Sie reicht mir eine Packung Taschentücher. »Nimm sie ruhig alle.«

Am Horizont ziehen sich Wolken zusammen, bald wird es regnen, vielleicht sogar gewittern, so düster kommt es von Osten. Ich sehe die Wetterfront, aber noch mehr spüre ich sie, das sich wandelnde Wetter fährt unter meine Rinde, unter meine Haut. Die letzte Bank vorm Wald ist meine. Mehr Nachrichten von Baba, die ich nicht öffne. Fragen von Cecilia, die ich nicht beantworten kann. Eine Nachricht von Rihanna.

Als du an meiner Tür standst, hab ich nichts mehr verstanden.
Warum solltest du deine Schwester suchen, wenn du die Wahrheit
kennst?

Ich dachte die ganze Zeit, ich hätte alles nur geträumt.
Aber jetzt weißt du es wieder. Erinnerst dich, oder?

Sie tippt weiter, braucht keine Antwort von mir.

Ich war so lange wütend auf euch beide. Ich dachte, das hier
wäre ein Fluch, aber das ist es nicht. Schau uns alle an, uns
alle zusammen.

An den Bäumen mehr Vermisstenanzeigen, von Jugendlichen, von Hunden. Da ist jetzt auch Ibo, auf einem glatten
Papier, noch nicht vom Wetter angeknabbert, lächelt er mir entgegen. Und ein riesiger Wolfshund wird immer noch gesucht,
nur ein Baum trennt die beiden. Ein Baum und viele Leben.

Khanyis letzte papierne Blüte in meiner Hand. Nicht so
farbenfroh wie sonst meist, sie wurde nur aus zwei Blättern
Papier gefaltet, eins mit Bleistiftskizze, ein anderes ein Com-
puterausdruck. Ich denke an meine Eltern und den Tracker
auf meinem Handy. Ich denke an Unathi und meine Sehnsucht
nach ihr regt sich, rekelt sich, reibt sich an meiner Seele. Die
Blüte zurück in der Schachtel schreibe ich ihr ein letztes Mal.
Bestimmt hat sie die Veränderungen mitbekommen, aber ich
warne sie für alle Fälle und ende mit den Worten: *Mein Herz*
ist ein Wald und du bist fest in ihm verwachsen. Dann schalte ich
das Handy aus, nehme den Akku raus, schmeiße beides in den
Mülleimer.

Meine Finger wandern zur Erde, greifen nach einer Handvoll. Ein paar Brocken nehme ich in den Mund, lade den Wald
ein, hinein in mich. Den Rest stopfe ich in meine Hosentasche,
egal wie feucht sie ist. Eine schmale Wurzel kommt aus der Öff-

nung meines Hosenbeins hervor, fegt Erde zusammen, die mir heruntergefallen ist. Vor mich hin summend beginne ich mit erdfeuchten Fingern und knirschenden Zähnen die Cornrows zu öffnen.

Ein Hundehecheln vor mir, und ich blicke auf. Das Abbild vom Foto, grau und riesig, nur sein Fell ist verfilzt. Er schnuppert einige Meter entfernt in meine Richtung. Lila Blumen lösen sich aus meinen Haaren und schweben vor mir zu Boden. Ich nicke dem Hund zu, er jault auf wie ein Wolf, dann zieht er weiter, zwischen den Bäumen warten andere auf ihn, sein Rudel.

Ich denke an Khanyi und daran, dass ihre Worte jetzt so nah am Ende sind. Ich hole ihr Buch aus meinem Rucksack und schlage es auf.

Sie singen alle für mich, wie jedes Jahr.

Der Binder drückt unter meiner Kleidung
die Stimmen rascheln in mir.

Wie jedes Jahr zündet Baba
drei Kerzen auf der Anrichte an
nachdem ich meine
Geburtstagskerzen ausgepustet habe.
Wie jedes Jahr essen wir
Schokokuchen mit Vanilletopping.

Ich packe ein Geschenk aus
ein neues Trikot, in sattem Gelb
der Rest ist für später, nach der Schule.

Ich packe meinen Rucksack
und da spüre ich ihn
wie er über meine
noch nackten Füße streicht
an ihnen zieht
mich zurück zum Wohnzimmer führt
zu den drei noch brennenden Kerzen.

Ich greife nach einer von ihnen
mache mich schnell fertig für die Schule
und nehme sie dann mit.

Die Kerze brennt
zwischen meinen Händen.
Ihr Wachs tropft
auf meine Haut, aber ich
zucke nicht zusammen
ignoriere die Blicke um mich herum
halte Ausschau nach Zeichen von ihm.

Da, ein Flackern der Kerze
ein Kribbeln meiner Fußsohlen
die Station von Mamas Tanzschule.

Ich steige aus, gehe in ihre Richtung
doch die Flamme zeigt in eine andere
widersetzt sich meinen Schritten und dem Wind
will nicht zur Tanzschule, sondern hier um die Ecke.

Zum Friedhof.

Die Blätter an den Bäumen tanzen

Farben in meine Seele hinein.
Die Kerze brennt noch immer, leitet mich
durch das offene Tor des Friedhofs
am Brunnen und den Gießkannen vorbei, die sich
zu seinen Füßen versammeln wie Gläubige
ans Ende des Friedhofs, in Richtung Friedenswald.

Gleich gelb leuchtenden Blumen
stecken hier Plaketten im Gras
eine jede trägt ein Leben und einen Tod.
Meine Füße kribbeln nicht mehr, sie brennen
ich haste vorwärts
die Flamme tanzt in meinen Händen
führt mich weiter, bis zu den letzten Reihen
hinter der Kapelle.
Ich lese jeden einzelnen Namen
laut in die Welt hinein

bis ich zu ihm komme. Stille

eingefroren die Flamme, aber
alles an mir ist in Bewegung
mein Herz rast, mein
Atem verliert sich auf dem Weg
von meinen Lippen zu meinen Lungen
meine wachsüberzogenen Hände zittern
das Feuer in meinen Füßen hat sich ausgebreitet
hoch bis zu meinen Hüftknochen.

Ich beuge mich herab zum hölzernen Grabmal
in Form eines Kreuzes mit weich abgerundeten Ecken
streiche über den abstrakt gehaltenen
Jesus mit fliegenden Locs
folge jeder einzelnen Kerbe
und spreche zum ersten Mal seinen Namen aus.

Nein, zum zweiten Mal
nach über zehn Jahren des Schweigens
bevor ich auf meine Knie stürze
weil meine Beine mich nicht mehr halten können.
Ich breche, aber diesmal
um neu zusammengesetzt zu werden.

Alles in mir findet seinen Platz
all die Leere in mir, die ewige Trauer
seine Begleitung, von Anfang an.
Wie die Gesichter meiner Eltern zerfielen, als ich
von ihm sprach, seinen Namen
nannte, das eine Mal.

So muss es einer Schlange kurz vor der Häutung gehen

wenn sich unter der alten Oberhaut bereits
die neue Außenhaut gebildet hat
und sich selbst die Schuppe über dem Auge löst
ihre Sicht weniger wird, bevor sie sich erneuert.

Die Kerze in meinen Händen
war immer seine. Sie brennt
um sein Leben zu erinnern
und seinen Tod.

Doch das Schweigen meiner Eltern
hat eine Öffnung hinterlassen
genau wie sein Name.

Durch sie sind alle
hindurchgekommen.
Zu mir
        zu mir
            – sie alle.

Ein letztes Mal in die Tanzschule

Felix* und einige andere trainieren
niemand stößt sich
an meiner Anwesenheit, obwohl ich
in der Schule sein müsste.

Ich folge seinen Wisperworten
unter meinen Fußsohlen
zum Aktenschrank, wo Mama auch
all unsere Unterlagen verstaut.

Vorbei an den Ordnern für
Mandlenkosi, Bonginkosi, Lindiwe, Nokukhanya
hin zu dem letzten, dort neben meinem.

Ein Ordner ohne Titel
zwischen dessen Klappen seine Geschichte
in Krankenhaus- und Amtsvermerken
auf mich wartet.

Vorm Schlafengehen pflanze ich noch

Blumen für ihn auf dem Balkon.
Er liebt ihren Duft und isst ihre Farben
trotz Loch in seiner Brust
wo sonst sein Herz wäre.
Anstelle von Lungen wachsen ihm Flügel
über seinen Rippen.
Er ist ein ungeheuerliches Ding
er ist wunderschön.

In mir erblüht eine Wüstenlandschaft
näht sich meine Lunge an Wolken fest
bricht ein Fels in tausend Bougainvillea-
Sträucher auseinander.
In mir ist ein Tanz, ein Lied, eine Liebe.

Aus meiner Hosentasche hole ich
die gefalteten Blätter Papier
die ich in der Tanzschule mitgenommen habe.

Ich lese sie noch ein letztes Mal durch
betrachte die Skizze, bevor ich sie
in der kühlen Abendluft zu einer Blume falte
und sie mit hineinnehme
für meine Schwester.

Heute Nacht bin ich es

die ihren Kopf schüttelt
           und schüttelt.

Nicht beim Schlafen, sondern dort
mitten im Traum.
In meinem Rücken unsere Hütte, meine Samen
fliegen in alle Himmelsrichtungen
und der Wind trägt einige von ihnen
hinter den Horizont hinaus.

Ich reiche meterhoch
in den Himmel und
in die Erde hinein.
Es gibt kein Oben, kein Unten mehr
ich wachse in alle Richtungen gleichzeitig.

Ich bin kräftig und breit
so viel runder und fester und
so viel mehr Platz einnehmend als jetzt
und es fühlt sich gut an.

Ich bin unverrückbar
und doch kann der Wind
im Sonnenweben mit mir tanzen
und mich mit seinen Worten
zum Zittern bringen.

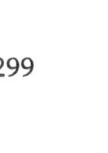

Heute Nacht bin ich es
deren Samen der Erde
neue Zukünfte entlocken
ein lachendes Stöhnen
einen Himbeerhimmel gesprenkelt
mit hunderttausend Morgen.

Und es fühlt sich
nicht wie ein Traum an
sondern wie ein Versprechen.

Auf Khanyis Spuren

wandere ich in den Wald
müde Schritte
doch sie haben eine Richtung, ein Ziel.

Die Hütte
sie wiederfinden
nicht Khanyi, noch nicht.

Das Gehen gibt mir Zeit
zum Nachdenken und zum Erinnern.
Ich will nicht mehr verdrängen
mich nicht mehr an einzelnen
Sätzen festhalten, sondern
an meinem ganzen Leben.

Ich will keine Pflaster mehr
und suppende, eitrige Geheimnisse.
Ich will Luft und Sonne für sie
und dass sie gesehen werden
genau wie ich.

Die Hütte.

Keine Erinnerung mehr
nun direkt vor mir.
Egal, wie oft ich im Wald laufen gegangen bin
nie hier entlang, nicht einmal
in ihre Nähe seit Khanyis Verschwinden.

Zusammen mit unseren Eltern
hatten wir angefangen
die Hütte aus Stöcken zu bauen
als ich sechs oder sieben war.
Bei jedem unserer Besuche im Wald
haben Khanyi und ich etwas hinzugefügt
ihr Fundament verstärkt, die Lücken
in ihrem Dach geschlossen.

Einmal hat Baba uns
eine alte rote Abdeckplane mitgebracht
damals, als er noch auf dem Bau arbeiten musste.
Seitdem konnten wir auch bei Regen
unsere Nachmittage hier verbringen
Karten spielen und Kastanienfiguren basteln.

Die Plane liegt noch immer über den Stöcken
schenkt Dunkelheit. Ich bücke mich
durch den niedrigen Eingang hindurch
aber da liegt jemand drin, unter vielen Decken
es riecht moderig, nach einem Leben im Draußen.

Schnell trete ich wieder heraus aus der Hütte
hole tief Luft und sehe auf den zweiten Blick:
Da drinnen befindet sich
nur ein Haufen aus Decken und Schlafsäcken.

Erst jetzt bemerke ich
den schmuddeligen Buggy
mit vollgepackten Einkaufstüten
und nur drei Rädern
der neben der Hütte steht.

> Sie war zu lange unbewohnt
> hat ein neues Leben erhalten
> nun ohne uns.

An den Bäumen entlang

hangele ich mich voran
berühre einen jeden auf meinem Weg.

Er war nicht weit von der Hütte entfernt
eine Biegung noch
dann habe ich ihn wiedergefunden:
Khanyis Rückzugsort
ihren Baum, ich kenne ihn
nicht nur aus dem Tagebuch.

Zwischen die Wurzeln setze ich mich
lege meine Arme um mich selbst, meine Jacken
hängen noch in der Schule, ich habe
nichts als Khanyis weißes T-Shirt an.

Der Baum hat eine harte, glatte Rinde
mit knorrigen Dehnstreifen hier und da
ein Beleg dafür, dass er nicht aufhört zu wachsen.

Aber da, etwas links von mir
eingerahmt von den Zeichen, die ich
später auf Holzkiesel kopiert habe:
Khanyis Striche, einer für jedes Ritzen hier im Wald.
Ich streiche über sie, 17-mal
berühren meine Fingerspitzen ihren Schmerz.

Und noch etwas ist da

nicht in der Rinde des Baums
sondern in einer Auswölbung, eingebettet
zwischen seinen Wurzeln und
eingehüllt in glänzendem, hellblauen Waxprint
in das Oberteil ihres Boubous.

Ich nehme das kleine Bündel
entblättere seinen Inhalt.
Mein Atem geht schneller, als ich
sie langsam aufdrehe und dann loslasse.
Die Ballerina bewegt sich noch immer
im Kreis, ihr Tanz der Ewigkeit versprochen.

Die Melodie, der Käfer, die Zukunft.
Khanyis Spieluhr, nun hier in meinen Händen.
Vor mir im Gebüsch: Laubknistern
eine dunkelgrüne Natter
mit gelben Markierungen am Kopf
kommt aus dem Strauch hervor
und schlängelt sich an meinen Beinen vorbei.

Das feuchte Laub unter mir
durchnässt allmählich meine Hose
aber ich bleibe sitzen
die Spieluhr in meinem Schoß.

Der Regen kommt, vertreibt mich.

Es dauert eine Weile, bis seine Tropfen mich berühren
die Bäume bilden mit ihren letzten Blättern
ein Dach über mir, doch nach einer Weile
gibt es nach und ich haste zurück zur Hütte
den Rucksack vorne, beuge mich über ihn.
Ich habe nur noch so wenig Seiten mit Khanyi
eine jede davon muss ich beschützen.

Zurück bei unserem Unterschlupf
noch immer ist er verlassen.
Drinnen ziehe ich den blauen Boubou an
auch wenn er mir etwas eng ist.
In meinem Rucksack suche ich
nach dem Apfel von heute Morgen
und finde Unathis Tuch in seinen Tiefen.

Die Plane hält den Regen von mir fern
er prasselt auf sie nieder, aber kommt
nicht an mich heran.
Ich werfe mich auf die Erde
neben dem Deckenberg
ziehe noch ein letztes Mal
die Spieluhr auf, lege meinen Kopf
und meine Arme auf ihm ab
ignoriere den Geruch so lange, bis ich ihn
gar nicht mehr bemerke.

Die Erschöpfung ganzer Jahrhunderte

als würden all meine Großmütter
gleichzeitig den Schlaf einfordern
um den sie so lange beraubt worden sind.

Von hier aus weiß ich nicht weiter
nach Hause kann ich nicht
zu Cecilia oder Rihanna auch nicht
alle wissen Bescheid, egal, wohin ich gehe
ich gefährde nur andere.
Unathi kann ich ohne Handy nicht erreichen
so weit greift selbst der Wind nicht
wenn ich ihn beflüstere
vor allem nicht in diesem Sturzregen.

Draußen endet der Tag schon am Nachmittag
und Dunkelheit zieht auch bei mir ein
kein blau leuchtender Bildschirm
keine grelle Handylampe
keine schrille Straßenlaterne vorm Fenster.

Meine Augen fallen zu
ich schaffe es gerade noch so
eine der Decken aus dem Haufen
über meinen Körper zu ziehen
dann bin ich schon weg
meine Träume, meine Erinnerungen
rufen mich zu sich.

wir sprechen selten
von unseren seelen
zwischen wi-fi und asphalt
hat weniger platz
als zwischen himmel und erde

was wir jetzt wieder wissen
wir besitzen mehr
als nur eine seele
so wie wir mehr
als nur fünf sinne besitzen

ena nennt sich diejenige seele
die sich erst mit der zeit
aus erinnerungen
und erfahrungen formt

ena ist der teil von uns
der auch die zukunft seins nennt
im ewigen ozean der zeit
schwimmt sie oft voraus
und bringt botschaften zurück zu uns
legt sie in unseren träumen nieder
warnungen und versprechen

wir alle sind zeitreisende
prophet*innen
unserer eigenen geschichte
und ihrer verbindungen
zu den geschichten anderer
und des planeten

träume ermöglichen uns das wandeln
zwischen all diesen erzählungen
zwischen zeiten gezeiten
gegenwarten und zukünften

während unser fleisch zur ruhe kommt
darf unsere seele reisen

Wieder ist sie da

Khanyi
diesmal am Erblühen.

Der nie endende Traum
die nie endende Erinnerung.

Warte nur, warte
spricht ihr Duft, während sie sich
lachend im Wind bewegt
eine Tänzerin auch in dieser Form.

»Wie lange noch?«, rufe ich
winzig bei ihrem Anblick.
Nicht mehr lange, Lindiwe
versprochen.

Mein Name wird zu einem Echo.
»Lindiwe
    Lin
        di
           we.«

Mein Traum, Keintraum
nicht mehr Khanyis Stimme
sondern Mamas und Babas
ganz nah

und einen Augenblick
noch zwischen Schlaf und Erwachen
wundere ich mich darüber
dass sie unser Zimmer wieder betreten
nach so langer Zeit

doch dann kommt alles zurück
auch der Geruch, die feuchte Kälte, die Dunkelheit
bis die Strahlen ihrer Handylampen
mich finden und nicht mehr gehen lassen.

Ich hebe meine Hände vors Gesicht
geblendet, entdeckt
mit keinem Weg heraus.

»Überall haben wir gesucht

weißt du, was für Sorgen
wir uns gemacht haben?«
Mama kniet vor mir
drückt mich an sich
lässt mich nicht mehr los.

Ich setze mich auf, lehne mich
gegen den Deckenberg.
»In den Wald sind wir als Letztes«, fährt Mama fort
»auch wenn das Handy dort geortet wurde.«

»Du solltest nicht hier sein«, sagt Baba
und hockt sich neben Mama
»wir alle gehören nicht hierher.«

    Doch, will ich sagen
    ich gehöre
    genau hierher.

»Und all die anderen armen Kinder ...«, sagt Mama
»Nicht jetzt«, unterbricht Baba sie.
»Gerade jetzt«, sage ich, »muss Platz für alles sein.«

Mama lässt mich endlich etwas los
Mond tröpfelt durch die Hüttenöffnung
lässt Mamas Augen riesig aussehen, leuchtend
eingerahmt von verschmiertem Kajal und fließendem Mascara.

»Komm, gehen wir.«
Baba steht auf, Mama auch, etwas wankend
sein Arm stützt sie.
Mama klopft sich die Hose ab
Erdkrümel rieseln neben mich.

Ich bleibe sitzen, schüttle den Kopf.
»Khanyi war auf dem Friedhof
kurz vor ihrem Verschwinden.
Was hat sie da gesucht
was hat sie da gefunden?«

Die beiden erstarren vor mir, zerschnit
tenes Nachtlicht scherbt
ihre nackten Gesichter.

»Nichts«, stammelt Mama.
»Nur die Vergangenheit«, sagt Baba
»nichts, worüber
du dir Sorgen machen musst.«

Aber ich nehme das nicht hin:
»Ich glaube, sie hat die
Wahrheit gefunden, die ihr
begraben wolltet.«

»Es ging immer nur darum, euch zu schützen

vor all dem Schmerz da draußen.«
Mama sinkt vor mir auf die Knie, greift nach meiner Hand.
»Er hat uns fast auseinandergerissen
und uns den Atem genommen.
Wir wollten nicht, dass euch das auch geschieht.«

»Und dann kamst du«, fügt Baba hinzu
»Gogo hat diesen Namen
für dich vorgeschlagen
und wir wussten, er ist deiner.

Du hast uns alle wieder zusammengeführt
du hast die Leere verdrängt und den Schmerz.«
Er tritt einen Schritt auf mich zu.
»Komm, Lindiwe.
Nach Hause.«

»Ich kann nicht mehr

nach Hause«, sage ich
und entziehe Mama meine Hand.

Sie richtet sich wieder auf, aber ihre Arme
hängen schlaff an ihren Seiten
ihr Körper muss ein Loch haben
zu wenig Füllstoff unter ihrer Haut.

»Die Polizei wird auf mich warten«, sage ich
»und dann bringen sie mich in eines dieser Camps
da komme ich nicht mehr raus
nie wieder.«

»Alles reine Routine«, sagt Baba
»sie werden nur deine Temperatur messen
mehr nicht.«
»Viele Eltern sind voller Sorge«, erklärt Mama
»manche erzählen die merkwürdigsten Geschichten ...«
»Geschichten, nichts weiter. Das wirst du ihnen
auch sagen können, oder, Lindiwe?«
Baba hat seinen Arm um Mamas Schulter gelegt
und auch wenn sie beide gebeugt dastehen
stehen sie da vereint.

»Ich weiß nicht, was
ich ihnen sagen soll ...«
»Die Wahrheit natürlich!« Baba schreit fast
»wie schwer kann das schon sein?«

»Wie schwer?«, frage ich zurück
»das wisst ihr beide am besten.«

Sie schauen sich an, ihr Blick meidet mich
als könnten meine Worte sie sonst treffen.

Vielleicht kann ich ihnen helfen, es zu begreifen
wenn ich, statt nur von ihr zu reden
sie ihnen zeige:

die Wahrheit.

Stolpernd folgen sie mir

durch den Wald
trotz ihrer Lampen.
Es hat aufgehört zu regnen
aber der Boden ist matschig.
Ein paarmal rutscht Mama aus
doch Baba greift nach ihr, stützt sie.

Ich muss nicht viel sehen
etwas Mondlicht reicht
um zu wissen
wo sich Wurzeln, Steine und Stöcke
auf der nackten Erde
ein Zuhause geschaffen haben.

Ich suche eine Spur
irgendeine Spur
die der Wind zu mir trägt.
Warte nur, warte
ich habe alle Zeit dieser Erde.

Ein Duftstoff

der sich von dem der Bäume
um uns herum unterscheidet.
Kurze Sätze, mehr Bilder als Worte
da ist jemand
noch am Ankommen
im Reden ohne Zunge.

»Kommt!«, rufe ich meinen Eltern zu
und werde schneller
der Rucksack auf meinem Rücken
federt im Takt gegen meinen Körper
die Spieluhr in ihm rumpelt hin und her.

Ich gehe, laufe, renne zu ihr
damit auch meine Eltern endlich sehen können
was ich schon lange weiß
und doch zu lange nicht wahrhaben wollte.

Laub unter meinen Füßen
ziehe ich Schritt für Schritt
meine Erinnerungen wieder
aus den Träumen heraus
hinein in meine Gegenwart.

Neben ihr stehen die Schuhe.

Als Mama und Baba endlich
bei mir ankommen
mit lauten Schritten
als wollten sie den Tag herbeistampfen
als wäre die Stille des Waldes etwas
das es zu verletzen gilt

da habe ich die Schuhe schon hochgehoben
und halte sie vor mich.
Ein Paar Sneakers
kleiner als meine
Käfer krabbeln aus ihnen heraus
über meine Arme
ihr schwarzer Panzer glänzt monden.

Meine Eltern leuchten
auf die Schuhe in meinen Händen.
»Das wolltest du uns zeigen?
Nichts als dreckige Schuhe?«
Ich höre die Wut in Babas Stimme, seine Ungeduld
die beide nur etwas viel Größeres verbergen sollen:
seine Angst.

Seit Khanyis Verschwinden war er
nicht mehr im Wald
noch nie war er hier im Dunkeln.

»Schaut euch den Baum hinter mir an

schaut ganz genau hin.«
»Wozu?«, fragt Baba, »Khanyi
gehören die nicht, sind viel zu klein.
Lasst uns endlich nach Hause gehen
den ganzen Quatsch hier beenden.«

Doch Mama hört nicht auf Baba
sie ist mit ihrer Handylampe schon weitergegangen
auf den Baum zu, umkreist ihn.
Also folgt mein Vater ihr, auch wenn er
dabei vor sich hin meckert.

Nach etwa einer halben Umkreisung
verstummt er und Mama ruft:
»Was in der Welt ist das?«
»Da hat nur jemand ...«
Baba sucht nach einer Erklärung
aber seine Stimme versickert dabei.
»Seine Sachen am Baum aufgehängt?«

Sie laufen langsam weiter
360°, ein voller Kreis.
Ich gehe zu ihnen
stelle die Schuhe ab und
ziehe an den Fetzen des Pullovers
am Ärmel, der vom Stamm nach unten hängt
um ihnen zu zeigen:

Hier wurde nichts aufgehängt
der Stoff ist mit dem Baum verwachsen.
Aber da ist noch mehr.

Ich steuere die Lampe in Mamas Hand
richte ihren Strahl auf
die zwei Baumaugen etwas weiter oben
sodass wir alle sehen können
wie sie geblendet vom Licht
                                blinzeln.

»Dafür gibt es bestimmt eine Erklärung.«

Baba findet als Erster zurück zur Sprache.
»Und warum zeigst du uns das überhaupt?«
»Weil sie auch hier ist, Khanyi.«

Mama und Baba rücken ab von mir
während sie ihre Lampen
nun auf mich richten.

»Khanyi?«
Mamas Stimme ein Flüstern
als sie nach langer Zeit
ihren Namen ausspricht.

»Sag so was nicht
sie ist nicht tot
sie kann hier nicht vergraben sein!«
»Nein, nicht tot, Mama
genau das Gegenteil.«

Und ich will weinen und lachen vor Freude
weil meine Schwester
endlich vollkommen lebendig ist.

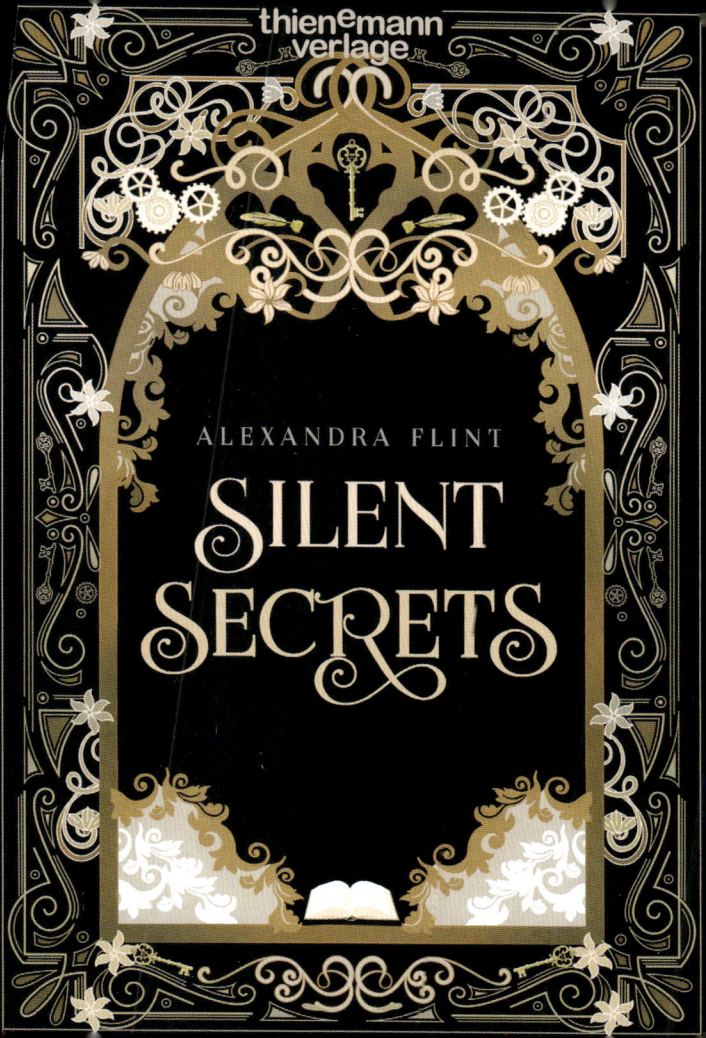

»Weil wir alle lose Buchstaben in einem großen Buch sind,
Remy. Nichts als einzelne, belanglose Lettern. Solange, bis
wir Worte daraus formen und ihnen eine Bedeutung geben.
Und du ... du bist diese Bedeutung für mich. Du bist
in jedem einzelnen meiner Worte.«

LUST AUF MEHR?

Erfahre hier alles rund um die knisternde
Romantasy von Remy und Kasimir

ISBN 978-3-522-50836-0
Erscheint am 27.09.2024

Lieblingsbücher fürs Leben.

www.thienemann.de

»All diese anderen verschwundenen

Jugendlichen sind auch ...?«
fragt Mama, als ich es
ihnen kurz erklärt habe.

Sie spricht es nicht aus
wie wir alle werden   zu Bäumen
aber ich nicke.

»Du kannst das doch nicht
ernsthaft glauben, Anja.«
Aber Mama ignoriert Babas Einwand
macht einen Schritt auf mich zu
das Strahlen ihrer Handylampe
drückt gegen meinen Körper.

»Dann sind sie also wahr ...«
»Wer, Mama?«
»Die Träume.«

Die Träume von den Bäumen
und Samen
und fliegenden Haaren.

Schock in ihren Augen
aber auch Verstehen.

»Wie lange hast du sie schon?«
frage ich sie, mich an Unathis Worte erinnernd.

»Sie haben begonnen ... als ich
das erste Mal schwanger war.«
»Mit Khanyi.«
»Ja, ja, natürlich ...
Da haben sie begonnen.
Und nie wieder aufgehört.«

Die Samen müssen
schon immer in uns gewesen sein
von Anfang an.

»Und du?«, fragt mich Baba.
»Ich bin auch am Werden.
Schaut nur, wie schön ich bin.«

Das Pflaster hängt nur noch

halb an meiner Wange
ich reiße es ab, will nicht mehr verdecken
was gesehen werden muss
um zu heilen, nicht nur mich
sondern uns alle.

In meinem Leben ist
kein Platz mehr für Geheimnisse
so viel anderes fordert Raum.

Ich zupfe lila Blüten aus meinen Haaren
schiebe meine Ärmel und ein Jeansbein hoch
damit sie sehen können:

die ganze Wahrheit
& meine Schönheit.

Sie sagen nichts

da ist ein Uhu
in der Ferne
sonst Stille.

Ihre Lampen sinken nicht zu Boden
die Strahlen wackeln
doch lassen mich nicht gehen
laden mich nicht zu sich herüber
halten mich aus der Entfernung fest
bilden eine Grenze
zwischen ihnen und mir.

Meine Schönheit
begreife ich da
können sie gar nicht sehen.
Ihre Angst verbindet ihnen die Augen.

»Dich nicht.

Dich werden wir nicht
auch noch verlieren.«
Mit einem großen Schritt
ist Baba bei mir
greift nach meinem Arm
und zerrt mich mit sich.

»Warte«, ruft Mama hinter uns.
Doch Baba wartet nicht
vorwärts drängt es ihn
gehend, stolpernd, Bibelverse
um sich schmeißend, Hauptsache   voran
                                    weg von hier.

Ich versuche mich loszureißen
aber habe nicht Unathis Kraft.
Statt meiner Schönheit
ist hier nur seine Angst.

Nicht mehr verborgen
sie ist ein Biest, zermalmt alles
in ihrem mächtigen Kiefer.
Groß, riesengroß
stülpt sie sich über den Wald
                   über uns
                   und verschlingt
                   alles.

dinge die wir jetzt wieder wissen

unser vermögen
zu heilen
ist genauso groß wie
unser vermögen
zu zerstören

alles
ist
eine
entscheidung

6 Stunden.

6 Stunden und 19 Minuten, um genau zu sein.
6 Stunden und 19 Minuten sind vergangen
seitdem sie mich hierhergebracht
und die Tür zweimal hinter sich abgeschlossen haben.

Hinter sich
vor mir.
Erneut Grenzen
diesmal welche aus Eisen und Stahl.

6 Stunden 21 Minuten.
Ich weiß es, weil ich hier
nichts anderes zu tun habe
als die Zeiger der Uhr zu beobachten
wie sie über das Ziffernblatt schleichen
in einem ewigen, ungleichen Wettbewerb gefangen.

Nur die Sonne läuft ihr eigenes Rennen
verschiebt Schatten und Jahreszeiten.
Ich habe alle Zeit dieser Erde.
Mit Unathi, dachte ich

und jetzt sind es doch nur
ausgehöhlte Sekunden
ganz allein.

Nicht mal meinen Rucksack

haben sie mir gelassen
die Spieluhr für meine Erinnerungen
Khanyis Worte, um mich in ihnen
zu verlieren und wiederzufinden.

Aber das Tuch ist da, riecht noch immer
nach Unathi, wenn ich mein Gesicht hineinpresse.
Und Khanyis Oberteil reibt gegen meine Haut
so wie es auch ihre berührt haben muss.
Die Erde aus meiner Jeanstasche habe ich
auf den Tisch gehäuft, damit ich nicht vergesse
wonach sich alles an mir sehnt.

Geschrien habe ich
obwohl mich hier
im Nirgendwo
im nebligen Morgengrauen
das alles verschluckt
niemand hören kann.

Jetzt bin ich heiser
und immer noch allein.

6 Stunden und 48 Minuten.

Ich trinke etwas Wasser
aus einem Glas neben der Spüle
dann setze ich mich wieder
zwischen Drachen und Elefanten
zwischen Giraffen und Anspitzern für Giganten.

Die Werkstatt liegt so abgeschottet
auch wenn immer mal wieder Autos
entfernt auf der Landstraße fahren
es wird Tage dauern, bis
hier jemand vorbeikommt.

Im kleinen Kühlschrank sind noch ein paar Äpfel
eine Packung Magerquark und ein Karton Milch
Bananen und Proteinriegel liegen auf ihm.
Tage überstehe ich damit nicht
ohne zu hungern
aber sie können mich doch auch nicht
ewig hier wegsperren

oder?

332

8 Stunden und 9 Minuten.

Auf dem Elefantenrücken liegt es sich gut.
Ich fahre Babas Schnitzbewegungen nach
eine jede geboren aus seinen Händen
der Kraft seiner Arme, den Verbindungen
aller Muskeln seines Körpers.

Sie können aus etwas Hartem wie Holz
so viel Weichheit entwachsen lassen
sie können mich halten
Tage und Jahre und Jahrzehnte lang
mit mir wachsen und doch
immer gleich bleiben, aber

sie können mich auch packen und wegsperren
als hätten sie vergessen
dass meine Haut die ihre fortführt.

8 Stunden und 13 Minuten.

10 Stunden und 48 Minuten.

Unter Babas Tischfräse lebt ein Käfer
so groß wie meine Handfläche
mit einem glänzenden schwarzen Panzer.
In der Nachmittagssonne glitzert er faul und purpurn.

Er erzählt mir
von seinen Verwandten in Kairo
hält sich selbst für die Sphinx
ich darf ihn nicht anschauen
wenn ich ihm eine Frage stelle.

Aber wenn es eine gute ist
reicht er mir einen Kekskrümel
aus seiner Schatzkammer
angefüllt mit den Resten der Menschen.
Das Übersehene ist Gold
unter dem richtigen Blick.

14 Stunden und 44 Minuten.

Ich esse die letzte Banane und
einen Riegel, nur einen.
Ich habe Babas Radio entdeckt, Nachrichten
über die Untersuchungen in den Schulen. Zehn
Prozent der Schülerinnen und Schüler zeigten
Symptome. Jeder zehnte Jugendliche. So viele
sind wir also bereits. Es gab Widerstand bei den
Mitnahmen, Menschen berichten von übernatürlichen Kräften, von Jugendlichen, die plötzlich meterhoch wachsen vor ihren Augen, von
Wurzeln, die um sich schlagen. Es gab Tote. Die
ersten Toten. Kugeln, die Körper finden. Mal wieder, schon wieder, immer noch. Woanders auf
der Welt ketten sich Menschen an neue Bäume,
erklären sie heilig. Sie bauen sich Schlaflager
in ihnen, sie singen ihnen Lieder. Sie reden von
einer neuen Erde, von einer neuen Zeit. Augenzeugenberichte wechseln sich ab mit verwirrten
Reportern, die aus alledem einen Sinn pressen
wollen, der unsere bisherige Weltordnung nicht
komplett infrage stellt. Woanders auf der Welt zertrümmern Bäume Zäune. Grenzübergänge werden aus den Ankern gerissen, Melilla fällt. Über
Nacht schaffen sie Platz, Durchgänge

für diese neue Zeit
die uns allen gehören wird.

Zwei Riegel und zwei Äpfel bleiben mir noch
die Milch ist in Flocken aus der Verpackung geschwappt
vom Quark ist mir schlecht geworden.

Der Käfer holt Nachschub, hat er mir versprochen
er ist schon 33 Minuten verschwunden
die Sonne bald auch wieder.
Jetzt sind hier nur noch ich
und die flackernde Lampe über mir.
Aber manchmal flüstert das absterbende Holz
so leise, dass ich es nicht mehr verstehen kann.

Auf der zerschlissenen Couch beim Fenster
liegt Babas dicker Arbeitspulli
dunkelblauer Fleece mit Holzspänen überall
und ein paar Löchern, mittendrin.

Ich schlüpfe hinein, behalte
Khanyis Boubou unter ihm an
um nicht zu frieren, stopfe Unathis Tuch
durch die ausgeleierte Halsöffnung.
Dann lege ich mich auf die Couch
ziehe meine Beine eng an mich heran
bis ich zu einer Kugel werde
und die Augen schließen kann.

28 Stunden und 29 Minuten.

Wenn du einen Riegel in
ganz viele kleine Stücke schneidest
und jedes Stück 33-mal kaust
macht er satter, als wenn du ihn
dir gierig in den Mund stopfst
und ihn noch fast unzerkaut herunterschlingst.

Der Käfer hat Staub gefunden
er erinnert ihn an Zuckerwatte.
Ich frage ihn müde, woher er Zuckerwatte kennt
und versuche dabei, meine alten Handschmeichler
die Holzkiesel mit den Baumsymbolen
zu einem Turm zu stapeln.

»Aus meiner Zeit beim Zirkus natürlich, Dummerchen.«
Der Käfer ist vor 4 Stunden wiedergekommen
vor 2 Stunden hat er begonnen, mich
Dummerchen zu nennen, ich
korrigiere ihn nicht.

28 Stunden und 37 Minuten.

Draußen fährt ein Auto vor
ich stehe auf, der Käfer verschwindet
im Zuckerwattenstaub, der wackelige Turm
fällt zusammen, Handschmeichler ergießen sich
auf den Tisch, während ich
zum Fenster haste und nach Hilfe rufe
so laut ich kann.

Hinten geht eine Autotür auf

und ich schreie noch lauter
fuchtele mit den Armen herum.

Zwei Beine ächzen sich aus dem Wagen
Beine, die ich schon oft berührt habe.
Sie setzen auf der Erde auf
ich verstumme, meine Arme
fallen an meinen Seiten herab.

Sie winkt dem wegfahrenden Auto hinterher
und dann geht sie mit wiegenden Schritten
in Richtung Werkstatt.

»MaLindi«, ruft sie

als sie die Tür öffnet
und eine volle Tüte auf dem Tisch abstellt
meine Handschmeichler und
die Erde zur Seite schiebend.

Unter der Tüte schaut
eine bekleckerte Skizze eines Hasen mit Flügeln
und eine Rechnung des Sägewerks hervor.

»Komm her, iss.«
Sie drückt mir eine Tupperbox
in die Hände, als ich
sprachlos neben ihr stehe
der Deckel beschlagen
so warm ist noch der Inhalt.

Ihre Finger berühren meine
während sie mir das Essen reicht
werden erneut zu
einer Fortführung der ihren.

Gogo
ist hier.

Amagwinya, schon am Duft
erkenne ich sie
nehme die ganze Box mit zum Sofa.

Vergiss die 33 Bisse
drei tun es jetzt auch.
In meinem Magen ein Skakonzert
es wird gepogt.

»Pap und Morogo habe ich auch mitgebracht
oder so etwas in der Art, aus allem Grünzeug
bei euch zu Hause, hier in einem dieser
verrückten Warmhaltedinger deiner Mutter.«

Sie packt weiter aus
Säfte, Obst, sogar eine Packung Chips.
Dann holt sie ein Bündel Impepho heraus
und zündet es an.

Die Hälfte der Amagwinya

habe ich schon aufgegessen
als sie sich neben mich setzt
ihre Hand auf meinen Schenkel legt.
»Wenn du fertig bist
massier mir die Füße.«

Ich schau sie von der Seite her an
denke, ernsthaft, Gogo
aber sage stattdessen:
»Siehst du nicht, was
sie hier mit mir machen?«

»Sie haben dir
einen Fastentag aufgezwungen.«
Gogo hebt die Bananenschalen hoch, die
neben der Couch auf dem Boden liegen
wirft sie, ohne aufzustehen, in den Mülleimer.
»In der Kirche machen wir das ständig.«

»Sie haben mich eingesperrt, Gogo!«
Meine Stimme lauter, als ich es will.
Aber Gogo reagiert nicht sofort
sie reibt mir einfach nur über den Rücken.

»Ich weiß, mein Kind«, sagt sie dann
»deine Eltern denken
sie könnten Veränderung
aufhalten, indem sie sie wegsperren.«

Sie holt ein Stofftaschentuch
aus ihrer Rocktasche, dippt eine Ecke
in das halbvolle Wasserglas
befeuchtet damit mein Moos.
Mhmm, entfährt es mir
und ich schließe die Augen
genieße das Gefühl
genährt zu werden.

Dann öffne ich sie wieder
wende meinen Kopf ein bisschen
um sie anzusehen:
»Gogo, warum hast du
keine Angst vor mir?«

Sie drückt mich ganz eng an sich:
»We have loved you
even before you were born
Everybody loves you so much.

Und warum sollte ich mich
vor Veränderung fürchten?
Sie geschieht doch so oder so.
Meine Angst kann sie nicht stoppen
nur mir verwehren, ihr
mit offenen Armen zu begegnen.«

»Deine Urgroßmutter, uMama wami

spricht Andile manchmal von ihr?«, fragt Gogo.

»Nicht wirklich, er sagt immer nur
dass sie eine große Frau war
und vielen geholfen hat.«

»Sie war eine Sangoma und eine Prophetin
sie war wirklich eine große Frau.«
Während Gogo jetzt meinen Bauch massiert
erzählt sie mir von meiner Urgroßmutter:

Margaret Zenzile Ntabeni.

dinge die wir jetzt wieder wissen

wenn ein kind etwa zwei jahre alt ist
wird es den ahn*innen vorgestellt
bei den familiengräbern
werden eine henne und
ein hahn geopfert

blut muss fließen
es erschafft öffnungen
zwischen dieser welt
und all den anderen

ein onkel und ältere verwandte
sprechen mit den vorfahren
stellen ihnen das kind vor
und auch die verbindung
aus der es hervorgeht

die ahn*innen werden darum gebeten
diesem jungen menschen
all jene wege zu ebnen
die ihm bestimmt sind

später wird eine ziege geschlachtet
und aus einem stück ihres fells
ein armband für das kind gefertigt

isiphandla
ein zeichen dafür dazuzugehören
den eigenen platz findend
in beziehung mit
dem höchsten gott unkulunkulu
den vorfahren
der gemeinschaft
der familie

es ist nie zu spät um
den ahn*innen vorgestellt zu werden
isiphandla ist das band
zwischen unserer welt
und der spirituellen dimension
zwischen denen vor uns und uns selbst

blut muss fließen aber
so viel blut ist schon geflossen
manchmal genügt es das anzuerkennen
und isiphandla im geiste
um unser handgelenk zu legen

Meine Urgroßmutter

spricht noch heute zu Gogo
in ihren Träumen
zwischen ihren Atemzügen
lässt sie nicht vergessen, dass auch sie
mit den Ahn*innen verbunden ist.

»Ich wäre ihrem Ruf gerne gefolgt
auch eine Heilerin zu werden, aber
ich musste arbeiten, damit
wir alle leben konnten.
Sie verstand das, ist weitergezogen
um auf die nächste Ithwasa
in unserer Familie zu warten
ein Kind der Ahnen, eine angehende Sangoma.«
»Khanyi.«

Sie nickt, rückt von mir ab
und schnürt ihre Schuhe auf.
»Aber deinen Namen hat sie mir auch verraten
in einer Vollmondnacht.
Jetzt massier mir noch einmal die Füße, Liebes.
Ich möchte dein Lied hören, bevor ich gehe.«

Ihre Füße in meinen Händen
singe ich, sehe die neuen Worte
die sich an die alten reihen und
zusammen zum ersten Lied werden
das ich vollende.

Stamm an Hand

Haar und Ast verwoben
Wurzeln tief in uns
hier werden wir erhoben.

Da stehen die Bäume
sie stehen in der Höh'
sie wollen einfach weitergehen
doch sie bleiben stehen.

Da stehen die Leute
sie stehen in der Höh'
sie wollen einfach weitergehen
doch sie bleiben stehen.

Da stehen sie zusammen
zusammen in der Höh'
ich seh keinen Unterschied
sie sind wunderschön.

Ekhaya bayang'memeza
Bathi mangibuye, bathi mangibuye
ekhaya manje.

Als das Lied gesungen

und die Füße massiert sind
frage ich Gogo, wie sie jetzt einfach gehen kann.
»Weißt du«, antwortet sie, »wie viele Samen
ein einziger Baum abwirft?
Du bist so viele, MaLindi
und ich lasse dich niemals allein.«

Sie packt etwas
aus ihrer großen Tasche neben den Tisch
den Rücken mir zugewandt, holt dann
ihr Handy heraus, tippt kurz.

Ich will aufstehen, aber kann nicht
kann nicht zu ihr gehen
weil ich mich dann nur
festklammern würde
kann sie nicht anschauen
weil ich dann nur weinen würde.

Ich bleibe einfach sitzen
die Beine angezogen, meine Arme
um die Knie geschlungen.

»Du bist uns schon vorausgegangen«
sagt Gogo mit sanfter Stimme
»vielleicht schließen wir irgendwann
zu dir auf.«

Mein Blick fixiert die Krümel auf dem Boden.

Der Käfer wird aus ihnen
heute Abend ein Festmahl bereiten
und Kuchen aus Geschichten backen.

Ich greife nach den Handschmeichlern
damit ich irgendwas halten kann
wenn mich nichts mehr hält.

Gogo kommt zur Couch herüber
ihre Schritte verstummen vor mir.
»Ich muss zurück zu deinen Eltern
da sein, wenn sie bereit sind
nicht mehr ihre Angst, sondern
ihre Hoffnung zu füttern.«

Sie streicht mir ein letztes Mal
über das Gesicht, blickt auf die runden Holzstücke
in meinen Händen: »Was hast du da?«
»Nur ein paar Symbole, die Khanyi
früher in einen Baum geritzt hat.«

»Das hier«, sie nimmt
einen Kiesel aus meiner Hand
»ist die Schlange, die ihren
eigenen Schwanz im Maul trägt
einen unendlichen Kreis formend
und das Ende verschlingend.«

alles bildet
spiralen die uns herumwirbeln
scheinbar zufällig schmerz und freude
in unsere schritte streuen
und doch ihren eigenen sinn besitzen
in jeder wölbung
jeder kurve die sie nehmen

in jeder verbindung

es ist eine schlange
die uns unendlichkeit lehrt
nkanyamba
die große python des universums
schläft in der unterwelt
zusammengerollt
mit ihrem eigenen schwanz im maul

sie erinnert uns daran
dass das leben keine linie ist
mit einem anfangs-
und einem endpunkt

sondern
aus unzähligen zyklen besteht
aus sich abwechselnden jahreszeiten
ebbe und flut
tag und nacht
den phasen des mondes
geboren werden und sterben
um wieder
geboren zu werden und zu sterben
um wieder
und wieder
geboren zu werden

Gogo gibt mir das Stück Holz zurück

und fährt fort: »Genau diese Zeichnungen
findest du auch bei den Bergen am uMzimkhulu-Fluss
in Felsen hineingeritzt, uralte Petroglyphen
zwischen natürlichen Höhlen und Ausbuchtungen
dort, wo das Grab deiner Urgroßmutter ist.«

Sie legt die mitgebrachte Basotho-Decke
über meine Schultern
hellblaue Maiskolben auf rotem Grund
zieht ihren Mantel an und
stößt das Fenster weit auf
kalte Luft dringt hinein.

»Ich muss los.«
Sie nimmt mein Gesicht
in ihre Hände, küsst mein Moos.
»Lass die Fenster offen, damit du
sie hören kannst.«

Die Tür schließt sich hinter ihr

und ich bleibe sitzen.

Der Käfer lädt mich zum Abendessen ein
und ich bleibe sitzen.

Die Sonne verschwindet, die Nacht
hüllt die Werkstatt in ihre Dunkelheit
und ich bleibe sitzen.

Bleibe sitzen
ohne weiter auf die Uhr zu schauen
ohne überhaupt aufzuschauen
starre nur vor mich hin
ein Grummeln in meinem Bauch

bleibe sitzen
bis der Schlaf kommt
und mich niederringt.

Der Ruf einer Eule durchs offene Fenster

weckt mich Stunden später.
Mein Nacken ist steif
der Käfer zu laut
singt alte Popsongs aus den 90ern
wahrscheinlich ist er wieder betrunken
betrunken vom Leben, wie er gerne sagt.

Den Mond sehe ich durch die Fenster
schließe sie, Gänsehaut unterm Pullover
folge ihm zur Toilette. Nach dem Pinkeln
wasche ich mir die Hände, reibe mir
über den Nacken, blicke
in den milchigen Spiegel:

Purpurne Blüten überall
in meinen offenen Haaren
und neue, junge Äste
wachsen aus meinem Nacken
zu beiden Seiten meines Halses empor.
Ich sehe aus wie ein Gemälde von Frida Kahlo

ich sehe aus, als würde ich
gerade die Form finden
nach der ich mich ein Leben lang
gesehnt habe, ohne es zu wissen.

In der Nacht kommt der Hunger wieder.

Mamas lila Bambusbehälter
mit Gogos Pap und Morogo
all die Snacks und Getränke
die sie mir mitgebracht hat,
stehen wie eine Miniaturstadt
auf dem Tisch, bilden eine Skyline.

Ich gehe zu ihnen hinüber, stolpere
über etwas, das am Tischbein lehnt:
meinen Rucksack

und in ihm
Khanyis Tagebuch, die Spieluhr
Die Parabel vom Sämann und die
Schachtel mit Khanyis letzter Blume.
Gogos Worte hallen in mir nach:
Niemals würde sie mich allein lassen.

In Gogos Decke gehüllt
in Babas Pulli
Khanyis Boubou
Unathis Jeans und ihrem Tuch
Mamas Behälter mit dem Essen
auf meinen Schenkeln
sitze ich auf der Couch
öffne ein weiteres Mal
das Buch meiner Schwester
lese mich dem Ende entgegen.

Ihre letzten Einträge
das Datum ist der Tag
ihres Verschwindens.

Ich spüre keine Angst mehr

nicht vor dem Tod
nicht vor dem Leben
nicht vor der Veränderung
die alles berührt.

Ich habe meine Wahrheit gefunden
erinnere mich
kenne seinen Namen.
Ich habe alle Zeit dieser Welt
um mit ihm zu trauern & mit ihm zu heilen.

Ich werde später nicht Tanz studieren
werde das Klimaprojekt mit Rihanna nicht beenden
heute werde ich es neu schreiben
von Anfang an neu
unsere Zukunft, schon heute.

359

Ein letztes Mal mit Lindiwe in den Wald.

»Um noch ein bisschen
meinen Geburtstag zu feiern«, sage ich ihr.
Wir waren schon lange
nicht mehr zusammen hier
es muss Jahre her sein.

Ich halte ihre Hand fest in meiner
den ganzen Weg in Richtung der Hütte
wie bei unserem ersten Mal
allein auf diesen Pfaden.
Ein Kreis schließt sich
und schließt uns mit ein.

Ich gehe mit ihr
an der Hütte vorbei
ignoriere die Fragen
in ihren vorsichtigen Schritten
sie tänzelt über den Boden
und denkt immer noch
nur ich wäre die Tänzerin hier.

Mit jeder Bewegung
scheucht sie Waldgeister auf
die sich um sie scharen
wie um ein Feuer.

Ich wünschte, ich könnte ihr sagen
wie schön sie ist
auch wenn die Welt es
nicht zu sehen scheint.

Ich wünschte, ich könnte ihre Augen schließen
und sie durch meine sehen lassen
damit sie spürt, welches Wunder
ich da Schwester nenne.

Ich hoffe, eines Tages

wird sie es selbst sehen
auch wenn ich nicht mehr
neben ihr gehe.

Ich hoffe, eines Tages
werden auch ihr Wurzeln wachsen
wird sie die Erde spüren und
nach Hause kommen
in sich selbst.

Ich hoffe, eines Tages
werden auch ihr Äste wachsen
die sie dem Himmel näherbringen
und dem Wissen der Vögel
über das Fliegen.

Ein Baum
kann sich nicht für eine Richtung entscheiden
er wächst in beide Richtungen gleichermaßen:
in die Erde hinein und dem Himmel entgegen.
Was könnte großartiger sein als das?

Doch jetzt gerade

sind wir hier beide
und gehen
unsere Hände zwei Hälften, die
zueinander gefunden haben
und ich beginne zu weinen
ohne ein Geräusch zu machen
das den Wald wecken würde.

Ich weiß, wie viel er mir schenkt
aber auch, wie viel ich zurücklasse.
Ihre Hand

ein letztes Mal in meiner
bald nur noch Erinnerung
in den Asthöhlen meiner Seele
dort wo sich Eichhörnchen zur Ruhe legen.

Doch jetzt gerade, sage ich mir
und versuche sie anzulächeln
mit meinem feuchten, verschwimmenden Gesicht
jetzt gerade sind wir beide noch hier
tiefer und tiefer im Wald
bis wir an meinem Baum stehen
die Zeichen in seiner Haut:
das Schild in meinem Rücken.

Ich breite eine Decke aus.

»Setz dich«, sage ich
und lasse mich nieder
umgeben von meinen Geschwistern
Eichen, Birken, Tannen, Buchen.
Aus meiner Tasche hole ich eine Brotdose
stelle sie vor Lin hin.
Ein Strahlen, als sie sie öffnet.

»Ich weiß ja, wie sehr du die magst.«
Magwinya, das erste Mal habe ich sie
selbst gemacht, während Gogo mir per Videocall
Anweisungen gegeben hat.

Magwinya.
Weil ich möchte, dass sie sich
an diesen Moment erinnert
unseren letzten zusammen
in dem ich sie satt zurücklasse, im Wissen:
Ich wollte immer nur Fülle für sie
wollte nie, dass sie mein Schatten wird

                         oder seiner.

Lindiwe stellt keine Fragen

sie isst nur
mit ihrem ganzen Körper
die anderen flüstern mir zu:
                              Es ist Zeit.
Mein Ich nähert sich seinem Ende
wir begegnen unserem Anfang.

Immer wieder wandert ihr Blick
zum Baum hinter mir
zu den Zeichen dort.

Als sie mal nicht hinschaut
verstecke ich die eingewickelte Spieluhr
in der Ausbuchtung am Baum.
Ich möchte sie bei mir wissen, in dieser
noch unbekannten Zukunft.

»Falls du mich jemals suchst
komm hierher, zu dieser Lichtung«
sage ich, lauter als der Wald
der in meinem Kopf dröhnt
mich davon abhalten will
sein Geheimnis zu entblättern.

Öl sitzt in Lindis Mundwinkeln
mit ihrem Ärmel verwischt sie es.
»Hast du mich gehört, Sisi?«

»Klar, aber warum sollte ich dich suchen
du bist doch immer ganz nah bei mir.«

Mein Gesicht löst sich schon wieder auf
und ich kann es nur zusammenhalten
indem ich es mit ihrem verbinde
und ihr statt einer Antwort
einen Kuss auf die Wange schenke.

Einer dieser Küsse, die nicht
Dieser Kuss ist ein Versprechen.   auf-
Vielleicht wartet auch in ihr   hören
ein Samen darauf   wollen
zu erwachen.

Selbst der Wald
hält jetzt die Luft an
komplette Stille, bis Khanyi
sich wieder von mir löst.

Am nächsten Tag ist sie weg
& Moosspitzen brechen
durch die Haut
auf meiner Wange.

Ich habe noch
keine Wurzeln
aber etwas

wächst

nun auch in mir
dem Licht entgegen
über mich weit hinaus.

Auch wenn sie es nicht weiß:

Es ist nicht das letzte Mal
das ich meine Schwester sehen werde.

Das letzte Mal ist ein Traum
weil ich es dazu erklärt habe.

Als Khanyi am selben Abend
fast lautlos aufsteht
neben meinem Bett stehen bleibt
etwas auf meinen Nachttisch legt
und sich dann hinausschleicht
folge ich ihr.

Meine gesteppte Herbstjacke über dem Schlafanzug
öffne und schließe ich die Tür genauso
leise wie Khanyi es gerade getan hat.

Folge ihrer Silhouette
durch die Siedlung
über die Straße
hinein in den Wald.

Im Imbiss ist noch Licht an
es sickert durch die Fenster hinaus
formt aus Bäumen Gespenster
und macht dem bläulichen Schein des Mondes
ein paar Meter streitig.

368

Khanyis Schatten teilt sich hier
eine weitere Gestalt wartet auf sie.
Aus der Entfernung kann ich
noch nicht genau erkennen
wer es ist, aber bald werde ich
auch das wissen.

Wir gehen lange durch den Wald

ich auf zittriger Erde etwas hinter ihnen
von Baum zu Baum vorantastend
frierend, nicht nur von der Kälte.

Die Geräusche der Nacht
lassen mich Gestalten sehen
sagen mir, dass wir nicht allein sind.

Auf einem Hügel
ist unser Weg zu Ende
ich bleibe hinter ein paar Bäumen zurück
schaue ihnen zu, wie sie
reden, sich umarmen, sich küssen
und wie Khanyi dann von Rihanna wegtritt

auf eine freie Stelle
in die Mitte einer Lichtung
in den Mondschein
und beginnt sich zu verwandeln
        zu wachsen
        zu verwachsen
        zu werden
noch mehr, als sie zuvor gewesen ist.

Ich stolpere nach hinten
und kann doch den Blick
nicht von ihr abwenden.

Wildschweinröcheln von links
Rihanna blickt in meine Richtung
ihre Augen so groß wie ihr offener Mund

                              ich muss

                                        hier

                                              weg

nur weg von hier
ich renne, stolpere, falle
rappele mich wieder auf, renne weiter
immer weiter, auch als ich
keinen Atem mehr habe
und Seitenstiche mich begleiten

auch als ich noch einmal hinfalle
und noch einmal
meine Herbstjacke flattert um mich herum
mein Knie pocht nach dem letzten Fall

ich renne
bis der Wald hinter mir liegt
bis ich an einer Straße rauskomme
und spüre, wie weit sich mein Körper
von mir entfernt hat
wie er weiterrennt und meine Seele ihn
nicht mehr einfangen kann.

Ich irre stundenlang durch die leeren Straßen
auf der Suche nach mir selbst
auf der Suche nach meinem Zuhause.

Am nächsten Morgen

ist Khanyis Bett leer
meine Hände sind zerschrammt
die Pyjamahose ist beim Knie aufgerissen
und überall voller Erdflecken
aber ich rede mir selbst ein, dass das alles
nur ein Traum gewesen sein kann.

Auf Khanyis Nachttisch liegt
Erde anstelle der Spieluhr
auf meinem eine papierne Blüte.
Ich packe sie in eine alte Holzschachtel
in der ich sonst Nadeln und Garn aufbewahre.
So kann sie immer bei mir sein
ohne dass ich sie ansehen muss
und damit die Wahrheit
über das Verschwinden meiner Schwester.

Alles nur ein Traum gewesen
wird erst zu meinem Gebet über Tage und Wochen
bis es zu meiner neuen Wahrheit wird
auch wenn ich dafür einen Preis zahle
weil all dies nur möglich ist
indem ich mich von mir selbst trenne
immer wieder. Eine Spaltung
                    statt einer Öffnung.

Vielleicht wartet auch in mir

ein Samen darauf zu erwachen.
Da ist ihr Kuss, den sie mir hinterlassen hat
und noch etwas hat sie mir mitgegeben
sie ließ mich nicht allein zurück
genau wie Gogo.

Ich haste zum Rucksack, zerre ihn auf
obwohl der Reißverschluss klemmt, hole
die Schachtel heraus, öffne sie
und greife vorsichtig nach der Blüte.
Sie passt genau in meine Handfläche
entfaltet sich dort wie eine Seerose.

Statt buntem Papier
meist Seiten aus alten Zeitschriften
hat Khanyi hier weiße Blätter
mit etwas Schrift verwendet.

Die Sätze wurden
durch das Knicken gebrochen
um Blütenblätter zu formen.
Doch in der Mitte kann ich ein Wort
ganz genau ausmachen:

Vulani.

Ein Name, eine Öffnung.

Vulani.

Ohne nachzudenken, entfalte ich die Blume
gehe jede Bewegung von Khanyis Händen
zurück, zurück, zurück.

Die Blume zerfällt
zu zwei Seiten Papier in meinen Händen
offenbart mir ihr Geheimnis
die Wahrheit, die unsere Eltern zu lange
vor uns verborgen haben:

ein Totenschein, sachlich, trocken
trotz all der Tränen, aus denen
er geschöpft wurde.

Ausgestellt für
Vulani Markus Dube

Geboren am 21.10.2005
gestorben am 21.10.2005.

Kein ganzer Tag wurde ihm geschenkt

und doch ein ganzes Leben hier mit uns
in den Rissen, den Falten, dem Schweigen
unserer Familie.

Das andere Blatt Papier:
Das Datum in Babas Handschrift
zwei Tage nach Khanyis und Vulanis Geburt
nach Vulanis Tod und Khanyis Überleben.

Darunter die Skizze für
ein Kreuz mit abgerundeten Ecken
und einem Schwarzen Jesus in seiner Mitte.

In mir wird eine Kerze angezündet
und an trockenes Gras gehalten
bald brennt der ganze Wald.

Ich greife nach der Erde auf dem Tisch
damit ich etwas habe, irgendetwas an dem
ich mich festhalten kann und mich selbst
nicht wieder verliere.

Mein Körper krümmt sich zusammen

da ist eine uralte, krustige Wunde in mir
die plötzlich aufbricht und
hundert blutende Schatten gebiert.

Das Bild von Khanyi und mir als
falsche Zwillinge fließt zwischen sie
vermengt sich mit ihnen.

Genau diesen Schmerz
wollten unsere Eltern uns ersparen
aber das konnten sie nicht.

Sie hätten die Trauer mit uns tragen können
anstatt nur wortlos am Rande
des gemeinsamen Geburtstags
eine Kerze für ihn zu entzünden.

Wir hätten zusammen
Rituale durchführen können
an einem Fluss oder direkt am Meer
so wäre Vulani weitergezogen.

Es hätte uns allen ein anderes
Leben erlaubt, auch ihm.

Mein Schattendasein besitzt einen Namen:

Vulani.
Eine Aufforderung, ein Gebet.
Öffne.

Für meine Eltern ein Wunsch an die Zukunft, daran, dass er
einen Pfad für weitere Kinder hinterlassen würde
dass sein Tod kein Ende wäre.

Vulani.
Öffne.

Sie haben so viel mehr geöffnet damit.
Haben Khanyi die Stimmen gebracht
ohne ihr zu zeigen
wie sie mit ihnen sprechen kann

haben mich zu dem Kind gemacht, das
die unausgesprochene Leere füllen sollte
den Platz, den er hinterlassen hat.

Vulani.

Die Tränen schwemmen mich ans Fenster

ich blicke hinaus, sehe den Wald
geduldig wartend, immer dort
wo auch ich bin.

Ich öffne das Fenster wieder
lasse nicht nur die Kälte hinein
sondern, so wie es Gogo gesagt hat
auch sie alle:
        Unathi, Khanyi, Vulani, die Bäume, all jene
              die zu Bäumen werden.

Immerzu ziehe ich die Spieluhr auf, singe
das Lied vom klopfenden Käfer, tanze
durch die Werkstatt, lasse
meine Wurzeln mit mir schwingen.

Im Morgengrauen fange ich an
ihnen zu antworten, denn
gefangen ist hier vielleicht mein Körper
aber meine Worte kann niemand festhalten
der Wind trägt sie in alle Richtungen
und ich vertraue darauf, dass er sie
so weit tragen wird
wie Samen fliegen können.

So beginnt es.   So endet es.

Alles ist im Fluss.

So beginnt es.   So endet es.

Ich muss auf der Couch eingeschlafen sein

während ich *Die Parabel vom Sämann*
zu Ende gelesen habe.
Ich erwache, mein Kopf
auf eine meiner Wurzeln gebettet.

Langsam stehe ich auf, halte mich
am Fenstersims fest, empfange
die Stimmen und Düfte all jener dort draußen.
Beginne mit ihnen zu singen
erzähle ihnen von
meiner großen Schwester Nokukhanya
und meinem großen Bruder Vulani.

In mir die Bilder aus meinen Träumen
ich fliegend ich Samen ich all die Schwarzen Frauen
die überlebten, weil sie ihr Überleben wählten
als sie Samen zwischen ihren Haaren einflochten
darauf vertrauend, später Erde zu finden
in denen sie verwurzeln konnten.

Samen und Wurzeln, das Wachsen
nach unten und oben zugleich.
Und vielleicht kann ich
auch beides sein, kein Entweder-Oder

ein Alles
im Dazwischen.

Die Bäume haben einen Weg gefunden

um zu überleben.
Und auch die Menschen
werden das Gleiche tun
werden ihnen folgen
in die Höhe & auch in die Tiefe
hinein in die Erde.

Wir werden weiter Samen säen
wir Bäume wir Menschen

       und Samen sein
    für all das, was nach uns kommt
  die Früchte unserer wundersamsten Zukunft.

Ich sehe den Samen in mir

der mich
werden lässt.

Meine Arme haben sich
am Fensterrahmen abgedrückt
um der Kraft meiner Wurzeln
etwas entgegenzuhalten
aber sie werden jetzt weich.

Ich sehe die Samen an mir
die bald fliegen werden.
Meine Wurzeln wachsen
mir voraus, aus dem Fenster, die Fassade
hinab, in die Luft hinaus.

Ich lasse sie weiterwachsen
gehe etwas nach hinten
lege Khanyis Tagebuch auf den Tisch
zu den Symbolen im Holz
zur Schlange und zur Unendlichkeit.
                    Dann renne ich   l   o

S.

wir brauchen keine füße mehr
um ihr entgegenzueilen
wir müssen unsere wurzeln
nie wieder der erde entreißen

endlich
weit weg
und doch nah
hier ist sie
bereit uns zu finden.

ihr name ist Lindiwe

wir haben auf sie
gewartet.

Die Stimmen berühren mich zuerst

um mich herum herrscht noch Dunkelheit.
»Da ist sie!«

Der Schmerz erreicht mich als Nächstes
er frisst sich meine Beine hinauf
bis zu meinen Hüften.

Dann erst kommt
das Licht zurück, dann erst öffne ich
meine Augen, langsam
Kieselsteine und Felsbrocken wegdrückend.
Eine Lawine, als ich in ihre Augen blicke
                    Augenblicke lang.

                         Da
                         ist
                         sie.

Unathi.

Sie kniet neben mir, ein feuchtes Taschentuch in der Hand
wischt sie wie zuvor Gogo über mein Gesicht.
Blut und Harz vermengen sich auf ihm.
Sie schenkt mir ihr Lächeln, drängt
den Schmerz damit zurück.
Schenkt mir ihren heiligen Atem
und der Schmerz verzieht sich
in meine Zehen.

Hinter ihr, mehr Menschen.
Aber bei mir: nur sie.
Die anderen müssen warten.
Ich will aufstehen, doch komme
noch nicht hoch, meine Beine klappen weg.

Unathi kniet neben mir, nimmt mich in den Arm
mein Schweiß und mein Blut
mein Harz und meine Wurzeln
kein Hindernis für sie.
»Vergiss nicht, Baby, wir
haben alle Zeit dieser Erde.«

»Aber wenn das hier
mein letzter Tag wäre«, sage ich
huste und lache zugleich.
Sie beendet den Satz für mich:
»Dann würde ich ihn
mit dir verbringen wollen.«

Eine Weile sitzen wir so da
bluten und schwitzen und lächeln ineinander
meine Wurzeln schlingen sich um ihre
mein Moos breitet sich vor Freude
über die ganze Wange aus.

Die anderen kommen zu uns.

Da sind sie. Sie alle.
Cecilia.
Rihanna und Zeyneb.
Ibo, Isioma und
einige andere aus der Gruppe.
Hier ist er, mein Wald.

Cecilia beugt sich zu mir runter
reicht mir Khanyis Tagebuch.
»Vielleicht möchtest du es ja mitnehmen ...«
Ich schaue sie fragend an:
»Aber, es war in der Werkstatt
wie bist du da rangekommen?«
»Die Tür war offen
bin einfach hineinspaziert.«
Sie lacht.

Gogo. Sie hat mich nicht allein gelassen
und mich auch nicht eingesperrt.
Natürlich hat sie mir Freiheit gewünscht
und auch Freiheit geschenkt.

»Ich wusste, du schaffst es«

sagt Unathi zu mir, »du brauchst
niemanden der dich rettet.«
»Aber ich brauche eine
die mich liebt.«

Unathi schaut mich an
und lächelt:
»Hier bin ich.«

Sie nimmt meine Hand in ihre
Efeu wächst aus ihrem Handgelenk
zu meinem herüber
rankt sich um meinen Unterarm.

Ich stütze mich
mit einer Hand am Boden ab
und komme ihr näher
warte nicht mehr, nein, küsse sie.
Zum ersten Mal, zum letzten Mal.

Ihre Lippen öffnen sich, laden mich ein
meine Zunge sucht ihre, begegnet ihr und
anstelle des Schmerzes ist da ein Feuerwerk in mir
ihr Meer flutet mich freuden
einhunderttausend Samen brechen auf
Sprösslinge wachsen empor
Blumen und Bäume, Farne und Sträucher
ganze Landschaften entstehen in Sekunden.

Wir bauen eine neue Welt auf
mit nur einem Kuss.
Was passiert dann erst
in den Jahrhunderten, die wir
uns teilen werden?

Als wir uns wieder voneinander trennen
sind wir bereits ineinander verwachsen
ihr Efeu nun auch meins.

Sie hilft mir auf und ich wünschte
wir hätten mehr Zeit, aber das ist
das Ende der Welt. Das ist ihr Anfang.

Während wir uns alle dem Wald zuwenden

ertönt hinter uns aus der Werkstatt eine Gitarre.
Ich drehe mich kurz um, sehe den Käfer am Fenster
winzig aus dieser Entfernung.
Das muss die kleinste Gitarre der Welt sein, denke ich
und er antwortet laut grölend:
»Meld mich doch beim Guinness-Buch an, Dummerchen!«

Ich lache, wende mich wieder nach vorne
Unathis in meiner nun efeunen Hand
Cecilias in meiner anderen.
Der Käfer singt *July Tree*
in unseren abblätternden November hinein
und im Rhythmus der Gitarre

schreiten wir voran
dem Wald entgegen
            uns entgegen
                    zusammen.

Einige meiner purpurnen Blüten lösen sich

bleiben auf dem Weg zurück
läuten die Jacaranda-Season ein
auf dem Brandenburger Asphalt.

Und auch Unathi neben mir blüht jetzt
winzige gelb leuchtende Blüten
tanzen in üppigen Stauden
zwischen ihren Zöpfen.
Ihre Mangos werden
Sonnenaufgänge auf Zungen legen.

Andere verlieren rote Blüten und weiße
sie alle werden vom Wind davongetragen
hinter uns, vor uns, an unserer Seite.

Gemeinsam verschwinden wir
zwischen den Bäumen
gehen auf in ihnen
verschmelzen.

Mein Dank geht an alle, die diesem Buch Form gegeben haben, Substanz. Vusamazulu Credo Mutwa, Wangari Muta Maathai, Octavia Estelle Butler & Nkunzi Zandile Nkabinde, deren Lehren und Worte mich begleitet und geleitet haben, genau wie die Ahn*innen. Dank an meine Großmütter und Großväter, die mir ihren Atem geschenkt haben, wenn meiner die Worte nicht mehr tragen konnte.

Mulalo Tshikalange, meiner Spirit Wife, für das Halten aus der Ferne und das Bestärken, wenn die Zweifel kommen. Für unsere Freude & Freundschaft, for being home & my foreverlove. Den Begegnungs- und Kraftorten Dharmagiri am Mvuleni in Underberg, KwaZulu Natal, und Havel Kranich in Götzer Berge, Brandenburg, wo ich Teile der Geschichte vom Berg und der trockenen Erde klauben durfte. Nomonde Mbuso, Menzi Mbonambi und einigen mehr für das Er/tragen all meiner Fragen und das Füllen der Lücken, die mit meinem Aufwachsen und Leben einhergehen. Sandra Rothmund für die sanfte Stärke im Lektorat und das gemeinsame Gießen der Geschichte, bis sie erblüht ist. Zoë Modiga, Msaki und Sun-El Musician für Lieder, die meine Worte zum Tanzen gebracht haben.

Mein Dank geht auch an alle, die mir Form geben, Substanz. Meiner Familie für meine Knochen und die Liebe, die sie zusammenhält. Meinen Kindern für die Äste, die ihr mir schenkt, ihr lasst mich wachsen, jeden Tag. Danke, dass ich euch Wurzeln mitgeben darf. Meinen Leuten, meinem Tribe, dafür dass wir uns gefunden haben und immer wieder finden. Ich sehe euch alle. Hier sind wir.

Die Zitate auf den Seiten 5, 75, 131, 237, 283 und 343 stammen aus:
Butler, Octavia E.: Die Parabel vom Sämann, aus dem Amerikanischen von
Dietlind Falk, Wilhelm Heyne Verlag, München, 2023
Kgositsile, Keorapetse: Herzspuren, mit Zeichnungen von Dumeli Feni, aus
dem Englischen von Hans Bestian, Schwiftinger Galerie-Verlag, 1980
Okorafor, Nnedi: Akata Witch, Viking Children's Books, 2011
Wenzel, Olivia: 1000 Serpentinen Angst, S. Fischer Verlag GmbH, 2020

Sandjon, Chantal-Fleur:
City of Trees
ISBN 978 3 522 20287 9

Umschlaggestaltung und -illustration, Vor- und Nachsatz: Carla Nagel
Zeichnungen: Elsa M'bala
Innentypografie: Eva Mokhlis, Swabianmedia, Stuttgart
Reproduktion: DIGIZWO GbR, Stuttgart
Druck und Bindung: GGP Media GmbH, Pößneck

In einem Reich zwischen Traum und Realität

Tobias Goldfarb
Niemandsstadt

368 Seiten · Gebunden
ISBN 978-3-522-20267-1

In der Niemandsstadt gibt es alles, was man sich in der Wirklichkeit erträumt. Drachen ziehen durch die Wolken, Statuen zwinkern einem freundlich zu. Gleich drei Sonnen wärmen Gesicht und Rücken. Räume entstehen immer dann, wenn man sie braucht. Hier fühlt sich Josefine wohl. Doch diese Stadt, ihre Geschöpfe und ihr Zauber sind in Gefahr. Bedroht von spionierenden Crowbots, von Magie raubenden Maschinen, von einer weiten, weißen Leere. Ausgerechnet Josefine soll eingreifen – aber wie bekämpft man einen Gegner, der nicht existiert?

Lieblingsbücher fürs Leben.
www.thienemann.de

Ein Roman in Versen
voller Tiefgang und Gefühl

Chantal-Fleur Sandjon

Die Sonne, so strahlend und Schwarz

384 Seiten · Gebunden
ISBN 978-3-522-20286-2

Seit ihrer ersten Begegnung ist Nova völlig fasziniert von Akoua. Ihre Gedanken kreisen nur noch um dieses Mädchen, das mit ihrem Strahlen Novas Welt zum Leuchten bringt. Es ist Liebe auf den ersten Blick und der Beginn einer aufregenden Zeit voller erster Male. Ein Neuanfang, der keinen Platz mehr für bittere Erinnerungen lässt. Denn Nova ist glücklich und denkt kaum noch an das, was ihre Mutter, ihr kleiner Halbbruder und sie erlebt haben. Doch dann geschieht das Unvorstellbare und der Schmerz kehrt zurück ...

Lieblingsbücher fürs Leben.
www.thienemann.de